中公文庫

化学探偵Mr.キュリー9

喜 多 喜 久

中央公論新社

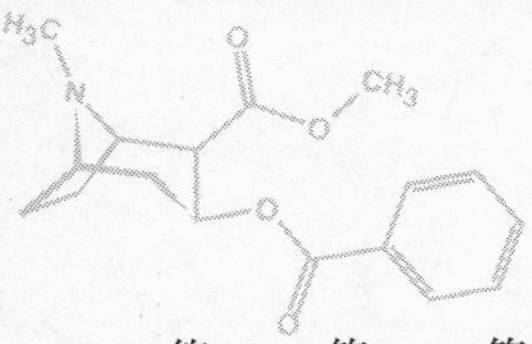

目次

第一話　化学探偵と赦されざる善意　7
第二話　化学探偵と金縛りの恐怖　75
第三話　化学探偵とフィクションの罠　137
第四話　化学探偵と後悔と選択　207
第五話　化学探偵と夢見る彼女　267

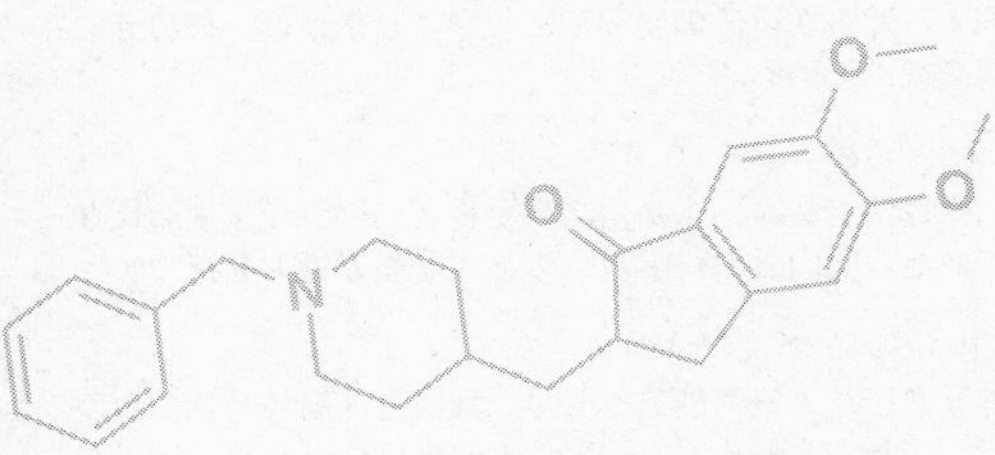

Characters

沖野春彦（おきの　はるひこ）

四宮大学理学部化学科の准教授。化学界では名を知られた存在で、通称Ｍｒ．キュリー。

大学の『モラル向上委員』や『コンプライアンス委員』をうっかり引き受けたことをきっかけに、様々なトラブルに巻き込まれるようになる。

七瀬舞衣（ななせ　まい）

四宮大学庶務課に勤める職員。

好奇心が強く、学内外の事件に積極的に首を突っ込みがち。

猫柳（ねこやなぎ）

四宮大学庶務課の課長。趣味はウィキペディアの記事作成。大学に所属している教職員の記事を作っては、ネットにアップロードしている。舞衣に沖野の存在を教えた人物。

氷上一司（ひかみ　かずし）

東理大学の教授で、沖野とは大学院時代から同じ研究室で学んだライバル同士。沖野を自分の研究室に復帰させようと、彼の元に通って説得を続けている。

村雨不動（むらさめ　ふどう）

東理大学名誉教授で、ノーベル化学賞受賞者。沖野が学生時代から師事していた。国内外の科学者への甚大なる影響力を持つ。

美間坂剣也（みまさか　けんや）

中性的な外見をした人気男性アイドル。舞衣とは高校時代のクラスメートで、親友でもある。ある事件で沖野に助けられ、その後沖野を「春ちゃん」と呼んで追いかける。

化学探偵Mr.キュリー9

第一話

化学探偵と
赦されざる善意

1

ガラスの割れる鋭《するど》い音が、店内の喧騒《けんそう》を切り裂《さ》いて耳に飛び込んできた。

坂町《さかまち》はテーブルを拭《ふ》く手を止め、そちらに目を向けた。テーブルにいた若い男性が、割れたグラスを拾おうと腰《こし》を浮かせかけている。

自分が一番近い。坂町はすばやくテーブルに駆《か》け寄り、「お客様、こちらで対応いたしますので」とマニュアル通りに声を掛《か》けた。割れ物の処理《しょり》は最優先で行うことになっている。破片《はへん》で怪我《けが》をされると、片付けの何倍も面倒《めんどう》なことになるからだ。

「何やってんだよお前、店員さんに迷惑《めいわく》掛けんなよ！」

同席していた男性が、ビールを飲みながら囃《はや》し立《た》てた。グラスを落とした男性は、「うっせーな、手が当たったんだよ！」と床《ゆか》に足を叩《たた》きつける。かかとが床にこぼれたビールを跳《は》ね上《あ》げ、周囲が飛沫《しぶき》で汚《よご》れてしまった。

これだから、酔《よ》っ払《ぱら》いは……。

坂町は「少々お待ちください」と言い置くと、トイレ脇《わき》のロッカーから掃除《そうじ》用具を取り出し、急いでテーブルに戻った。

若い男性は立ったまま、隣《となり》に座《すわ》る女性と話している。女性の方も二十代前半だろう。

破片を片付ける坂町を気にすることもなく、女性は甲高《かんだか》い声でカワウソの可愛《かわい》らしさを力説していた。男性の方は、「えー、じゃあさ、今度二人でさ、水族館に行こうよー」などと猫撫で声で女性をデートに誘《さそ》っていた。

坂町は耳を塞《ふさ》ぎたい衝動《しょうどう》を我慢《がまん》しながらガラスの破片をちりとりに拾い集め、モップで床のビールを拭いた。

「失礼いたします」

テーブルに一礼し、厨房《ちゅうぼう》へと早足で向かう。

出入口のそばにあるゴミ箱にガラス片を捨て、ちりとりを洗ってペーパータオルで水気を拭き取る。掃除用具をロッカーに戻したところで、大きなため息が自然とこぼれ落ちた。割れた皿やグラスの片付けをするのは、この二時間で三回目だった。

同じことが短時間のうちに繰《く》り返《かえ》されている。坂町には到底《とうてい》理解できない状況だった。物が割れる音は、騒々しい店内でもよく通る。他のテーブルからその音が聞こえてきても、「自分は気をつけよう」と思わないのだろうか？　たぶん、思わないのだろう。彼らはアルコールの影響《えいきょう》で、理解力や記憶力《きおくりょく》を明らかに欠いている。ニホンザルの飼育《しいく》員《いん》にでもなったような気分だった。

ロッカーの扉《とびら》を閉めたところで、客用のトイレから店長の田浦《たうら》が出てきた。

「店長、お疲れ様です。トイレ掃除ですか」

「ええ、はい」と田浦が頷《うなず》く。彼は五十三歳でスタッフの中では最年長だが、誰に対しても丁寧語《ていねいご》で話す。「洗面台が、その、汚れていたので」

お茶を濁《にご》した言い方でピンときた。泥酔《でいすい》した客が洗面台で吐《は》いてしまったのだろう。

「またですか」と坂町は眉間《みけん》にしわを寄せた。「正直なところ、ああいう人たちを見ているといらつきます」

自分はまだ十八歳なので酒を飲んだことはない。強いかどうかも定《さだ》かではない。しかし、アルコールを摂取《せっしゅ》することで自分が理性を失うとは思えなかった。酔ったなと感じたら、そこで飲むのをやめれば済むことだ。一人の人間として、その程度の分別はあるつもりだ。

「まあ、四月に入りましたからね。新人歓迎会《かんげいかい》のシーズンはこんなものです。盛《も》り上げようという気持ちが強くなると、ハメを外《はず》しがちになるものです」

「でも、似《に》たようなことは普段から起きています」と坂町は首を振《ふ》った。

志望《しぼう》していた大学の後期入学試験に落ちたことが判明し、浪人《ろうにん》が確定したのは、今から十日前だ。だが、坂町は最後の試験が終わった直後にアルバイト先の選定をスタートさせた。試験の手応《てごた》えが悪かったからだ。

経済的な不安を抱えていたこともあり、浪人するのであれば、受験勉強をしながらアルバイトをすることに決めていた。時給の高さと通いやすさを考慮《こうりょ》して選んだのが、この『遊楽丸《ゆうらくまる》』四宮《しのみや》店だった。店はターミナル駅である四宮北口駅に近く、常に多くの客で賑《にぎ》わっている。

働き始めてまだ三週間だが、坂町は自分より年上の人間の醜態《しゅうたい》を多く見せられてきた。食器を落として割ったり、怒鳴《どな》り合いのケンカをしたり、店先の路上で寝《ね》てしまったりと、客たちは見るに堪《た》えない姿を晒《さら》しまくっている。

「なぜ、自分を制御《せいぎょ》できないんでしょうか」

我慢できず、坂町はそんな問いを口にした。

「アルコールはそれだけ危険《きけん》ということです」と田浦は神妙《しんみょう》に言った。「だから、それを提供《ていきょう》する側にはそれなりの責任があると私は思います」

「責任……」

「明らかに飲みすぎている方へのお声掛け。無謀《むぼう》な一気飲みへの警戒《けいかい》。お客様同士のトラブルの仲裁《ちゅうさい》。そういったケアを行うことが求められる、というのが私の考え方です」

田浦は真顔でそう語り、坂町の肩《かた》をぽんと叩いた。

「そろそろ仕事に戻りましょう。まだ十時です。閉店まで、しっかり自分たちの役割に集中しなければなりません」

「そうですね。すみません、私語禁止なのに無駄話《むだばなし》をしてしまって」

「いえいえ、これは仕事の話です。それに、ストレスを抱えたままでは、いい仕事はできません」と田浦が微笑《ほほえ》む。「少々の雑談でそれが軽減《けいげん》できるなら、積極的に取り入れてもいいくらいだと思いますよ」

では、と会釈《えしゃく》し、田浦は会計レジへと向かった。

立ち話をしていたのはせいぜい一分ほどだったが、それまで感じていた不快感《ふかいかん》はいくらか軽減されていた。

今まで働いた経験はなかったが、田浦が「いい上司《じょうし》」であることは間違《まちが》いないと坂町は考えていた。シフトをきっちり守らせ、仕事を適切《てきせつ》に配分し、欠員が出た場合は率先《そっせん》して自分がヘルプに入る。田浦が店長として気を配っているおかげで、スムーズに仕事に慣れることができた。この一年と言わず、大学に合格したあとも、坂町はこの店でアルバイトを続けるつもりだった。

遊楽丸はチェーン店なので、人事異動《いどう》で店長が交代する可能性はある。できれば、いつまでも彼の下で働きたい。そんな願いを抱きつつ、坂町は自分の仕事をするべくホールに足を向けた。

2

「——今、いらっしゃる事務棟《とう》がここです。玄関《げんかん》を出て左手に進んでいただいて、十字路を左に曲がってしばらく行くと、左手に五階建ての建物が見えてきます。外壁《がいへき》は茶色で、キャラメルのように縦横《たてよこ》に溝《みぞ》が刻《きざ》まれています。そちらが工学部二号館です」

七瀬舞衣《ななせまい》は構内図を印刷したものを指差《ゆびさ》しながら、工学部二号館への道筋を丁寧に説明した。

「なるほど、分かりました。ありがとうございます」

大きく頷き、男子学生がその場を立ち去ろうとする。舞衣は「よかったら持っていってください」と四宮大学の構内図を手渡した。

「え、いいんですか」

「たくさんありますから。どうぞお持ちください」

「何から何までありがとうございます！」

男子学生はぺこりと一礼すると、小走りに事務棟を出て行った。

その背中が自動ドアの向こうに消えるのを見届け、舞衣は小さく息をついた。

こうして道案内をしていると、また一年が始まるんだなという実感が湧《わ》いてくる。

四月六日に新年度がスタートしてから四日目だが、建物の場所を聞きに事務棟にやってくる新入生はまだまだたくさんいる。

その道案内を請け負《お》うのも庶務課《しょむか》の業務の一つだ。分担がはっきりしない仕事はすべて率先して引き受ける、というのが庶務課のモットーであり、実際に大学内のあらゆる雑事を受け持っている。

例年は事務室の中で応対していたが、「新入生にとって、馴染《なじ》みのない部屋に入るのは心理的なハードルが高いのではないか?」と舞衣が提案した結果、今年は事務棟のロビーに机を置き、そこで新入生を待つ形に変わった。

庶務課ではこのように、新しい環境《かんきょう》に不安を感じている学生たちのサポートをさらに手厚《てあつ》くしている。何事においても、最初が肝心《かんじん》だ。つまらないことでつまずいて一気にやる気を失い、留年《りゅうねん》や中途退学といった残念《ざんねん》な結末を迎えるケースもある。悲しい未来が訪《おとず》れないようにするのも庶務課の大切な仕事だ。

舞衣が四宮大学の庶務課で働き始めて、これで三度目の春になる。これまでの二年間と比べると、道案内の回数は明らかに増えている。それだけ事務室への入室がネックになっていたという証拠《しょうこ》だろう。交番で場所を聞くより、通行人に道を教えてもらう方が気楽なのと同じことだ。

——もっと早く気づけたらよかったんだけどな……。

この二年間、疑問《ぎもん》を持たずに過ごしていたことは残念だが、盲点《もうてん》になっていた問題を見つけ、それを改善《かいぜん》できたことは成長と受け止めていいはずだ。

そんなことを考えながら外を眺《なが》めていると、「お疲れ様です」と声を掛けられた。

スーツ姿の中年男性《ゆせい》がこちらに近づいてくる。極太油性《ごくぶとゆせい》ペンと同じ幅《はば》のフレームの黒《くろ》眼鏡と、ホワイトマッシュルームのような白すぎる肌。顎の髭剃り痕はアルカリ性の液体に浸したリトマス試験紙のような青色で、尋常ではない量の整髪剤で固められた髪はプラスチックのような光沢《こうたく》をまとっている。

五〇〇メートル先にいても見つけられそうな独特《どくとく》すぎる風貌《ふうぼう》のこの男性は、猫柳《ねこやなぎ》という。舞衣の上司であり、庶務課の課長を務《つと》めている。

「あ、お疲れ様です」と舞衣は立ち上がった。

「どうですか。新入生は来ていますか？」

「そうですね。ペース的には十分に一人くらいでしょうか。昨日と同程度ですね」

「まだ案内を必要としている学生は多いようですね。やはり、ロビーに臨時《りんじ》の案内所を設《もう》けた判断は正しかったようです」と猫柳が満足そうに頷く。

「私もそう思います」

「効果が出ているのは喜ばしいことですが、どうですか。一人きりだと退屈《たいくつ》しませんか」

「大丈夫です。パソコンでできる仕事をやりながら待ってますから。最初は違和感《いわかん》がありましたけど、広いロビーに座っているのにも慣れました」

「さすが、適応力が高いですね」と猫柳が拍手《はくしゅ》の真似《まね》をする。「いいペースで仕事をしているところ申し訳ないのですが、七瀬さんに頼みたいことがありまして」

「あ、はい。なんでしょうか」

「先ほど、広報課から連絡《れんらく》がありました。四宮北口駅の近くのマンションの管理人から苦情が寄せられたそうです」

猫柳の一言で、ピリッと緊張《きんちょう》が走る。四宮大学は街中にあるため、電車やバスなどで騒《さわ》いでいたとか、歩道を占拠《せんきょ》して通行の邪魔《じゃま》をしていたなど、公共の場での学生のマナー違反について苦情が寄せられることがある。

最近はインターネットの掲示板《けいじばん》やSNSの書き込みを通じて、恐ろしいほどのスピードで悪評が広まっていく。そして、その情報は様々な負の反応を引き起こす。高校生が知れば入学意欲が薄れて志望者数が減る。会社の人事部の人間が知れば、学生の就職《しゅうしょく》に悪影響が出る。言ってみれば、四宮大学というブランドは、社会によって常に監視《かんし》されているのだ。

舞衣は唾《つば》を飲み込み、「どういった苦情でしょうか」と尋ねた。

「飲酒に関するものです。酔った学生がマンションの植え込みに嘔吐《おうと》していった、という内容でした」

「あの辺りは居酒屋が多いですからね……。でも、どうしてウチの大学だと？」

「若者たちの会話に『四宮大学』という単語が出てきたと、そのマンションの一階に住む方が証言しているそうです」

「それだけのことで、ウチの学生が犯人とは言い切れないでしょう」

「それはもちろんその通りです。ただ、苦情が寄せられた以上は無視はできません。庶務課として何らかの対応を考えねばなりません。この案件の担当を、七瀬さんにお願いしたいのです」

「え、私に、ですか」

舞衣が自分の顔を指差すと、猫柳は「はい」と強く頷いた。「先日の爆発《ばくはつ》動画の件など、七瀬さんにはいくつものトラブルを解決に導《みちび》いてきた実績があります。庶務課の職員の中で最も適任だと私は確信しています」

「私一人の力ではありませんが……」

「たとえそうだとしても、中心的な役割を果たしたのは七瀬さんでしょう。自覚はまだないかもしれませんが、この二年間であなたはリーダーシップを身につけてきたのです。それは、今後のキャリアを考える上で非常に重要な能力です」

「キャリア?」と舞衣は首をかしげた。

「庶務課でずっと働き続けるのか、学内の他部署に移るのか。専門性を突《つ》き詰《つ》めるのか、管理職を目指すのか。そういう、大学職員としての将来《しょうらい》のことです」

「……それは、考えたことがなかったです」と舞衣は正直に言った。この二年は仕事を覚え、与えられた役割をこなすのに必死で、先のことを思い描《えが》く余裕《よゆう》はなかった。

「三年目という時期は、将来を考えるのに早すぎることはないと思います。一度、じっくりと検討《けんとう》してみてください」

猫柳はにこやかにそう言うと、「苦情の件は、広報課の方で話を聞いてください」と玄関の方を指差した。「学生の案内係は交代しましょう」

「分かりました。じゃあ、よろしくお願いします」

その場を離れようとしたところで、舞衣はふと気づく。

足を止め、「あの、すみません」と猫柳に声を掛ける。「今回の苦情は、コンプライアンスに関することですよね？」

「そう判断して問題ないと思います」

猫柳が「ああ」と軽く手を叩く。「あの方に報告するつもりなんですね」

「一応、耳には入れておこうかと思いまして。コンプライアンス委員ですし」

「そうですね。彼の出番があるかどうかは分かりませんが、把握《はあく》しておいてもらった方がいいでしょう。いざという時に頼りになるのは、やはり『Ｍｒ．キュリー』だと思いますから」

「同感です」と頷くと、広報課のある三階へ向かうべく、舞衣はエレベーターの方へと駆け出した。

3

事務棟を出て東にしばらく歩いていくと、レンガ調の外壁タイルに覆《おお》われた建物が見えてくる。築《ちく》五十年を超《こ》えるこの建物が、理学部一号館である。

最初の頃《ころ》は見るたびに「古臭《ふるくさ》いなあ」と感じていたが、最近は少し違う。独特の味わいというか、歴史《れきし》ある建物特有の趣《おもむき》が漂《ただよ》っているように思える。これがいわゆる「侘《わ》び寂《さ》び」だろう。桜の散り始めたキャンパスとよく調和していた。

玄関への短い階段を上がり、職員証で自動ドアのロックを解除して中に入る。研究上の機密を扱っているため、部外者は立ち入れないようになっている。建物は古いが、セキュリティーはそれなりだ。

観葉《かんよう》植物の置かれたロビーを抜け、二階に上がろうとしたところで、「こっちだ」と呼び止められた。

声の方向に目を向けると、ロビーの隅《すみ》に置かれている自販機の前に、その高さとほぼ同じ身長の男性が立っていた。

短く整えられた髪。高くてきれいな形の鼻と、無精《ぶしょう》ひげの生えた角ばった顎。舞衣をじっと見つめる、澄《す》んだ鳶色《とびいろ》の瞳《ひとみ》。沖野春彦《おきのはるひこ》は今日もいつもの白衣《はくい》に身を包んでいた。

彼は理学部化学科の准《じゅん》教授で、この理学部一号館の二階に自分の研究室を持っている。そして彼には、「Mr．キュリー」という異名がある。研究者だからそう呼ばれているわけではない。キュリーという苗字《みょうじ》のフランス人を祖父《そふ》に持つことから、そのあだ名が付いたらしい。ちなみに、歴史的な研究者であるキュリー夫人――マリー・キュリーとの血の繋《つな》がりは一切《いっさい》ない。

「あれ、奇遇《きぐう》ですね。今、ちょうど先生のお部屋に伺《うかが》おうと思っていたんです」

舞衣が駆け寄ると、「偶然《ぐうぜん》なわけがないだろう」と沖野は首を振った。

「じゃあ、私が来るのを毎日ここで待っていたとか」

舞衣が冗談《じょうだん》めかして言うと、「大学に棲《す》みついている野良猫《のらねこ》でも、それほど暇《ひま》ではないだろうな」と沖野は肩をすくめた。「猫柳のオッサンから電話があったんだ」

「あら、そうでしたか。じゃあ、お伝えしたい内容はすでにご存じということですね」

「いや、何も聞いていない。ただ、『七瀬くんが行くから、よろしく頼みます』と言われただけだ」

沖野はそう言って、わざとらしい大きなため息をついた。

舞衣と沖野との出会いは二年前に遡《さかのぼ》る。学内で発生した「埋蔵金《まいぞうきん》事件」の件で、学生のモラル向上委員を務めていた沖野に相談したのがきっかけだ。その事件を解決して以降《いこう》も、沖野と共に幾度《いくど》となくトラブル対応に当たってきた。

舞衣にとって沖野は、四宮大学の職員、学生の中で最も付き合いの長い、気の置けない相手だ。ただ、沖野の方は舞衣のことを「トラブルを持ち込む厄介《やっかい》なやつ」と認識しているようだ。いつ足を運んでも、嫌《いや》そうな顔で出迎えられる。

「まあでも、二階まで上がる手間が省《はぶ》けて助かりました」

理学部一号館の二階には有機《ゆうき》化学系の研究室が多い。実験室で揮発《きはつ》性のある溶剤《ようざい》や試薬を大量に使っているため、廊下《ろうか》にはいつも独特の薬物臭が立ち込めている。

換気《かんき》設備は機能しているのだが、臭《にお》いを完全に取り切ることは難しい。化学物質はどうやっても実験室の外に漏《も》れる。それが壁《かべ》や天井《てんじょう》、床に染み込んでいるので、常に臭いを感じるのだろう。もう臭いには慣れたが、体に良くはないので避《さ》けられるのならばそれに越したことはない。

「嫌なら来なければいいだろう。なぜいちいち俺のところに顔を出すんだ？」

「それは先生がコンプライアンス委員だからですよ」と舞衣は即答した。「前にも同じことをお伝えしましたが」

「ああ、言われたな。『他の委員よりトラブルの解決に慣れているから』だったか。不本意だが、覚えている」

「じゃあ、別に疑問はないじゃないですか」

「大有りだ。いいか。仮に俺への報告の義務があったとして、なぜ口頭《こうとう》なんだ？　電話でもメールでもファックスでもなんでもいいじゃないか。わざわざ直接顔を合わせて話をする必然性が理解できない。俺が納得《なっとく》できる説明をしてくれ」

舞衣はこめかみに指を当て、「それは、うーん……」と首をかしげた。

「すぐに答えられないということは、大した理由はないということだな」

「そうなんですよ」と舞衣は頷いた。「改めて訊《き》かれてみると、自分でもなんでだろうって思ってしまって……」

「分からずに行動していたのか？　理解に苦しむな、まったく」と沖野が呆《あき》れ顔《がお》で言う。「まあいい。必然性に乏しいのであれば、次からはもう来ないでくれ。お互《たが》い、時間の無駄になるだけだ」

「沖野先生の意見は正しいと思います。でも……」と舞衣は沖野の顔を見上げた。

「でも、なんだ」

「会わないって選択は、寂しいと思いませんか？　私はこうして先生とお話しするのを、結構楽しみにしてるんです。息抜きというか、癒《い》やしというか……」

「人を休憩所《きゅうけいじょ》扱いしないでくれるか」

「すみません。先生がそんなに嫌がっているとは思わなかったんです。これからは気をつけます……」

頭を下げ、沖野に背を向ける。

これからはもう沖野のところに気軽に顔を出せない。そう思うと、自然とうつむきがちになってしまう。さっきまでは晴れていた心が、ほんの一瞬《いっしゅん》で曇天《どんてん》に変わってしまっていた。

思った以上に自分が悲しみを感じていることに舞衣は驚《おどろ》きを覚えた。沖野とのコミュニケーションは、自分にとって結構大切なものになっていたらしい。

深いため息をついて理学部一号館を出ようとした時、「ちょっと待て」と沖野に呼び止められた。「どうせあとで俺に報告メールを送るつもりなんだろう。せっかく足を運んだんだ。話をしてから戻った方が効率がいい」

「……そうですね」

舞衣が振り返ると、沖野は「うっ」と表情をこわばらせた。「め、目薬を使ってまで小芝居をすることはないだろう」

「目薬……？」目尻《めじり》に指先を当てて初めて、舞衣は自分が涙《なみだ》ぐんでいたことに気づいた。

「使ってませんよ、そんなもの」

「じゃあ、まばたきを我慢していたのか？　それとも、タイミングよく目にゴミが入ったのか？」

「どちらでもないです。自分でもよく分かりませんけど、悲しくなっちゃったんです」

と答えて、舞衣は目尻の涙を拭《ぬぐ》った。

「……花粉症《かふんしょう》になったんじゃないか」沖野はそう言って、自販機の隣にあるベンチを指差した。「そこで聞こうか」

舞衣は頷き、言われるがままにベンチに腰を下ろした。

沖野は立ったままベンチ脇の壁に背を押し当て、腕《うで》を組む。

「で、今回はどんなトラブルだ」

「実は、市民の方から大学に電話がありまして……」

舞衣は広報課で聞いた苦情の内容を沖野に説明した。

「それは言いがかりに近いんじゃないか」と沖野はコメントした。「ただ『四宮大学』と口走っただけなんだろう？」

「そうらしいですね」

「住人に聞こえるくらいの声で話していたということは、複数人いたんだな。仲間内の会話で、自分の大学の名前を出すか？　むしろ他大学の学生である可能性の方が高いと思うが」

「先生の指摘《してき》は正しいと思います。でも、無視はできませんから。対応は早め早めに行うようにしようかと」

「厄介な仕事をしているな、君は」

「その『厄介さ』が、私たちの誇《ほこ》りです」と舞衣は答えた。

「そうか。なら、納得するまで調べてみたらいいんじゃないか。いつもみたいにな」

「先生もご協力いただけますか？」

「年度初めは忙《いそが》しいんだ。講義も始まるし、新しく入った学生の指導《しどう》もある」

「そう、ですよね……」

「だからそんな顔をするんじゃないと言っているだろう」と沖野が眉根《まゆね》を寄せる。「コンプライアンス委員としての仕事はする。だから、とにかく事実関係の確認を最優先にしてくれないか」

「分かりました。じゃあ、しっかり調べますね！」

舞衣が笑ってみせると、「もう大丈夫そうだな」と沖野は壁から背中を離した。「ほどほどに頑張ってくれ」

白衣のポケットに手を入れ、沖野が階段の方へと歩いていく。

ベンチから立ち上がり、「あのっ」と舞衣はその背に呼び掛けた。「アドバイスがほしい時は、またここに来てもいいですか……？」

沖野は足を止め、右手でがりがりと頭を掻《か》いた。

「さっきも言ったように、俺は忙しいんだ。だから……せめてアポイントメントは取ってくれ」

「はい、そうします！」と舞衣は力強く答えた。

「二度と言わせないでくれよ。社会人としての常識だ」

その言葉を残して、沖野は二階へと上がっていった。

舞衣は沖野の足音が聞こえなくなってから、理学部一号館をあとにした。

思わず鼻歌を口ずさみたくなるくらい、心の中がほかほかと温かくなっている。きっとこの春の陽気のせいだろうな、と舞衣は思った。

4

その日の午後三時。舞衣は就業中の外出許可を得て、苦情を寄せた住人の住むマンション『ライフシティ四宮』を訪れた。

マンションは、四宮北口駅のロータリーを出てすぐのところにあった。駅の南口まで徒歩二分という便利な立地で、通りを挟《はさ》んだ向かい側には、数軒の居酒屋が入ったビルがある。

マンションは十階建てで、建物の周囲にはきちんと整備された植え込みがあった。植えられている庭木はどれも一メートル以下だ。丸くて青々とした小さな葉を持つものや、細長い葉の中に黄色い花をつけたもの、刃《やいば》のような形の紫《むらさき》色の葉を伸《の》ばしているものなどがバランスよく配置されている。

多様な庭木を横目に正面玄関から中に入る。ロビーに、辛子色《からしいろ》のカーディガンを着た七十代くらいの男性がいた。丸い眼鏡を掛けていて、ふっくらと頬《ほお》が膨《ふく》らんでいる。こぶのようなその頬を見て、舞衣は「小太りじいさん」というフレーズを思いついた。

「すみません、山寺《やまでら》さんでしょうか。四宮大学の者ですが」

しようもない感想を胸の奥《おく》にしまい込み、男性に声を掛ける。

「そうです。ここの管理人を任されとります」と彼は頷いた。

すでに、彼から話を聞く約束は取り付けてある。舞衣は山寺に名刺《めいし》を渡し、「大学に電話をされたのはどなたでしょうか?」と質問した。

「住人の方から連絡をもらって、私が電話をしました。トラブルの解決も、私の仕事の一つなもんで」と山寺は口をへの字にしながら言った。

さっきから彼はずっと厳《きび》しい顔つきをしている。迷惑を被《こうむ》ったことに関してかなり憤《いきどお》っている様子が窺《うかが》える。

「具体的な状況を伺えますでしょうか」

「こっちへ」

山寺に連れられ、舞衣はマンションの外に出た。

彼は歩道に面した植え込みの一画を指差し、「昨晩、ここで嘔吐をした不届き者がおりました」と顔をしかめた。

植え込みにはっきりそうだと分かる痕跡《こんせき》はなかったが、土の一部に色の濃《こ》い場所がある。汚れたものを土ごと取り除き、そこを埋め直したのだろう。

「一階にお住まいの方が、『犯人』の会話を耳にされたということですが……」

「すぐそこの部屋の方ですよ。時刻《じこく》は午後十一時頃でした」と、山寺が植え込みの向こうの窓に目を向けた。

「その会話の中に、『四宮大学』という単語が出てきたのですね。人数や服装など、他の情報はありますか？」

「住人の方は窓から様子を窺っていたそうです。人相は分かりませんが、全員男で、四人組だったと聞いています。連中はマンションの前でしばらく立ち話をしとりました。『講義の選択を考えるのが面倒臭い』、『第二外国語の選択をどうするか』、『授業が長すぎて起きていられない』などといった会話をしていたとのことです。その後、四人の一人が『気持ち悪い』と言い出し、植え込みに向かって吐いたという話でした」

山寺は駅の方を険《けわ》しい表情で見つめながらそう説明し、「私が住み込みだったら、その場でとっ捕《つか》まえたんですがね」と悔《くや》しそうに付け加えた。

何と言っていいか分からず黙っていると、「私はね、警察官《けいさつかん》だったんですよ」と山寺が言った。

「交番勤務《きんむ》の頃は、酔っ払いの相手もしてきました。店で暴《あば》れたやつを取り押さえたり、路上で寝込んだやつを保護《ほご》したりね、いろいろありましたよ。昔は『酒で憂《う》さ晴《ば》らしをするのは仕方がない』という風に考えていましたが、退職してからは考えを改めました。酔っていようがいまいが、罪は罪ですよ。自分のやったことに対して責任を取らなきゃならんのです。だから、犯人を突き止めて、損害賠償《そんがいばいしょう》を請求《せいきゅう》します」

損害賠償という言葉に、舞衣はドキリとした。

「それだけの証言から、犯人たちを特定できるでしょうか……？」

「証拠はまだあるんですよ」

山寺がポケットからチャック付きポリ袋を取り出した。中にはレシートが入っている。

「今朝、後処理をしている時に植え込みで拾ったものです。吐いたもののすぐそばに落ちとりました」

受け取り、確認させてもらう。レシートには〈遊楽丸・四宮店〉と印字されていた。日付は昨日で、支払い金額《きんがく》以外にも、会計時刻や人数、注文内容が記載《きさい》されている。それによると、確かに四人となっていた。さらに、レシートの端《はし》に黄色いものがわずかに付着している。おそらく、飛散した吐物だろう。

「警察に連絡しようかとも思いましたが、後輩《こうはい》たちの手を煩《わずら》わせるのは申し訳ないですからね。私が自ら捜査《そうさ》を行います。刑事時代に身につけた聞き込みのノウハウはまだ忘れちゃいません。血が騒ぎますな」

山寺は目をぎらぎらと輝《かがや》かせている。やる気が滾《たぎ》って仕方ないといった眼差《まなざ》しだ。現役時代を思い出して興奮《こうふん》しているらしい。

このまま彼に任せていたら、四宮大学に乗り込んできて学生たちを勝手に調べ始めかねない。そんなことになれば学生に不安を与えるだけでなく、山寺との間にトラブルが起きる可能性もある。安全管理上、今のうちにその事態を防《ふせ》がねばならない。

「あの、その調査を、私にやらせてもらえませんか」と舞衣はとっさに提案した。

「あなたが？」と山寺が舞衣を睨《にら》む。

「ご連絡をいただいた以上、何もせずに帰るわけにはいきませんから」

「そんなつもりで苦情の電話をしたんじゃないんだが……。私はただ、そういうことがあったと知っておいてほしかっただけなんです」

「学内での注意喚起《かんき》はもちろんします。しかし、それだけで終わらせたくはありません。本当に四宮大生が関わっているのであれば、彼らから謝罪《しゃざい》させたいと思います」

舞衣は山寺の目を見ながら、心を込めてそう訴《うった》えた。

山寺はしばらく逡巡《しゅんじゅん》していたが、「若い人にそこまで言われたら、しょうがないですな」と苦笑した。「犯人捜しは任せますよ。私は同じことがまた起こらないように、対策を講じることにします」

「ありがとうございます！」

舞衣は山寺が拾ったレシートを写真に撮《と》り、ライフシティ四宮をあとにした。

沖野が隣にいなくてよかったかもしれない、と舞衣は思った。もし彼が同行していたら、「厄介事を背負《せお》い込むのはやめなさい」と止められていただろう。

予想外の展開になってしまったが、これが最善だったはずだ。間違ってはいないはずだよ、と自分に言い聞かせつつ、舞衣は駅の方へと歩き出した。

いったん大学に戻り、舞衣は午後四時半に再び四宮北口駅にやってきた。

カバンの中には、今年の新入生の名簿《めいぼ》が入っている。各人の名前と顔写真が、学部ごとにまとめられているものだ。

犯人グループの会話に出てきた、「第二外国語の選択をどうするか」というやり取りから、学生の中に新入生が混《ま》ざっている可能性が高いと考えられる。

新入生は全部で九百七十三人。男子学生は半分より少しだけ多い、五百十一人いる。果たして、この中に該当者《がいとうしゃ》がいるのだろうか。

舞衣は緊張を感じつつ、カバンを抱えながら駅の南口を出た。

ライフシティ四宮の前を通り過ぎ、横断歩道を渡って目の前の五階建てビルに入る。出入口のすぐそばに、テナントが一覧《いちらん》できる掲示があった。遊楽丸・四宮店は三階だ。ワンフロア全体が店舗《てんぽ》になっているようだ。

開店時間は午後五時半だが、事前に来意は伝えてある。舞衣は「よし」と気合を入れ、エレベーターで三階に上がった。

エレベーターを降りると、目の前に店の出入口があった。自動ドアには〈準備中〉の札が掛かっていたが、隙間《すきま》が開いている。

ガラス戸を手で開き、「すみません。四宮大学の者ですが」と店内に向かって声を掛ける。

「ただいま参《まい》ります」

柔《やわ》らかな声と共に、髪を七三分けにした男性が現れた。この店の制服である紺《こん》色の作《さ》務衣《むえ》を着ている。年齢は五十歳くらいだろうか。フレームレスの眼鏡を掛けており、かなりの痩《や》せ型《がた》だ。大病を患《わずら》って退院したばかりなのでは、と不安になるくらい細い。

「お待たせしました。遊楽丸・四宮店店長の田浦でございます」

丁寧に名乗り、田浦がお辞儀《じぎ》する。接客で鍛《きた》えられた、一分《いちぶ》の隙もない完璧《かんぺき》な礼だった。

「開店前のお忙しい時にすみません。電話を差し上げた件で、少しお話を伺えればと思うのですが」

「当店を利用された方がトラブルを起こしたのであれば、我々《われわれ》にも責任の一端《いったん》はあると考えております。可能な限り協力させていただきます」

堅苦しい口調で言い、田浦は舞衣に椅子を勧《すす》めた。

四人掛けのテーブルに座り、舞衣はレシートを撮影《さつえい》した画像を田浦に見せた。

それを確認し、「当店をご利用なさった方で間違いないようです」と田浦は眉間にしわを寄せた。

「学生の顔写真のリストがあるのですが、ご確認いただけますか?」

「私より、接客を務めた従業員に確認させる方がいいでしょう。レシートに席番号がありますので、担当者は分かります。少々お待ちください。すぐに呼んで参ります」

田浦が店の奥へと消える。一分ほど待っていると、頭にバンダナを巻いた若い男性がやってきた。くりっとした目をしていて、爽《さわ》やかな印象がある。マスコットキャラクター的というのだろうか。人に警戒心を抱かせにくい顔立ちだ。

「四宮大学の七瀬と申します」

「坂町です。田浦店長からざっとした経緯《けいい》は伺いました。昨晩来店されたお客様について確認したいことがあるそうですが」

「はい。四人のグループの中に、四宮大学の学生がいたかどうかを調べています。面倒なお願いで大変申し訳ないのですが、学生名簿を見て確認していただくことはできますでしょうか」

「大丈夫です。店長から、調査に協力するように指示を受けていますので」

そう言って、坂町は舞衣の向かいに腰を下ろした。若いのに振る舞いに落ち着きが感じられる。

「こちらです」舞衣は名簿を差し出した。「男子学生だけ見ていただければ結構です」

「失礼します」

神妙に呟《つぶや》き、坂町は名簿を慎重《しんちょう》にめくる。彼は写真を指でなぞりながら、じっくりと一人ひとりの顔を確認し始めた。

背後では他の店員たちが開店の準備を進めている。テーブルの調味料を補充《ほじゅう》したり、レジにお釣《つ》りを補充したり……かなり忙しそうだ。正直、肩身が狭《せま》い。

ざっと数えてみると、席数は六十席くらいだった。四月は新人歓迎会の季節だ。きっと多くの予約が入っているはずだ。あと一時間もすれば大勢《おおぜい》の客がやってきて、辺りは騒々しさに包まれるだろう。

無人のテーブルを眺めていると、学生の飲酒問題についての議論が思い出された。

庶務課では月に一度、全職員が参加する会議が開かれる。担当者が問題提起とその解決方法について発表を行い、全員でそれを検討するというものだ。先月、その定例会議で飲酒問題が取り上げられた。毎年三月に必ずその議題が出ることになっており、担当者を決めずに全員で意見を出し合う形で議論が行われる。

未成年の飲酒は法律によって禁止されている。現役――すなわち十八歳で入学した者は、二十歳を迎える二年生の途中《とちゅう》までは酒を飲んではいけないことになる。

だが、そのルールは軽視されている。サークルの飲み会、合コン、友人の家での飲み会など、未成年でもアルコールに触れる機会は多い。同級生や先輩から酒を勧められた時、それを断るには勇気が必要になる。正論を振りかざせば、「空気の読めないやつ」というレッテルを貼《は》られ、周囲から孤立《こりつ》するリスクもある。だから、断りきれずについつい酒に手を出してしまう。

だから、大学側が主導して飲酒を防がなければならない。四宮大学では、市内の飲食店に「未成年へのアルコール提供の自粛《じしゅく》」を依頼《いらい》している。

そもそも、未成年飲酒禁止法では、アルコールを提供する側が必要な措置《そち》を取るように定められている。それを破れば罰則《ばっそく》があるのだから、本来であればアルコールを注文した全員に対して年齢確認を行うべきなのだ。だが、実際にそこまでやっている店は非常に少ない。そのため、大学側の自粛依頼も有名無実と化しているのが実情だ。

十八歳と二十歳で、アルコールに対する影響が大きく変わるのかどうか、舞衣は科学的な知見を持っていない。酔いやすさを決めるのはアルコールの代謝《たいしゃ》に関わる酵素《こうそ》なので、年齢よりも体質の問題だろうとは思う。

だが、ルールはルールだ。体質的に大丈夫だからといって、ルールを破っていいという理屈にはならない。

大学生になると、親元を離れ、自由な生活を送ることになる者も多い。彼らに求められているのは、自主自律の精神だ。生きていく中で現れる無数の誘惑《ゆうわく》。それをどうコントロールするかを身につけることは、勉強と同じくらい大事なことだろう。それができて初めて、「大人になった」と言えるのではないか。舞衣はそう考えている。

庶務課の会議では、今年もいい案は出なかった。確かに、大学の一つの部署にできることなどたかが知れている。しかし、動かなければ現状を変えることはできない。来年こそは、効果的で効率的な案を出したいと舞衣は切実に感じていた。

「——あっ」

ふいに、坂町が小さな声を出した。

舞衣は思考を中断し、「どうされましたか」と声を掛けた。

「ひょっとしたら、この方かもしれません」

遠慮《えんりょ》がちに坂町が言う。彼が指差していたのは、教育学部の戸畑宏斗《とばたひろと》という学生だった。

「似ていますか」

「そうですね。結構……その、騒がしい席だったので、印象に残っています」

「レシートには飲み放題コースと記載されています。彼らはお酒を注文していましたか？」

「はい。皆《みな》さん、何度もビールをおかわりしていました」

「……そうですか。他にはいませんか？　確認をお願いします」

坂町に最後まで目を通してもらったが、他に該当する学生はいないという返答だった。

心のどこかでは、「この中にはいません」という結果を期待していたが、具体的な目撃情報が出てきてしまった。残念ではあるが、戸畑が今回の件にどう関わっているかはまだ不明だ。とにかく会って話を聞くしかないだろう。

「ありがとうございました。そろそろお暇《いとま》いたしますので、店長さんを呼んできていただけませんか」

「あ、はい」

席を立ち、厨房の方へ向かいかけたところで、坂町が足を止めた。

「あの、七瀬さん……とおっしゃいましたか。大学では、どういうお仕事をされているんですか」

「庶務課という部署におります。仕事内容は……そうですね、言ってしまえば何でも屋でしょうか。学内外で起きたトラブルの対応や学生からの相談受け付け、道案内や設備の点検なんかもやっています」

「大学で起きるトラブルは多いんですか」

「……どうでしょう。他の大学と比較《ひかく》したことがないので分かりませんが」と舞衣は首をかしげた。「どうしてそんな質問を？」

「……自分のことで恐縮《きょうしゅく》なんですけど、いま浪人中でして……今年一年頑張って偏差《へんさ》値《ち》が上がったら、四宮大学を受けてみようかと思っているんです」

「そうなんですか。頑張ってください。大歓迎ですよ」

舞衣は微笑んでみせたが、坂町の表情は冴《さ》えない。

彼は視線《しせん》を逸《そ》らし、「大学に入ると、みんな馬鹿《ばか》になるんですかね」と呟いた。「酒に酔ってモラルに反する行動を取って……受験をクリアできる知能があるのに、善悪の区別もつかないなんて、どうかしてますよ」

そんなことはないですよ、とは舞衣も否定《ひてい》できなかった。学生の中には未熟《みじゅく》な人間がいるのは確かだ。勉強はできても、社会常識を欠く行為に走る者もいる。

少し考えて、「だから、私たちがいるんです」と舞衣は言った。

「私たち事務員は、教育者ではありません。ですが、社会に出るにふさわしい状態で卒業してもらえるように、学生を誠心誠意サポートしようと努力しています。今回の調査も、その一環《いっかん》です。別に罰を与えたいわけではありません。もし彼らの行いに問題があったのであれば、それがもたらす影響を正しく受け止めさせることが重要だと思っています」

坂町はまばたきをして、「学生さんがうらやましいですね。そんなに熱心にサポートしてもらえるなんて」と小さく笑った。

「それが私たちの仕事ですから」と舞衣も笑みを返した。「四宮大学では、定期的にオープンキャンパスを開催《かいさい》しています。もし興味《きょうみ》があるなら、ぜひ足を運んでみてください」

「ありがとうございます。時間があったらお邪魔したいと思います」

坂町はそう言って、田浦を呼ぶために店の奥へと小走りに駆けていった。

5

翌日《よくじつ》の昼休み。舞衣は事務棟のロビーにいた。

ベンチでサンドイッチを食べつつ待っていると、沖野がロビーに姿を見せた。

「あ、先生、こっちでーす」

舞衣が手を上げると、沖野は露骨《ろこつ》なため息をついた。

「……俺が昨日言ったことをもう忘れたのか？『アドバイスが必要なら話を聞く』と言ったんだ。学生との面会に同席したいとは一言も言っていない」

「確かにそうなんですけど、これは非常に重要な局面ですから。コンプライアンス委員とモラル向上委員を兼務《けんむ》する唯一の職員である沖野先生に同席していただきたいと思いました！」と舞衣は言葉に力を込めた。

「今年度こそ、どちらの肩書きも返上するつもりだったんだけどな」と沖野は頭を掻く。

「三月に行われた理学部の教授会では、委員を交代するという議題すら出なかった。みんな、面倒くさいと思ってるんだろう」

「それは残念でしたね。でも、私にとっては朗報《ろうほう》です」

「しかし、ずいぶん早かったな」と沖野。「たった一日で、捜していた相手を見つけ出すとは」

「それだけその人たちが無防備だったということでしょう。証拠をたくさん残していますから。ちなみに、先生のところは大丈夫ですか？」

「質問の意図が分からない。『大丈夫』というのは、何についての確認だ？」

「研究室の新人歓迎会でのお酒のトラブルについてです」

「何の問題もない」と沖野は即答した。「今年から、歓迎会は昼休みに行うことにした。食堂の個室を借りて、そこで昼食会を開いた。もちろんアルコールは無しだ。それならトラブルが起こることはない」

「へえ、それはいい取り組みですね」

「酒がコミュニケーションを円滑《えんかつ》にするというのは、前時代的な発想だと思う。普段は理性的に行動しているのに、それをアルコールで麻痺《まひ》させ、非日常的な一面を見せ合うことに何の意味がある？　自分が正しいと思えない慣習に従う必要はどこにもない」

沖野は眉根を寄せながら顎の無精ひげを撫《な》で、「そもそも、アルコール――すなわちエチルアルコールは毒なんだ」と言った。

「毒？　そんなに危険なんですか」

「ああ。めまいや吐き気、頭痛を引き起こす上に、個人によって毒性の出る許容量が大きく異なるんだからな。もしこの世界に酒という概念《がいねん》がなく、それを発明した人間が飲料としての販売許可申請《しんせい》を行っても、確実に却下《きゃっか》されるだろう」

「言われてみれば、確かに……」

「近年はタバコに対する規制が厳しくなっているが、将来的には酒も同じ道をたどるかもしれない。エチルアルコールには無毒性量は存在しないと言われている。どんなに少量であっても、肝臓《かんぞう》にダメージを与えてしまう。社会的な影響が大きいので撤廃《てっぱい》は難しいが、コンビニや自販機で気軽に買うことは難しくなるだろう」

「先生が言うと、本当にそうなりそうですね」

「とはいえ、十年、二十年で起こるレベルの変化じゃない。二十二世紀の話だよ、たぶんな」

「長生きして、先生の予想が当たるかどうか確かめなきゃですね」と笑って、舞衣は生協のレジ袋を差し出した。「そうそう、これを渡さなきゃ」

「なんだこれは」

「お昼ご飯がまだかなと思いまして。新発売のグリーンカレーパンを買っておきました」

カレーパンは沖野の好物だ。きっと喜ぶだろうと思ったが、レジ袋を摑《つか》んだ沖野の表情は妙に険しい。

「あれ？　どうしました？」

「残念な知らせが二つある。第一に、俺はもう昼食を食べた。第二に、食べたのは君が買ってきたこのパンだ」

「あら、そうですか。さすがにチェックが早いですね。味はどうでしたか？」

「新しいものを開発しようという心意気は買いたいが、俺個人としてはオーソドックスなカレーパンの方が好みだ。味は悪くはないが、もう買わないと思う」

「じゃあ、これは必要ないですね。庶務課の人にあげることにします」

「君が三時のおやつにでも食べればいいじゃないか」

「胃もたれするから、揚《あ》げたパンって苦手なんですよ」

「若いのに年寄りみたいなことを言うんだな」

「年齢はあまり関係ないと思います。とにかく、これは引き取りますから」

舞衣はレジ袋を取り返そうと手を伸ばす。すると沖野は後ろに半歩下がり、舞衣の手をすっとかわした。

「このカレーパンは、味に癖《くせ》がある。万人受けしないものを同僚《どうりょう》に与えるのはマナー違反だろう」

「そうですか？　気にしすぎじゃないですかね」

「そんなことはない。とにかく、これは俺が責任を持って処理しておく。それで構わないな？」

「ええ、もともと差し上げるつもりだったものですから」

そんなやり取りをしていると、ロビーに男子学生が入ってきた。

西洋の天使を思わせる天然パーマの髪に、眠たそうな一重《ひとえ》まぶたの目。これから面会する戸畑宏斗だった。

舞衣は慌ててベンチから立ち上がり、「すみません、急に呼び出してしまって」と戸畑に声を掛けた。

「あ、庶務課の七瀬さんですか？」

「そうです、そうです。こちらは理学部の沖野先生です。先生はコンプライアンス委員を務めていらっしゃいます」

「コンプライアンス……？」と戸畑が怪訝《けげん》そうに眉間にしわを寄せる。今朝、彼に電話をした際には、「大学生活について聞きたいことがある」としか伝えていない。

「立ち話もなんだ。部屋に入ろう」と沖野が言う。さっきまでは明らかに気乗りしない様子だったが、戸畑が現れたことで表情が引き締まっていた。

三人で、一階にある小会議室に入る。ちょっとした打ち合わせや、学生からの個別相談の際に使われる部屋だ。

長方形のテーブルの左右に、それぞれ三脚ずつ椅子《いす》が置かれている。戸畑を向かって右側の真ん中に座らせ、舞衣は彼の正面に、沖野は舞衣の左隣に腰を落ち着けた。

「あの、いったい何のお話なんでしょうか」

戸畑が、舞衣と沖野を交互《こうご》に見ながら尋ねる。不安になるのも当然だ。彼は四宮大学生になってまだ日が浅い。新しい環境に慣れようとしている中で、いきなり事務から呼び出しを喰《く》らったのだ。平常心でいろという方が無理がある。

ここは、沖野ではなく自分が主体的に話をする方がいいだろう。以前より柔らかくはなったが、沖野の声には鋭さがある。知性に裏打ちされた、揺《ゆ》るぎのない自信が言葉の端々に滲《にじ》んでいるのだ。そのせいで、本人にそのつもりがなくても、相手を萎縮《いしゅく》させてしまうことがある。

「まずはこちらをご覧いただけますか」

舞衣はなるべく優しい口調で言い、遊楽丸のレシートを写した画像を戸畑に見せた。

スマートフォンの画面《がめん》を覗《のぞ》き込み、戸畑は首をひねった。

「……これが、何か？」

「水曜日の夜に、こちらのお店で飲食しませんでしたか？　四宮北口駅の南にある居酒屋なのですが」

「いえ、心当たりはありません」

戸畑は戸惑《とまど》っているようだったが、視線をそらすことはなかった。彼が嘘《うそ》をついているようには見えない。

「この店舗の店員さんが、この日、四人グループで来ていたあなたを接客したと証言しているのですが」

「僕を？　どういうことだろう……」

戸畑は指で唇《くちびる》をなぞりながら黙考《もっこう》して、「もしかしたら、弟かもしれないです」と呟いた。

「弟さんがいらっしゃるんですか？」

「そうなんです。弟の名前は、宏貴《ひろき》といいます。一卵性双生児《いちらんせいそうせいじ》で、南神《なんしん》大学に通っています」

南神大学は四宮市の南部にある私立大学だ。四宮大学とほぼ同じ規模で、港の近くにキャンパスを構えている。

「疑《うたが》って悪いが、君に双子《ふたご》の弟がいるという証拠を見せてもらえないか」

沖野がそう言うと、戸畑は「これを」と自分のスマートフォンをテーブルに置いた。

「高校の卒業式の日に撮影したものです」

学校の門の前に、詰め襟《つめえり》の学生服の男子高校生が二人並んでいる。少し照れくさそうにカメラを見るその顔は鏡に映したようにそっくりだった。

「これは……区別がつかないですね」

舞衣の感想に、沖野も「ああ」と同意した。「その弟くんに連絡を取るべきだな」

「向こうも昼休みなので、電話してみます」

戸畑がスマートフォンを操作《そうさ》し、SNSのアプリの通話モードを起動する。ビデオ通話のアイコンをタッチすると呼び出し音が流れ、やがて「なんだよ、宏斗」と男性の声が聞こえた。戸畑によく似た声だ。

「急にごめん。宏貴に確認したいことがあって。水曜の夜に、遊楽丸ってところで飲み会やってた？」

「やったけど、なんでそんなこと知ってるんだ？」

「そのことで、話を聞きたいって人がいるんだよ」

戸畑が、舞衣の方にスマートフォンのフロントカメラのレンズを向けた。画面には、戸畑と同じ顔が映っている。

「突然すみません。四宮大学の七瀬と申します。こちらはコンプライアンス委員の沖野准教授です」

軽く自己紹介し、マンションの植え込みに嘔吐した人間を捜していることを説明する。

「——ということなのですが、心当たりはありますか」

「……すみません、それ、俺です」

目を伏《ふ》せ、戸畑宏貴は申し訳なさそうに言った。

「高校の時の先輩が同じ大学なので、食事に誘ってくれたんです。それで、先輩の友達も一緒に、四人で遊楽丸に行きました」

「お酒を飲みましたか？」

「はい。先輩に、その、勧められて……。ビールをジョッキ三、四杯飲んだでしょうか。帰りに急に気持ちが悪くなって、そのマンションの前で休んでいたんです」

「四宮大学という言葉を耳にした人がいるのですが、その点はいかがですか」

「休憩しながら宏斗の話をしていたので、それだと思います」と戸畑宏貴はうなだれた。

「歩道沿いのガードレールにもたれて休んでいたんですが、我慢ができなくなって、マンションの植え込みに吐きました……」

目を伏せながら、彼はそう告白した。ポケットからハンカチを取り出す際にレシートを落としたことには気づかなかったという。

「君はウチの学生じゃないから、指示を与えるわけにはいかない」と沖野が画面をまっすぐ見据《みす》えながら言う。「だから、一人の社会人として助言したい。マンションの管理人に謝りに行くべきだ。そうしなければ、いずれは君の大学に連絡が行き、余計に大ごとになるだろう」

「……はい。そうします」

消え入りそうな声で答えたところで、通話は終わった。

暗転した画面を見つめ、「あの、弟をかばうわけじゃないんですが……」と戸畑宏斗が口を開いた。「ウチの家系はみんな酒が強くて、親戚《しんせき》の集まりなんかがあると、僕も弟も一緒に晩酌《ばんしゃく》に参加して、普通《ふつう》にお酒を飲んでいたんです。それで平気だったので、油断して飲みすぎたんじゃないかと思います」

「たとえそういった事実があったとしても、公共の場での飲酒は避けた方がいい。君たちは未成年なんだ。何かがあった時に、同席していた人間や店側に大きな迷惑を掛けることになる」

沖野の言葉に、「その通りですよね……」と戸畑はうなだれた。

「まあ、その辺にしておきましょう」と舞衣は会話に割り込んだ。「本人も反省していたようですし、大事には至《いた》らなかったわけですから」

「常識的な忠告をしただけだ」と沖野が自分の肩を揉《も》む。「戸畑くんは巻き込まれた格好《かっこう》だな。災難だったな」

「いえ、お酒との付き合い方を学ぶ、いい機会になりました。僕も気をつけたいと思います」

すっきりした表情で言い、戸畑は一礼して部屋を出て行った。

「昼休み中に片がついたな」と沖野が席を立つ。

「ありがとうございました。先生に同席してもらえて助かりました」

「……いや、別に大したことはしていないが」

「適切なタイミングで、ビシッと忠告してくださったじゃないですか。私が同じことを言っても、心への響き方はずいぶん違うと思います。やっぱり、先生の醸《かも》し出す威厳《いげん》が大事なんです」

「威厳、ねえ。自分じゃよく分からないが……。まあ、褒《ほ》め言葉と受け取っておくか」

沖野はそう言うと、生協のレジ袋を揺らしながら小会議室をあとにした。

6

四月十三日、月曜日。舞衣は受話器を置き、小さく息をついた。

庶務課の事務室では、数名の職員が舞衣と同じようにあちこちに電話をかけていた。皆、忙しそうにしている。

まだ、自分に割り当てられた分は終わっていない。再び受話器に手を伸ばしたところで、「どうですか」と猫柳がやってきた。

「今のところは、特にそれらしい報告はないですね」

「そうですか。一応はひと安心でしょうか。まだ油断はできませんが……」

猫柳の表情は神妙だ。それも当然だろう。今、自分たちのすぐ近くで大きな問題が広がっている可能性があるのだ。

食中毒が起きているかもしれない――。

大学の食堂の調理を担当している業者からその連絡があったのは、今日の午後一時過ぎのことだった。

担当者の話によると、南神大学の学食で食後に吐き気を訴える学生が複数名出ているという。この業者は、四宮市内、およびその近郊の複数の大学で食事の提供を請け負っている。四宮大学と南神大学は違うスタッフが調理を担当しているものの、使っている材料や提供メニューはほとんど同じであることから、念のために連絡をしたということだった。

被害《ひがい》の有無を確かめる必要があるという猫柳の判断により、庶務課の職員で手分けして調査することになった。体調に不調がないかを尋ねるメールを全学生に送信し、学内の保健《ほけん》センターや近隣《きんりん》の病院に吐き気の症状で来院した者がいないかを訊いているが、幸いなことに該当者は見つかっていない。

「南神大の方では、原因の特定は進んでいるんですか？」

「まだそういう段階ではないですね。吐き気を催《もよお》した学生はこれまでに三人出ているそうですが、食堂の利用者数からすると割合的にかなり少ないですからね。食中毒かどうか微妙な状況です。夕方まで様子を見て、さらに体調不良者が増えるようなら保健所に通報すると聞いています」

「そうですか。学食が原因じゃなければいいんですが……」

舞衣が職員になってからは、学内では一度も食中毒は発生していない。ただ、十年ほど前に、学食で食中毒騒ぎがあったそうだ。ノロウイルスに汚染《おせん》されたサラダを食べた者のうち、十二人が下痢《げり》や嘔吐を発症したという。原因究明まで学食は閉鎖《へいさ》され、学内には「ランチ難民」が発生したという話だった。

「心配ですが、現時点で食堂の利用を中止するのはさすがに行きすぎでしょう。我々にできることは限られています。とにかく今は情報収集に努めるのみです」

猫柳がそう言った時、彼の席で電話が鳴り始めた。猫柳は足音を立てない独特の歩き方ですばやく自分の席に駆け寄ると、「はい、四宮大学です」と受話器を取り上げた。

通話は二分ほど続いた。電話を切り、猫柳は安堵《あんど》の表情を浮かべながら舞衣のところに戻ってきた。

「南神大の庶務課からでした。体調不良を訴えた学生は、全員が前夜に同じ居酒屋を利用していたそうです。食堂利用者の発症率の低さや、食事から発症までの時間を考えると、そちらの店が原因である可能性が高いそうです」

猫柳の説明を聞き、舞衣は息をついた。

「そうなんですか。よかった……というのは不謹慎《ふきんしん》ですけど、長期間の食堂閉鎖という事態は避けられそうですね」

「ええ。ただ、同じ居酒屋で飲食した学生が四宮大学にもいるかもしれません。学生に注意喚起のメールを出しておきましょう」

「そうですね。私の方でやっておきます」と舞衣は申し出た。

「では、お願いします」

「えっと、その店の名前を出してしまって大丈夫でしょうか？　もし食中毒じゃなかったら、営業妨害になりかねませんが……」

「具体的に書くのは確かにまずいですね。店のざっくりとした住所だけにしましょうか。返信があった場合は本人から聞き取りを行って対応すればいいでしょう」

「分かりました。ちなみに、どの辺にある店ですか？」

「四宮北口駅から南に一〇〇メートルほどです。飲食店の集まったビルの三階なのですが、そこまで書くと特定されてしまいますね」

「え？　駅の近くのビル……ですか」

猫柳が何気なく口にした情報に、小さく心臓が跳ねる。ざわりと心にさざなみが立つのを舞衣は感じた。

「……参考までに、店の名前を教えていただけますか」

「遊楽丸というチェーン店ですね。……おや、表情が優《すぐ》れませんが、どうしました？　ひょっとして、七瀬さんの馴染みの店でしょうか」

「いえ、この間の苦情の件で、足を運んだ店だったので……」

舞衣は戸畑宏貴の話を思い出していた。彼は「酒に強い家系だ」と言っていた。それにもかかわらず、遊楽丸での飲食後に突然気分が悪くなり、嘔吐に至っている。ひょっとしたら彼は酒に酔ったのではなく、食中毒だったのではないだろうか？

仮にそうだとしても、マンションの植え込みを汚したまま立ち去った行為が許されるわけではない。ただ、止《や》むに止まれぬ理由があったとすれば、責任は軽くなるだろう。

解決したと思っていたが、状況が変わった以上、まだ手を引くわけにはいかないようだ。もう少しこの件について情報を集めなければ。

7

四月十六日、木曜日。昼休みになるのを待って、舞衣は学生食堂にやってきた。

四月は、一年で最も食堂が混雑《こんざつ》する時期だ。最初は物珍《ものめずら》しさもあり、一年生の多くが食堂を利用するからだ。

食堂の座席は最大二百五十人のキャパシティがあるが、そのほとんどが埋まっていた。さらには、食事を提供するカウンターにも列ができている。

その列から少し外れたところに立って食堂内を見回していると、「どうしたんだ？」と声を掛けられた。

振り返ると、そこに沖野がいた。薄い桃色のシャツに黒のチノパンという格好だ。シャツの胸ポケットには黒のボールペンが挿《さ》さっている。

「あ、こんにちは。今日は食堂ですか」

舞衣は基本的に毎日学食で昼食をとるが、沖野はだいたい一日置きの利用だ。カレーパンばかりだと太るので、野菜のとれるヘルシー志向の食事をするために食堂に足を運んでいるそうだ。

「ああ。ここで君と顔を合わせるのは今年度初だな」

「時間帯がずれてますもんね」舞衣は昼休みの始めの方で、沖野は終わりかけの時間帯に食堂を利用する。「今日は早いんですね」

「午後イチで会議が入っているんだ。配布する資料の準備があるので、早めに来た」沖野はそう言って食堂をざっと見渡《みわた》した。「ただ、この時間はかなり混んでるな」

「ほぼピークですね」

「席を探して立ち止まっていたのか？」

「あ、いえ。いつも通りだなと思って、なんとなく眺めてました。食中毒騒動《そうどう》が無関係でよかったですよ。もし学食が閉鎖されてたら、大変なことになったでしょうから」

「今週の月曜にメールが来てた件だな。原因は何だったんだ？」

「とりあえず、注文を済ませちゃいましょうか。食べながら話します」

互いに別れて提供カウンターに向かう。三種類ある日替わり定食のうち、列が一番短かった三食丼《さんしょくどん》を選んだ。ご飯の上に鶏肉《とりにく》そぼろといんげん、炒《い》り卵《たまご》を載《の》せたものだ。

食堂専用カードで支払いを済ませる。運よく見つけた隣同士の空席を確保して待っていると、沖野がやってきた。彼は三百八十円の日替わり定食ではなく、五百円の煮魚《にざかな》定食を選んでいた。カレイの煮付けにご飯と味噌汁《みそしる》、煮物の小鉢《こばち》と漬物《つけもの》というセットだ。

「じゃあ、話の続きを頼む」

水で喉《のど》を潤《うるお》し、「メールを二通送ったのは覚えてますか」と舞衣は尋ねた。

「ああ。体調不良者がいないか、研究室の学生に確認したからな。最初は、四宮市内の大学で食中毒が発生した疑いがあるという連絡だったな。で、あとから届いた方は、四宮北口駅近くの居酒屋で提供された食事が原因かもしれない、という内容だったが」

「メールでは具体名は伏せてましたけど、吐き気を訴えた学生が複数名出たのは南神大でした。最初、私たちが連絡をもらった時は、学食の調理を受け持っている業者が発生源じゃないかって話だったんです。学食で昼食をとったあとに吐き気を覚えたらしいので。でも、体調不良になった学生全員が前夜にある居酒屋を利用していたことが分かり、そちらが原因だろうって結論になりました」

「なるほど」と沖野が箸《はし》でカレイをつまみながら言う。「ちなみに、どこの店だ？」

「四宮北口駅の近くにある、遊楽丸ってお店です」

「ん？　戸畑くんの双子の弟が利用したところだな」

「そうなんですよ！　彼、酒に強いのに吐いたって言ってたじゃないですか。そちらも、もしかしたら食中毒が原因だったんじゃないでしょうか」

「食中毒の原因となった食事は特定されたのか？」

「いえ、保健所の方で調べたものの、体調不良になった全員が共通して食べたメニューはなかったそうです。なので、詳細《しょうさい》な検査は行われなかったと聞いています」

「すっきりしない結論だな」と沖野が眉根を寄せる。

「まあ、それは私もちょっと感じてます」

「吐き気を催して保健センターを受診《じゅしん》した学生は何人いたんだ?」

「三人です」

「その三人は、遊楽丸で同じテーブルにいたのか?」

「いえ、三人とも同じサークルのメンバーですが、席は別々だったそうです。サークルの飲み会で店を訪れていたみたいです。人数が多かったので分かれて座ったんでしょう」

「全員が共通して食べたメニューはないという話だが、お通しはどうだ? 全員同じじゃないのか」

「違うみたいです。三種類あって、その中から好きなものを選べるそうですから」

「そうか……」

沖野は箸を置いて腕を組んだ。真剣《しんけん》に考えているらしい。現象に対して科学的な説明がなされていないことが気になるのだろう。

「あ、そうだ。共通するメニューが一つだけありました。体調を崩《くず》した当日に、三人は学食で漬物を食べたみたいです」

「漬物? 定食の付け合わせのか」

「いえ、違います。南神大の食堂には漬物コーナーがあって、好きなものを好きなだけ取れるシステムになってるんですよ。種類も豊富らしいです。福神漬《ふくじんづけ》とかたくあんみたいなオーソドックスなものはもちろん、奈良《なら》漬やべったら漬、しば漬なんかも常備されているって聞きました」

「それらが食中毒の原因という可能性は検討したのか？」

「していないと聞いてます。軽く百人以上がその日に漬物を食べてますからね。もし漬物が危険な菌《きん》やウイルスに冒されていたなら、もっと多くの体調不良者が出てるはずでしょう。だから、無関係だと判断したんじゃないですか」

舞衣の説明を聞き、沖野は胸ポケットのボールペンを手に取った。

「状況をまとめてみるか」

卓上のナプキンを広げ、今までに得られた情報を沖野が書き込んでいく。

事実①　南神大学の学生三名が、嘔吐を訴えた。

事実②　全員が当日、食堂で昼食をとった。その際、漬物を口にした。

事実③　全員が前夜、遊楽丸で飲食した。ただし、飲食物は異なる。

「それと、もう一つあるな。戸畑くんの弟の件だ」

沖野が四つ目として、「事実④　遊楽丸で飲酒後、酒に強いはずなのに嘔吐した者がいる」を書き加えた。

「こうして見返すと、遊楽丸が全部に絡《から》んでますね」

「そうだな。ただ、店舗での食中毒を疑うには、①と④の時期がやや離れているように思う」

「確かに」と舞衣は頷いた。①は四月十三日、④は四月八日だ。

沖野は自分のメモを眺め、「吐き気を覚えた三人は、遊楽丸で飲酒していたか？」と質問した。

沖野は何かに気づきかけている。これまでの付き合いから、舞衣はその気配を感じ取っていた。

「ちょっと待ってください。確認します」

この場で返答すべきだと思い、舞衣は事務室にいる猫柳に連絡を取った。猫柳に頼み、南神大の保健センターに確認してもらう。返答は「ノー」だった。

「確認が取れました。全員、アルコールを摂取していなかったそうです。以前、遊楽丸を利用した際に酔い潰《つぶ》れ、それで店に迷惑を掛けたことを反省して、最初から最後までノンアルコールで通したみたいですね」

「そうか……」と呟き、沖野は天井を見上げた。「まさかとは思うが、念のために調べてみるか」

「食中毒騒動の本当の原因が分かったんですか？」

「今の段階ではあくまで仮説だ」と沖野は冷静に言い、舞衣の方に顔を向けた。「戸畑くんの弟が落としていったレシートには、彼の吐物が付いていたんだったな」

「あ、はい。端っこの方に少しだけ」

「それを分析《ぶんせき》してみたい。まだ捨てていないか、マンションの管理人に聞いてみてくれ」

「分かりました。……それを調べると何が分かるんですか？」

「ある物質が検出されるかもしれない。ただ、それがどのような意図での混入なのかまでは分からないが」

沖野はそう言って箸を手に取る。食事を再開しても沖野の表情は硬《かた》いままだった。その様子で、彼がたどり着いた仮説が快《こころよ》いものではないことを舞衣は察した。

8

開店時刻からのシフトの日は、坂町はいつも午後四時に遊楽丸に顔を出す。開店の五時半まで、準備の手伝いをするためだ。

ロッカーで制服に着替えて厨房に向かうと、店長の田浦が焼き鳥の串打《くしう》ち作業をしていた。

「店長。手伝います」

「いや、もう終わります」田浦は手にしていたレバー串を手早く仕上げ、椅子から腰を上げた。「開店までゆっくりしていてください」

「せっかくだから何かやりますよ。床を掃除しますか？　それともテーブルを拭きましょうか？　あ、椅子の脚を拭いた方がいいですかね」

「もう全部終わっています。ホールの方は、いつお客さんが来ても大丈夫な状態です」

「そうですか……」と坂町はため息をついた。

「前々から伝えようと思っていたんですが、改めてお礼を言わせてください。いつもありがとうございます。手伝ってもらえて助かっています」と田浦が頭を下げる。

「いえ、そんな。店長の頑張りに比べたら、僕なんて全然です」

「ずっと申し訳なく思っているんです。時間外の分のアルバイト代を出せなくてすみません」

「気にしないでください。勝手にやってることなので」と坂町は鼻の頭を掻いた。

田浦はふっと息をつき、「坂町くんと話していると、つい息子《むすこ》のことを思い出してしまいますね」と呟いた。

彼の口から家族の話を聞くのはこれが初めてだった。

すか？」

「お子さんがいらっしゃったんですか。何歳くらいですか？　もしかして、僕と似てま
「……年齢もそうですが、雰囲気《ふんいき》が近い気がするんですよ。親馬鹿と笑われそうですが、息子は幼《おさな》い頃から、気配りのできる子でした。家内と私が口喧嘩《くちげんか》をした時は、『今晩は外食しようか』なんて提案をしたり、花を買ってきてくれたりしました。普段と違うことをするのが、仲直りの近道だと考えていたんでしょう。人に言われなくても、自分で考えて動ける人間でした」

「その域に達している気はしないですけど、すごく光栄です」と坂町は微笑んでみせた。

「息子さんは、今はどうされているんですか」

何気なく尋ねると、田浦はすっと目を伏せた。

「……大学一年の時に、事故で命を落としました。今から五年前のことです」

「え……。あ、そうだったんですか……。すみません」

「謝る必要はないですよ。私が息子の話をしたんですから。時々、誰《だれ》かに話したくなるんです。歳《とし》のせいでしょうかね」

田浦がぎこちなく笑った時、ホールの方から「すみませーん」と男性の声が聞こえた。

「お客さんですかね？」時計を見ると、まだ四時半だった。「見てきます」

厨房を出てみると、店の出入口にグレーの作業着姿の中年男性がいた。感情の読み取

れない細い目と、長い顎。先日の食中毒に関する調査で店にやってきた、四宮市の保健所の職員だった。

「お世話になっております。今日はどういったご用件でしょうか」

「責任者の方にお伝えすることがあるのですが、いらっしゃいますか」

「――店長の田浦です。お世話になっております」

坂町が呼びに行くより早く、田浦が厨房から出てきた。

「どうも。どこか別室で話をしましょうか？」

田浦は坂町をちらりと見て、「いえ、こちらで結構です」と言った。

「そうですか。実はですね、食中毒らしき症状を呈《てい》した南神大の学生さんの吐物を詳細に分析してみたんです。そうしたら、全員からある物質が検出されまして。普通に生活していたらまず口に入ることのないものだったので、摂取経路を調べているんです。その調査にご協力いただければと思うのですが、いかがですか」

保健所の職員がそう言うと、田浦はふいに黙り込んだ。

どうしたのだろうとそちらに目を向けると、田浦は痛みに耐《た》えるように歯を食いしばり、きつく目をつむっていた。

「あの、店長……？」

「調査の必要はありません」絞《しぼ》り出すように言い、田浦は職員の方に足を一歩踏《ふ》み出した。「当店で提供された食事に『それ』を混入させたのは私です」

「お認めになるんですね」

淡々《たんたん》と、保健所の職員が確認する。田浦は頷き、「誰かに命じられたわけではありません。私一人でやったことです」と語尾を震《ふる》わせながら言った。

「分かりました。では、店内を調べさせていただきます。申し訳ありませんが、今日の営業は中止にしてもらえますか」

「……本店の管理部に問い合わせます。少しお時間をいただけますか」

田浦がレジの電話機の方へ歩き出す。その足取りがふらついているのを見て、坂町は慌てて彼に駆け寄った。

「店長。どういうことなんですか⁉」

「学生の嘔吐の原因を作ったのは、私です。……私が、飲み物に薬を混ぜたのです」

「どうして……どうして、そんなことを」

「前途ある若者の未来を閉ざしたくなかった……それだけのことです」田浦は優しい声音《こわね》で言って、坂町の肩に触れた。「今日はもう帰ってもらって構いません」

「いや、でも……」

「詳しいことは、いずれ説明があると思います。今は、私だけで対応させてください。お願いします」

田浦の苦しそうな表情に、坂町は何も言えなくなる。「……分かりました」と頷き、坂町は着替えのために従業員控《ひか》え室《しつ》に向かった。

途中で足を止め、振り返る。猫背になって電話をする田浦の背中は、いつもよりずっと小さく見えた。

9

四月二十二日の昼休み。舞衣は理学部一号館の玄関前で、通り沿いに植えられた桜の木を眺めていた。

すでに花は完全に散り、黄緑色の若葉が伸び始めている。桜の衣替《ころもが》えの時期になると、忙しさのピークが過ぎたことを実感する。もう来週には連休に入る。早いな、と舞衣は思った。

四月が一番忙しいのは確かだが、五月が楽かと言えばそんなことはない。

入学からひと月が経つと、新入生たちの緊張感が緩《ゆる》んでくる。それに伴《ともな》い、遅刻《ちこく》や欠席が目立ち始める。トラブルに対応しつつ、初心を忘れないように注意喚起を行う——それが例年のパターンだ。

今週末の庶務課の月例会議では、おそらくその議題が出るだろう。学生の生活態度を引き締めるいい策はないだろうか。春の日差しの中であれこれ考えていると、「とうとうストーカー行為に手を染めたのか」と怪訝そうな声が聞こえた。

背後に視線を向けると、建物から出てきた沖野と目が合った。

「失礼なことを言わないでくださいよ。ちゃんと用件がありますから」と笑い、舞衣は彼のそばに駆け寄った。「保健所から連絡がありました。薬物混入の件、真相が分かったそうです」

「ああ、その話か」

「これから食堂でランチですよね？　報告がてらご一緒させてください」と舞衣は提案した。

「そのために、ここでわざわざ待っていたのか？」

「アポを取って教員室で話そうかと思ったんですけど、『別に興味がないからいい』って断られる気がしたので」

「俺の思考をよく分かってるじゃないか」と沖野。「それを理解していて、わざわざ出待ちするというのは矛盾《むじゅん》してないか」

「矛盾はしてませんよ。結果を先生と共有したいと思ったんです」

「共有する意味はないと思うが。俺の研究には役立たない」

「私にとっては意味はあります。共有している情報が増えれば増えるほど、先生と親しくなれる気がするんです」

舞衣が言い返すと、沖野は嘆息《たんそく》して首を振った。

「俺にはピンと来ない考え方だが……ま、今は休憩時間だ。ＢＧＭ代わりに君の報告を聞くとしようか」

そう言って沖野が歩き出す。舞衣は素早く彼の隣に並んだ。

「客の飲み物に薬物を混入させていたのは、店長さんでした。えっと、なんて名前の物質でしたっけ。シ……シナ……シミ……」

「シアナミドだ」と沖野が呆れたように言う。「たった五文字が覚えられないのか？」

「馴染みのない音の響きなので、分からなくなるんですよ」と舞衣は口を尖《とが》らせた。

シアナミドという物質には、アルコールの代謝を阻害《そがい》する作用がある。元々は肥料《ひりょう》として使われていたもので、その製造工場の従業員が作業後に酒を飲むとひどく悪酔いすることから、偶然その効果が発見された。現在も肥料として利用される一方、アルコール依存症患者の治療《ちりょう》に使われている。

沖野がシアナミドの混入を疑ったきっかけは、「南神大学の学生が食堂で漬物を食べたあとに吐き気を催した」というエピソードだった。食堂で提供されていた漬物の中に、奈良漬があった。これは瓜《うり》やキュウリなどを酒粕《さけかす》に漬けたもので、わずかではあるがアルコールが含まれている。そのアルコールが吐き気の原因なのでは、と沖野は推測《すいそく》した。

前夜に服用したシアナミドが、体内にまだ残っている可能性が考えられた。酒に強いはずの戸畑宏貴が嘔吐したのも、遊楽丸でシアナミドを飲まされたせいではないか――沖野の推理は見事に当たっていた。戸畑宏貴の吐物が付着したレシートを調べたところ、シアナミドが検出されたのだ。

遊楽丸の店長の田浦は、客を選んで飲み物にシアナミドを混ぜていた。以前に店で酔い潰れた「前科」のある客や、周囲から煽《あお》られるなどして大量に飲んでいる若者などをターゲットにしていたようだ。だから、三人の学生は奈良漬を食べるまでは平気だったわけだ。

ちなみにシアナミドは、市販の農薬から田浦が自ら合成、精製していた。特定の成分を含む農薬と水、それと二酸化炭素があれば比較的容易に作れるらしい。

「保健所は思ったより早く動いてくれましたね。データを添《そ》えて情報提供したからですかね」

「それもあるだろうが、被害拡大《かくだい》を防ぎたかったんだろう。シアナミドの毒性は低いが、重篤《じゅうとく》な副作用を起こす可能性はゼロじゃない」と言って、沖野は首をひねった。「しかし、その店長はなぜこんなことをしたんだろうな。悪酔いを促進《そくしん》したら、酒のオーダーが減り、売り上げが落ちるんじゃないか」

「保健所の方に、動機について教えてもらいました。……その店長さんは、自分の息子を急性アルコール中毒で亡《な》くしています。一年生の時に、サークルの飲み会で一気飲みを強要されたんだそうです」

「その悲劇《ひげき》を繰り返さないために、シアナミドを飲み物に入れていたのか」

「そうらしいです。でも、混入が始まったのはつい最近みたいですよ。最初のうちは、飲むペースが早かったり、一気飲みをしているような客には声掛けをして、飲酒量をセーブするように注意していたんだそうです。でも、相手はすでに酔っ払ってますからね。なかなか忠告を受け入れてもらえず、それで業《ごう》を煮やして薬物の力を借りるようになったみたいです」

「基本的には善意の行動だったというわけか。たとえそうだとしても、赦《ゆる》されるものではないだろうな」

「そうですね。警察の捜査が始まっているそうです。そこまで刑は重くならないみたいですけど……」

舞衣はそこで大きな吐息《といき》を落とした。

「事件が解決したのに、表情が冴えないな」

「間接的にですけど、私たち大学の職員にも責任の一端はあるのかなって思ってしまいました。学生の無謀な飲酒問題は前々からの課題なんですが、これといった名案がなくて、ずっと進展がないままなんですよ。そういう状況が、店長さんの行動に繋がったのかなって……」

「現実的な対策としては、年齢確認の厳密化《げんみつか》が一番簡単《かんたん》だろうな。アルコールを注文する際には、免許証《めんきょしょう》や保険証などで二十歳以上であることを証明する。同時に、飲酒で生じたトラブルに関しては、店側の責任を免除する誓約書《せいやくしょ》を書く。それで何かあった場合は自己責任となる――そういうことをルール化するんだ」

「うーん。それって冷徹《れいてつ》すぎませんか？　無理やり飲まされる人だっていますよ」

「……それはあるな。飲ませる方も酔いで冷静な判断を欠いているからな」

「ね？　難しいですよね」

「なんで嬉《うれ》しそうなんだ」

「先生にも私たちの苦労が分かってもらえたなと思って」

舞衣が微笑んでみせると、「最初から簡単だとは思ってない」と沖野は言った。

「人間を相手にしていると、科学的な理屈を逸脱《いつだつ》した、予期せぬトラブルがよく起こるだろう。ある意味では科学者よりずっと難しい仕事だと言える」

「そうなんです！　すごく気を遣《つか》うんです」と舞衣は声に力を込めた。

これまでの二年間で様々な問題を解決してきたが、経験が増えると共に視野が広がり、違う景色が見えるようになってきた。

今まではトラブルの当事者と向き合うことにだけ意識を注いでいた。だが、実際にはそれだけでは不充分で、時にはその周囲の人間の気持ちもケアすることが必要になる。そういうノウハウについてはまだ経験不足だ。今後も学ばなければならないことはたくさんある。沖野がそばにいてくれたら心強い。

「だから、これからもご協力よろしくお願いしますね」と舞衣は頭を下げてみせた。

「……それはアンフェアじゃないか？　俺は君を手伝えるが、君は俺を手伝えないじゃないか」

「あ、いたたたた！」と舞衣は腹部を押さえた。

「おい、急にどうした」

「すみません、急に腹痛が。ちょっとご飯は無理そうです」

「……都合が悪くなったからって、仮病のふりをしてるんじゃないだろうな」

「ソンナコトナイデス。トテモイタイデス」

「思いっきり棒読《ぼうよ》みじゃないか」

沖野は呆れ顔で舞衣の顔を見ている。

「こうやってうやむやにするのも、対人スキルの一つですよ。ということで、食堂に向かいましょう」

「は？　腹が痛いんじゃないのか」

「もう治りました。ほら、早くしないと昼休みが終わっちゃいます」

五、六歩急ぎ足で進み、振り返って沖野に手招きする。
沖野は頭を掻き、「しょうがないな」とぼやきながら歩き出した。

第二話

化学探偵と金縛りの恐怖

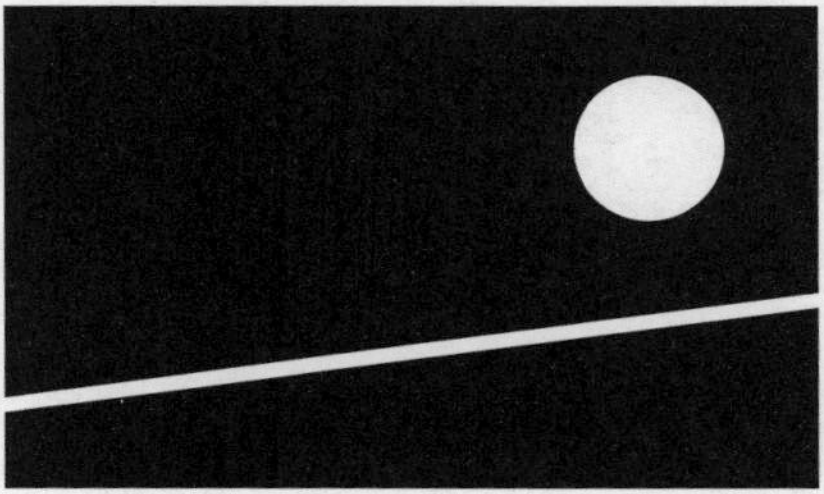

1

気づくと、薄暗い山の中にいた。

——ここ、どこ……？

岩井穂乃花《いわいほのか》は辺りを見回した。

人影《ひとかげ》はない。足元は下草の生い茂《しげ》った細い道で、緩《ゆる》やかに傾斜《けいしゃ》していた。道の両脇《りょうわき》には、幹《みき》の太い木々が密集《みっしゅう》して生《お》えている。常緑樹《じょうりょくじゅ》のようだが、種類は分からない。男の腕《うで》にも見える太い枝があちらこちらから伸《の》び、頭上に広がっているはずの空を覆《おお》い隠《かく》していた。どうやらここは山の中らしい。

後ろに目を向けると、細い道は糸のようにずっと奥《おく》の方まで続いていた。上った先に何があるのかは暗くて見えない。

なぜこんなところにいるのか、まったく思い出せない。

とにかく、家に戻らなければ。その一心で、穂乃花は山を下り始めた。

歩き出してすぐ、自分が裸足《はだし》であることに気づく。足の裏に草が刺《さ》さる感覚がくすぐったい。どこかに監禁《かんきん》されていて、着の身着のまま逃げてきたのだろうか。思い出そうとするが、頭の中にもやが掛《か》かったように何の景色《けしき》も浮かんでこなかった。

辺りは静まり返っている。鳥の声も、虫の声も聞こえない。耳に届くのは、自分が立てる、衣擦《きぬず》れの音や草を踏《ふ》む音だけだ。

早く、ここから逃げ出したい。その気持ちが、山道を歩く速度を加速させていく。

だんだん小走りになり、聞こえる音の中に自分の息遣《いきづか》いが混《ま》ざる。

その時、穂乃花はいびきのような、低い唸《うな》り声を耳にした。

すぐ後ろに誰《だれ》かいる――。

振《ふ》り返らなくても、気配だけでそれが分かった。

恐怖《きょうふ》のあまり叫びそうになるのをぐっとこらえ、穂乃花は走り出した。

追いつかれたら殺される。何も状況が飲み込めない中、ただそれだけは確信が持てた。

足を踏み出すたび、緩やかだった山道の傾斜が少しずつ急になっていく。

重力に引かれ、自然と速度が上がっていく。風を切る音がやけに大きく聞こえる。

足の回転が、走るスピードに追いつかなくなり始めていた。自分の意思に反して、体がどんどん前のめりになっている。

このままじゃ――。

いつ転んでもおかしくない。そう思った瞬間《しゅんかん》、つま先が木の根に引っ掛かる。

あっ、と叫ぶ間もなく、穂乃花は肩《かた》から地面に転がっていた。

勢《いきお》いを止めきれず、投げ落とされた丸太のように斜面を転がり落ちていく。

強く閉じたまぶたの裏に、光の明滅《めいめつ》が見える。衝撃《しょうげき》はあるが、痛みは感じない。どちらが上でどちらが下かも分からないまま、穂乃花は襲い来る力に翻弄《ほんろう》され続けた。いつか、道を外れて崖《がけ》から落ちるのではないか。その恐怖に全身が包まれた直後に、急に地面が平坦《へいたん》になった。

勢いが弱まり、仰向《あおむ》けの姿勢で体が止まる。

そこは、ぽっかりと空いた草地だった。頭上を覆っていた枝葉は消え、どす黒い灰色の空が見えている。

今にも激《はげ》しい雨が降ってきそうだ。穂乃花は仰向けに寝転《ねころ》がったまま、手足を軽く動かしてみた。どこにも痛みはない。幸い、怪我《けが》をせずに済んだらしい。

いつまでもこうしてはいられない。体を起こそうと頭を持ち上げる。

自分の足元が見えた時、穂乃花は息を呑《の》んだ。

そこに、真っ黒な人影が佇《たたず》んでいた。

なぜか相手の顔は見えない。どんな服を着ているのかも分からない。ただ、人の形をした黒いものがあるだけだ。それでも、そこにいるのが男であることを穂乃花は理解していた。

——誰？

問い掛けるより早く、男が穂乃花に覆いかぶさってきた。胸が圧迫《あっぱく》され、息苦しくなる。助けて、という叫び声が出せない。

殺される——。

穂乃花は体をよじって逃げようとしたが、手足がぴくりとも動かない。男が恐ろしいほどの力で押さえつけているのだ。

男が勝ち誇《ほこ》ったようにゆっくりと体を起こす。

男は穂乃花の腹の上に座《すわ》り、じっとこちらを見下ろしていた。どれだけ睨《にら》みつけても、男の顔は見えない。ただ、その瞳《ひとみ》が赤く、妖《あや》しく輝《かがや》いているのだけは分かった。

目を光らせながら、黒い影がこちらへ手を伸ばす。

その指先が喉《のど》に食い込んだ刹那《せつな》、体を縛っていた力が緩んだ。

「いやああーっ！」

穂乃花は絶叫《ぜっきょう》と共に、がばっと体を起こした。

邪悪《じゃあく》な黒い影は消え、静寂《せいじゃく》と薄闇《うすやみ》が戻ってきた。

はあ、はあ、と荒《あら》い呼吸を繰《く》り返しているうちに、山中ではなく、自室のベッドの上にいることに気づく。

使い慣れた鏡台《きょうだい》と、文庫本の詰《つ》まった本棚《ほんだな》。春物の衣服が並ぶパイプハンガーと、二七インチの液晶《えきしょう》テレビ。そこは紛《まぎ》れもなく、自分が借りているアパートの部屋だった。

背中にひどい汗を掻《か》いていた。穂乃花は髪《かみ》を掻きむしり、着替えるためにベッドを降りた。

パジャマを脱ぎ、タオルで汗を拭《ふ》く。鏡に映った自分を見ていると、長い吐息《といき》が自然とこぼれた。

「……また、同じ夢」

顔の見えない男から逃げる夢を初めて見たのは、三月の終わりのことだった。

それからひと月ほどの間に、似《に》たような夢を十回以上見た。

山の中だったり、廃《はい》ビルの中だったり、高校の校舎内だったりと、自分がいる場所は日によって異なる。ただ、夢の展開はいつも同じだ。家に帰ろうと歩いていると、何者かの気配を感じる。走って逃げるものの、やがて追いつかれ、倒れたところにのしかかられる。体は一切《いっさい》動かせない。そして、抵抗できないまま男に首を絞《し》められかけたところで目を覚ます——毎回、そのパターンが繰り返されている。

着替えを済ませ、時計を見る。時刻《じこく》は午前三時を少し回っていた。

この夢を見たあとはしばらく眠れなくなる。穂乃花は部屋の明かりとテレビをつけ、冷蔵庫から出した炭酸水《たんさんすい》を持ってベッドに腰《こし》を下ろした。

よく冷えた炭酸水を喉に流し込むと、少しだけ気分がすっきりした。

ペットボトルをテーブルに置き、代わりにスマートフォンを手に取る。画面《がめん》の上部に、小さな木のアイコンが表示されている。穂乃花が普段から使っている『ツリーズ』といてSNSの通知だ。

アプリを開いてみる。新着メッセージが届いていた。送信者は、四宮《しのみや》大学に入学して以来ずっと親しく付き合っている友人だった。未読のメッセージは二十通近くあった。穂乃花が寝てから届いたものだ。どうやら深夜アニメを見ながら、その感想を送ってきているらしい。

穂乃花はベッドに寝転がり、〈またあの夢見ちゃった〉と友人宛に書き込んだ。すると一瞬で既読《きどく》マークがつき、その直後に〈ご愁傷《しゅうしょう》さまです〉と返事が届いた。彼女には、悪夢の話を何度もしている。

〈またこれで寝不足確定だよ〉

うんざり顔の顔文字と一緒にメッセージを送る。

〈大丈夫？　明日……っていうか今日はフラ語あるけど〉

友人の返信に、穂乃花はため息をついた。そうだ。今日の一時限目はフランス語だ。小さめの教室で講義が行われるため、居眠りをしたらすぐに講師に見つかってしまう。講義中の態度が悪いと減点されかねない。第二外国語は三年に上がるための必修科目なので、万が一単位を落としたりしたら留年《りゅうねん》確定だ。

〈寝てたら即起こして。お願いします〉

顔の前で手を合わせて懇願《こんがん》しているアイコンを添《そ》えてそう返す。すると、少し間があって、〈夢のこと、誰かに相談した？〉と質問が返ってきた。

〈ううん。特には〉

〈だったら、『なんでも相談窓口』で相談してみたら〉

その名前は聞いたことがあった。四宮大学の庶務課《しょむか》が設《もう》けている窓口で、どんな些細《ささい》な悩《なや》み事でも受け付け、解決のために協力してくれるという触れ込みだった。

ただ、存在は知っていても利用したことはない。そもそも、こんなプライベートなことを相談しても向こうは困《こま》るだけだろう。

〈アドバイスありがとう。でも、どうかな、迷惑《めいわく》じゃないかな〉

〈そんなことないらしいよ。サークルの先輩《せんぱい》が、『すごく頼りがいがある』って言ってたし。話すだけ話してみたら。いいお医者さんを紹介してくれるかも〉

友人は料理系のサークルに所属《しょぞく》している。聞けば、その先輩はなんでも相談窓口の担当者と顔見知りで、相手のことをよく知っているらしい。

そういう繋《つな》がりがあるなら、冷たくあしらわれることはないはずだ。ダメ元で、相談依頼《いらい》のメールを送ってみることにした。

悪夢の問題が解決したわけではないが、誰かに聞いてもらえるかもしれないと思うと、多少は気が楽になった。

〈なんか寝られそう〉

〈そう？　それはよかった。じゃあおやすみ。次はいい夢を見てね〉

笑顔のアイコンを確認し、友人とのやりとりを終わらせると、穂乃花は部屋の明かりをつけたまま布団《ふとん》をかぶった。

2

五月十一日、月曜日。舞衣《まい》はデジタルカメラを首から提《さ》げ、台車を押しながら四宮大学のキャンパス内を巡回《じゅんかい》していた。

農学部本館の脇を通り過ぎ、しばらく行くと多様な木々が植えられた森が見えてくる。農学部が管轄《かんかつ》している実験林だ。

林の木々の合間に散らばる白いものを見つけ、舞衣はそちらに近づいていった。

歩道から五メートルほど奥に入った辺りに、実験用のゴム手袋やプラスチック製の試験管が散乱《さんらん》している。そのすぐ近くには、口の開いた段ボール箱が横倒しになっていた。縦横《たてよこ》が三〇センチ、高さが七〇センチのその箱には、農学部のある研究室の連絡先《れんらくさき》が書かれたシールが貼《は》ってある。

「……もう、腹立つなあ」

舞衣は証拠《しょうこ》として周囲の様子を写真に納《おさ》めてから、持ってきたトングでゴム手袋や試験管を拾って段ボール箱に入れる作業を始めた。

ゴミの回収が終わったところで箱の蓋《ふた》を閉め、粘着《ねんちゃく》テープで封《ふう》をしてから台車に載《の》せる。台車にはすでに、同じような段ボール箱が二つ載っている。どちらも中身は研究室から出たゴミで、分類としては産業廃棄物《はいきぶつ》になる。

四宮大学では、可燃物《かねんぶつ》やプラスチックごみ以外に、産業廃棄物を捨てる置き場を各学部に一箇所ずつ設けている。毒物やウイルスや放射性《ほうしゃせい》物質が含まれていなければ、基本的には何を捨ててもよく、専用の段ボール箱に入れて出すことになっている。

最近、この段ボール箱がゴミ捨て場から移動させられ、中身が散乱した状態で放置されるというトラブルが起きている。最初に報告されたのは四月の半ばで、それ以降《いこう》週に一度か二度のペースで「ゴミ荒らし」が発生していた。

放置される場所はまちまちだが、サークル棟《とう》の裏手やグラウンドのフェンス際、附属《ふぞく》病院の駐車場《ちゅうしゃじょう》などのように、ゴミ捨て場から近く、人目につきにくい場所という点は共通している。

犯人はまだ分かっていないが、手口が同じことから同一人物の仕業《しわざ》だろうと大学では考えている。目的はまったく不明だ。

明らかな迷惑行為であり、当然見過ごすわけにはいかないということで、庶務課が中心となって対応に乗り出している。構内に設置《せっち》されている監視《かんし》カメラの映像をチェックし、警備《けいび》会社に依頼し夜間の巡回を増やした。しかし、今のところ犯人に繫がる手掛かりは得られていない。分かっているのは、日中に堂々と大学にやってきてゴミを荒らしている、ということだけだ。講義が行われている時間帯なら、人通りは少なくなる。誰にも見つからないように物陰《ものかげ》で作業をするのはそれほど難しくはないだろう。

カメラの台数をすぐに増やすのは難しいため、今後は昼間のパトロールの回数や人数を増やすことを検討《けんとう》している。

忙《いそが》しい四月を乗り切り、ようやく一段落というところでまた雑用が増えてしまった。勘弁《かんべん》してよ、という気持ちはあるが、泣き言を言っても始まらない。打てる手を打って、一刻も早く迷惑行為をやめさせなければ。

そんな決意と共に、舞衣は再び台車を押して歩き出した。

その日の夕方。舞衣は事務棟の小会議室にやってきた。

先に誰かが使ったらしく、椅子《いす》がテーブルから離れたところに置かれている。ドアを開けたまま椅子の位置を調整していると、「あの……」と声が聞こえた。

廊下《ろうか》からこちらを窺《うかが》っているのは、左の目尻《めじり》にほくろのある、髪の長い女子学生だった。首元が丸く開いた白のトップスに、濃《こ》い紫《むらさき》のロングスカートという装《よそお》いだ。

「岩井穂乃花さんでしょうか？」

「あ、はい。そうです。部屋、ここで合ってますか」

「ええ、こちらです。どうぞお入りください」

彼女を迎え入れ、向かい合ってテーブルにつく。かなり緊張《きんちょう》しているようだ。視線《しせん》が会議室のあちこちをさまよっている。もともと控《ひか》えめというか、遠慮《えんりょ》がちな性格なのだろう。温和な顔立ちや、か細い声の感じからそれが窺えた。

こういう時は、とにかくフレンドリーに接するに限る。舞衣は笑顔を作り、「なんでも相談窓口、相談担当の七瀬《なせ》と申します」と自己紹介した。

「ど、どうも。文学部二年の岩井です」

メールで連絡をもらい、面談の段取りは整えたが、相談内容についてはまだ何も把握《はあく》していない。最初に窓口に届いたメールに詳細が書かれていない場合、本人が言い出すまでは訊《き》かないというルールでやっているからだ。

無理に聞き出そうとすれば相手を萎縮《いしゅく》させ、最悪の場合、相談をキャンセルされてしまいかねない。なるべく相手の立場になり、柔軟《じゅうなん》に対応する。それが担当者として取るべきスタンスだと舞衣は考えている。

「今日は、どういったご用件でしょうか」

あえて「相談」というフレーズを使わずに舞衣は切り出した。相手が話しやすくなるようにという工夫だ。

穂乃花はしばらく黙り込んでいたが、「実は……怖《こわ》い夢を見るんです」と囁《ささや》くような声で言った。

「それで眠れなくなってしまって、昼間にすごく眠くなるんです。講義でちゃんと先生の話を聞きたいと思っても、眠気に勝てずに居眠りしてしまって……。このままだと成績に影響《えいきょう》しかねないので、こうして相談に来ました」

そう説明し、穂乃花は頭を下げた。

「突拍子《とっぴょうし》もない内容ですみません……。私の親友が、こちらの窓口を教えてくれたんです。彼女のサークルの先輩が七瀬さんのことをよく知っていて、『頼りになる』と言っていたそうなんです。それで、行ってみたらって勧《すす》めてくれたんです」

聞けば、その友人は『神食探訪《かみしょくたんぼう》クラブ』という料理系サークルに所属しているという。そのサークルの部長や副部長と舞衣は顔見知りで、イベントなどで交友がある。以前にも、その副部長の紹介で、学生がなんでも相談窓口にやってきたことがあった。

「そうですか。経緯《けいい》はよく分かりました」

「言われるがままに来てしまったんですけど……。申し訳ありません。こんな話をしても、どうしようもないですよね……」

「いえ、全然大丈夫です。なにせ、なんでも相談窓口ですから。どんな内容でも受け入れます」舞衣は優しくそう語り掛け、穂乃花の目を見つめた。「もう少し具体的に伺《うかが》えれますますか。その夢は、どんなものなのでしょうか」

「日によってシチュエーションは違うんですが……恐ろしいものに追い掛けられ、倒されて体の上に乗られるという夢です。抵抗しようとしても体が動かなくて、相手に首を絞められたところで目が覚めるんです……」

上に乗られる、という言い方にドキリとした。舞衣は表情を変えずに、「その『恐ろしいもの』というのは男性でしょうか」と尋ねた。

すると、穂乃花は深いため息をついた。

「やっぱり、そっち方面の想像をしちゃいますよね……」

「えっと、いえ、そういうわけでは」

「いいんです。……顔は見えませんが、男性だと思います。そのことを明かすと、みんな決まって『欲求不満なんじゃないの』と言います。真面目《まじめ》に聞いてくれる人の方が少数派です」

穂乃花はこの件で幾度《いくど》となく嫌《いや》な思いをしてきたようだ。ならば、変にオブラートに包んでお茶を濁《にご》すより、きちんと逃げずに話をした方がいいだろう。

舞衣はテーブルの上で手を組み合わせ、「心理学的には性的な方面に原因を求めがちですよね」と苦笑してみせた。

学生時代、舞衣は軽い興味《きょうみ》から、心理学者のジークムント・フロイトの本を読んだことがある。彼は「無意識」が人の行動に作用するという概念《がいねん》を提唱《ていしょう》し、現代の「意識」に対する解釈《かいしゃく》に多大な影響を与えた人物だ。

ただ、彼の理論の根底には、「性的一元論《いちげんろん》」と呼ばれる概念がある。端的《たんてき》に言えば、性的な関心が人間の行動をコントロールしている、という考え方だ。具体的な例はもう忘れてしまったが、何でもかんでも性的なことに原因を求める姿勢にうんざりし、途《と》中《ちゅう》で図書館に本を返却したことは覚えている。

「そういう風に分析《ぶんせき》されることに対して、岩井さんはどう感じましたか」

「全然的《まと》はずれだと思いました」と穂乃花は即答した。だいぶ緊張が解けてきたのか、部屋に入ってきた時より顔色がよくなっている。「恋愛《れんあい》に興味がないとは言いませんが、誰かに片想いしているわけじゃないです」

「……答えられる範囲《はんい》で教えていただきたいのですが、夢を見る原因が、過去の出来事と関係している可能性はありませんか？」

無礼を承知《しょうち》で、デリケートな問いを投げ掛ける。

「それはないです」穂乃花が顔をしかめる。「なんて言っていいか分からないですけど……私は今まで、ずっと平和な人生を過ごしてきました」

「そうですか。失礼なことを聞いてごめんなさい」

「大丈夫です。当然の疑問《ぎもん》だと思います」と穂乃花は唇《くちびる》を強く結んだ。「でも、本当に隠し事はしていません。仮に自分の覚えていない幼少期《ようしょうき》のトラウマだったとしたら、もっと前から悪夢を見ているはずです。でも、悪夢を見始めたのは今年の春になってからなんですよ」

「なるほど。だとすると、原因は他にありそうですね」舞衣は強く頷《うなず》いてみせた。「今年の春から悪夢が始まった、とおっしゃいましたが、その時期に何か身の回りで大きな変化はありませんでしたか?」

「学年が上がったことぐらいでしょうか……。ただ、春と言っても三月末からなので、進級も当てはまらない気がします」

「引っ越したとか、サークルに入ったとか、アルバイトを始めたとか、知り合いとの間にトラブルが起きたとか……」

「一切ありません」と穂乃花は首を振った。

「では、体調の方はいかがですか」と舞衣は尋ねた。

もしかすると花粉症《かふんしょう》で眠りが浅くなり、悪夢を見やすくなっているのではないか。そう思って尋ねたが、穂乃花の返答は「特に問題はないし、花粉症でもない」というものだった。

「うーん、そうですか……」

「ごめんなさい。せっかくいろいろ考えてくださっているのに」と、申し訳なさそうに穂乃花がうつむく。「心の問題ですし、原因の調べようがないですよね……。やっぱり、自分でなんとかしてみます」

穂乃花が席を立とうとする。舞衣は「結論を急がないでください」と待ったを掛けた。彼女が椅子に座り直すのを待ち、舞衣は居住まいを正した。

「原因が分からないという状況を軽視してはいけない、と私は思います。私は医学のことは分かりませんが、今の段階で精神的な問題がすべてだとは言い切れないでしょう。自律神経の乱《みだ》れが生じたとか、特定の栄養素が足りていないとか、そういう身体的なトラブルにも原因があるのかもしれません」

穂乃花を不安にさせるので例として挙《あ》げなかったが、脳腫瘍《のうしゅよう》のような、より重篤《じゅうとく》で危険性《きけん》の高い病気に罹《かか》っている可能性もあるだろう。たかが悪夢と簡単《かんたん》に追い返すことはしたくなかった。

「どうすればいいんでしょうか……」

「やはり、一度専門医に相談することをお勧めします。精神科と内科の両方を受診《じゅしん》してはいかがですか。こちらの窓口を通じて、大学の附属病院の予約を取ることもできます。在校生なら、無償《むしょう》で検診を受けられますよ」

舞衣の提案に、穂乃花は神妙《しんみょう》に頷いた。

「……ありがとうございます。自分でもそうした方がいいかなと思っていたんですが、踏ん切りがつかずに先送りにしていたんです。でも、七瀬さんに背中を押してもらえて、受診する勇気が持てたように思います」

「それは何よりです」

舞衣が笑みを浮かべると、穂乃花も初めて小さく笑った。

一緒に廊下に出て、事務棟の玄関《げんかん》先で穂乃花を見送る。相談前は猫背《ねこぜ》気味だった彼女の背筋《せすじ》はいくぶん伸びていて、気分の落ち込みが改善《かいぜん》された様子が見て取れた。

できれば、相談したことで悪夢から解放されてくれたらいいんだけど……。

舞衣はそんな願いを抱きつつ、仕事に戻るべく事務室へと向かった。

3

その週の金曜日。舞衣はまた、台車を押しながらキャンパス内を巡回していた。

時刻は午前九時半。講義の行われている時間帯なので、外を歩いている人影はまばらだ。空は雲一つない快晴《かいせい》で、春が完全に終わったことを告げるような、眩《まぶ》しい日差しが降り注いでいる。

構内の散策にはもってこいの天候だが、ゴミの片付けが目的なので楽しめるはずはなかった。すでに台車には、産業廃棄物入りの段ボール箱が一つ載っている。共用トイレの裏手で発見したもので、例のごとく開封して横倒しにされていた。中身は劣化《れっか》してボロボロになったゴムホースや、錆《さ》びて使えなくなったハサミ、インクの切れたボールペンなどだ。
問題行動はまだ終息《しゅうそく》する気配はない。昼間に庶務課の職員が交代でパトロールをし
ているが、犯人の身勝手な行動を食い止めることはできていなかった。
腹立たしさを我慢《がまん》しつつ、辺りを見回しながら歩いていく。すると、こちらに向かっ
て歩いてくる、背の高い人影が見えた。沖野《おきの》だ。今日の彼は、薄い水色の長袖《ながそで》シャツと
スリムな黒のパンツという格好《かっこう》だった。手に生協の紙袋を持っている。買い物をして理
学部一号館に戻るところのようだ。
舞衣に気づき、沖野がその場で回れ右をする。舞衣は台車をその場に残し、走って沖
野に追いついた。
「ちょっと先生。どうしてもと来た道を戻ろうとしたんですか」
尋ねると、沖野は舞衣の方を向き、憂鬱《ゆううつ》そうにため息をついた。
「愚問《ぐもん》だな。決まっているだろう。君と会うと、厄介事《やっかいごと》を頼まれるからだ」
「決めつけは止《や》めてくださいよ。それじゃまるで、私がいつもトラブルを背負《せお》っている
みたいじゃないですか」
「いや、『みたい』じゃなくて、まさしくその通りだろう。背中の袋にたくさんの厄介

事を詰め込んだサンタクロースみたいなものだ」

「違いますよ。どこにでもいる、普通《ふつう》の事務員です」

「普通、ねえ……」と沖野が頭を掻く。「個人的には、とてもそうは思えないんだが。奇妙《きみょう》なトラブルに関わりすぎだ。君が呼び寄せているとしか思えない」

「とんでもない誤解《ごかい》です」と舞衣はきっぱりと否定《ひてい》した。「私が呼んでいるのではなく、向こうからやってくるんです。それだけ、大学はトラブルが多い場所なんですよ。庶務課で働いていれば、こうなるのは必然なんです」

「はいはい。ご高説《こうせつ》、恐悦至極《きょうえつしごく》に存じます」沖野は無感情にそう言い、舞衣が押していた台車の方に視線を向けた。「そこにあるのは、産業廃棄物入りの段ボール箱か」

「ええ。最近、あれをゴミ捨て場から移動させて、勝手に開けている不届き者がいるんですよ」と舞衣は腰に手を当てた。

「……誰が何のためにやってるんだろうな」

「分かりません。でも、特定の研究室がターゲットになっているわけではないです。単なるストレス発散か、あるいは庶務課への嫌がらせかもしれませんね。後始末は私たちがやっていますから」

「嫌がらせを受けるような心当たりがあるのか？」

「それはないです」

「本人は気づいていなくても、曲解《きょっかい》する人間はいるからな」

「……うーん、それなら直接クレームを入れてもらいたいですけど」

「犯人の目星はまるで付いていないのか？」

「ええ。学生や職員なのか、それとも部外者なのか、それすら分かっていません」

と、そこで舞衣はパチンと手を打った。

「あ、そうだ。科学の力で犯人を突き止めることはできませんか？」

「唐突《とうとつ》だな」と沖野が渋《しぶ》い顔で呟《つぶや》く。「いつも言っているが、科学は万能のツールじゃないぞ」

「でも、犯人は段ボール箱に触れているわけじゃないですか。指紋《しもん》とかDNAとか、警察がやっているようなやり方で犯人を特定できるんじゃないですか？」

「その発想はさすがにフィクションに毒されすぎだな。確かに、指紋やDNAを採取《さいしゅ》することは可能だろう。ただ、それそのものはただの情報でしかない。性別や人種くらいは分かるが、『どこそこに住んでいる誰々』のようなプロフィールが含まれているわけではない。警察がそれらの情報を捜査《そうさ》に活かせるのは、データベースを持っているからだ。そこには、事件の物的証拠と犯罪者のプロフィールがセットになった情報が保存されている。それがあるからこそ、指紋やDNAという『検索《けんさく》キー』から持ち主を即座に識別できるんだ。これは単純な科学の力ではない。地道な情報の積み重ねだ」

沖野は早口ですらすらとそう解説した。専門的な話になると、彼は時々妙に饒舌《じょうぜつ》になる。正しい情報を伝え、相手にきちんと理解させなければ、という教育者としての義務感が働くのだろう。

「データベースは……ないですね」

「警察とは体制そのものが違うんだ。指紋を採取しても、せいぜい同一犯かどうか確認できる程度だろう。変なことは考えずに、地道にやるしかない」

「地道と言うと……」

「警備員による巡回の頻度《ひんど》を上げる。それが最も有効な手段だろう」

「……それができればいいんですけどね」と舞衣は嘆息《たんそく》した。人を雇《やと》えば当然賃金《ちんぎん》の支《し》払《はら》いが発生する。今年の予算はすでに策定《さくてい》済みで、警備関連の費用を増やすことはできない。用途の決まっていない自由枠《わく》もあるにはあるが、それは台風や火災のような、非常時に使うための予算だ。不法投棄対策に用いるのは難しい。

「なら、防御的《ぼうぎょてき》な対策を講じたらどうだ。産業廃棄物入りの段ボール箱を外に置かなければ、勝手に荒らされることもない。廃棄の際は事務棟に持ち込ませて、君たちが一括《いっかつ》で管理すればいい」

「ああ、そうですね。猫柳《ねこやなぎ》さんに提案してみます」

「ほどほどに頑張ってくれ。じゃ、俺はこれで」

沖野が生協の袋を小脇に抱えて立ち去ろうとする。

「あ、そうだ」と舞衣は再び手を叩《たた》いた。

「なんだ。『あ、そうだ』が多いな」

「悪夢を見る原因って、分かります？」

「おいおい」と沖野が顔をしかめる。「君はコミュニケーションの基本も知らないのか？ それだけの質問で答えを出せるわけがないだろう。背景を説明しないと、何のことだかまったく分からない」

「お急ぎかなと思って、端的に質問したんですが」

「端的に言えばいいというものじゃないだろう。立ち話ついでだ。質問の意図を含めて説明してくれ」

「ええとですね……最近、ある学生から相談を受けまして」

舞衣は穂乃花の名前を伏《ふ》せ、彼女が悪夢に悩まされていることを沖野に話した。

「ふむ。で、病院を受診するように勧めたんだな」

「そうです。彼女は一念発起《いちねんほっき》して、精神科と内科の両方で診察を受けました。ところがですね、医学の力をもってしても、悪夢の発生原因を特定できなかったんですよ」

「今度は『医学の力』と来たか」と沖野が肩をすくめる。「君はどうも、サイエンスに対する信頼度が高すぎるようだ」

「それはそうですよ。なんだかんだで、二年以上も沖野先生の薫陶《くんとう》を受けているんです。科学を頼りたくもなりますって」

「俺が原因なのか？　君を育てようと思ったことなど一度もないが」

「自然に育ってしまいましたね。先生が偉大《いだい》だから」と舞衣は微笑《ほほえ》んでみせた。「それで、いかがですか。化学者としての見解は」

「話を聞く限りだと、典型的《てんけいてき》な金縛《かなしば》りのように思えるな」

「金縛り……なんですか？　確かに身動きは取れないと言っていましたが」

「勘違《かんちが》いしないでくれ。別に霊《れい》の仕業などと言うつもりはない。原因は脳の勘違いだ。押さえつけられているから動けないのではなく、筋肉が睡眠《すいみん》状態だから手足を動かせないんだ。中途半端《はんぱ》に覚醒《かくせい》している脳がその状況を曲解して、誰かに襲われているのだと警戒《けいかい》シグナルを出すわけだ」

「ああ、なるほど。レム睡眠とノンレム睡眠が絡《から》んでくる話ですね。どっちがどっちかは分からないですけど」

「筋肉がリラックスするのはレム睡眠の方だったはずだ。まあ、その辺の細かいことはともかく、恐ろしいものに襲われるという夢は、古くからよくある悪夢のパターンだ。ある研究によれば、十人に一人程度が似たような経験をしているらしい。そのくらいありふれたものということだ」

「ふむふむ……科学的な説明は分かりました。で、解決するにはどうすればいいんでしょうか」

「さあ、俺には分からない。他の専門家を当たってくれ」

「あら。さすがに専門外ですか」

「そういうことだ。現象に対して説明しただけであって、『なぜそれが起きるか』についての答えは持ち合わせていないんだ。なんとか答えをひねり出すなら、結局のところ『ストレスのせい』と推測《すいそく》するしかない」

「その学生は、生活環境《かんきょう》に目立った変化はないと言ってますけど」

「だったら、無意識レベルでのストレスが生じているのかもしれないな。当たり前だが、生きていれば周囲の環境は刻々と変化する。気温、湿度《しつど》、紫外線《しがいせん》の強さ、日照《にっしょう》時間……細かいことを挙げていけばキリがないが、本気で解決を望むなら、そういうところも丹念に調べ上げるしかないだろうな。俺から言えるのはこの程度だ」

「分かりました。ありがとうございました」

「いずれにしても、一人で抱え込むのはよくない。君も、その学生もだ」と忠告し、沖野は大きな歩幅《ほはば》でその場から立ち去った。

舞衣はしばらく彼の背中を眺《なが》めてから、置いてきた台車を取りに戻った。

4

三十分後。舞衣が巡回を終えて事務室に戻ると、妙に室内がざわついていた。見ると、課長の猫柳が他の職員たちに何やら指示を出していた。その表情は険《けわ》しい。

彼は舞衣に気づくと、「ああ、ちょうどいいところに」と歩み寄ってきた。「少し気になる情報が入りました。何者かが、廃棄されるはずだったパソコンを持ち去ったようなのです」

「……どういうことですか」

「つい先ほど、工学部のある研究室から連絡がありました。廃棄したデスクトップパソコンのデータ消去が不十分であることが判明したため回収しようとしたところ、本体が回収ボックスから消えていたというのです」

パソコンや液晶モニター、ハードディスクなどの電子機器は、ゴミ置き場に設置した専用の回収ボックスに入れてもらうことになっている。だいたい、バスタブくらいの大きさの金属の箱だ。

「廃棄したのはいつですか？」と舞衣は質問した。

「昨日の朝だそうです」

ゴミの処分は専門業者が行っており、二週間に一回、月曜日の朝に産業廃棄物入りの段ボール箱と一緒に回収される。今日は金曜日なので、回収ボックスの中身は手付かずのはずだ。

「まだ使えると思って、学生が持って行ったんでしょうか」

「可能性はあります。ただ、十年以上前に販売された機種で、機能的にはほぼ使い物にならないという話でした」

「じゃあ、機密事項《じこう》を盗《ぬす》みに来たスパイとか……」

「情報収集を目的にパソコンを持ち去るのは効率的ではないでしょう。データが消去されている可能性の方が高いわけですから。それよりはむしろ、パーツ採取目的だったのではないでしょうか。使われている金属を取り出せば、お金にはなりますから」

いずれにせよ看過《かんか》はできません、と猫柳は強い口調で言った。

「いくらゴミとはいえ、持ち去られたものが悪用される可能性はあります。気づいていないだけで他にも同じような事例があったかもしれません。確認のため、この一カ月間に廃棄した電子機器のリストを各研究室に作成してもらうことにしました。それと、業者から提出された回収品目リストを突き合わせれば、持ち去りがあったかどうかがはっきりします。今、手分けして各研究室に連絡を取っているところです」

「分かりました。そういうことなら私もお手伝いします」

「ええ、それでは理学部の一号館の研究室をお願いします」

「了解です」

頷き、急いで自分の席に着く。研究室の内線番号を印刷したリストを手に取ったところで、ふと心に疑問がよぎった。

——連続しているゴミ荒らしと今回の持ち去りには関係があるのだろうか？

共通点は、あると言えばある。電子機器の回収ボックスと産業廃棄物入りの段ボール箱を捨てる場所は隣接《りんせつ》している。

しかし、今の段階では両者の関係は不明だ。余計なことは考えずに、与えられた役割をこなさなければ。

舞衣は小さな疑念を心の中に仕舞い、受話器を取り上げた。


その日の午後三時過ぎ。舞衣はキャンパスの正門脇にある守衛室《しゅえいしつ》を訪ねた。

「こんにちは」

「おお、来たかい」と、中年の男性警備員がパイプ椅子から立ち上がる。

守衛室はプレハブ小屋で、広さはおよそ八帖《じょう》。出入口から見て左側、正門に面した方に来客対応用のカウンターが、右側に幅六〇センチほどのコンパクトな机がある。そこに、液晶モニターとデスクトップパソコンが設置されている。

「お仕事中すみません。もう作業に取り掛かれますか？」

「うん。ソフトを立ち上げておいたよ。好きに使っていいから」

「ありがとうございます。助かります」と舞衣は頭を下げた。ここに足を運んだのは、正門近くにある監視カメラの映像を確認するためだ。パソコンを持ち去った人物が映っている可能性がある。

「デスクトップパソコンを無断で持ち去ったやつがいるんだってね。ゴミ荒らしのことといい今回のことといい、トラブルが続くねえ」帽子《ぼうし》をかぶり、男性警備員がドアノブに手を掛けた。「ちょっくら見回ってくるよ。この時間は来客はほとんど来ないと思うけど、来たら対応してもらえるかい」

「分かりました」

「じゃ、よろしくな」

手を振り、男性警備員が守衛室を出て行った。ドアが閉まったところで、舞衣は気持ちを切り替えて液晶モニターと向かい合った。

キャンパス内の監視カメラで撮影《さつえい》した映像は、すべてこのパソコンのハードディスクに保存される。以前は二日程度で上書きされていたが、定期的に容量の増強を行っており、今はデータを二週間は保管できるようになっている。

問題のパソコンが回収ボックスに入れられたのは、昨日の午前十時頃《ごろ》。そして、それが消えていることに気づいたのが今日の午前九時過ぎ。およそ二十四時間の間に、犯人はパソコンを持ち去ったことになる。

消えたパソコンはミニタワーと呼ばれるタイプのもので、デスクトップパソコンとしては小型の部類に入る。といっても幅が二〇センチ、奥行きと高さはいずれも三五センチほどある。大型のリュックサックでなければ隠して持ち運ぶことは難しいだろう。つまり、大きな荷物を持って大学を出ていく人間をチェックすればいいことになる。

映像データは、〈08：00～10：00〉のように、二時間単位で分割されている。さっそく、昨日の午前十時からのデータを再生する。

正門の監視カメラは街灯の支柱に取り付けられており、通行する人間がすべて映るような角度になっている。五倍速で再生し、誰かが出ていく時に等速に戻すことにした。気になった人物がいたらそこで画面を止め、スクリーンショットで切り出しておく。

「……うーん、思ったより多いなあ」

モニターを眺めながら舞衣は呟いた。パンパンに膨《ふく》らんだリュックサックを背負っていたり、重たそうなスポーツバッグを肩から提げている学生や職員は結構な割合でいる。外見だけで犯人を突き止めるのは難しい。

そこで方針《ほうしん》を変え、年齢や服装から明らかに部外者と思われる人物に絞《しぼ》ってチェックしていくことにした。いたずらに可能性を広げるのではなく、まずは大学関係者を信じることから始めるのだ。

　そう決めてしまうと、少し気分が楽になった。テーブルに左肘《ひだりひじ》を突き、拳《こぶし》を頰《ほお》に当てながらリラックス状態で動画を眺める。

　人通りが少ない時間帯は二十倍速で思いっきり飛ばしつつ、動画を見続ける。そうして、今朝の午前九時までを見終え、舞衣は「うーん」と伸びをした。

　映像のチェック作業を始めてから二時間半が経っていた。外はもうすっかり夕方だ。受付カウンターの窓越しに、オレンジ色に染まった正門前広場が見えていた。

　と、そこでドアが開き、パトロールに出ていた男性警備員が戻ってきた。

「おう、まだやってたのかい」

「ちょうど終わったところです」

「どうだい？　気になるやつはいたかい」

「ええ、三人ほど」

　途中で保存した静止画を確認する。リュックを背負い、野球帽をかぶった初老の男性。同じく、大きなリュックを背負った、日に焼けた丸刈《まるが》りの中年男性。そして、旅行用のトランクを引いていた四十代くらいの女性。この三人だ。

　画像を覗《のぞ》き込み、「この人らはたぶん犯人じゃないな」と男性警備員が言った。

「野球帽をかぶってるのは四宮大の練習を見に来てる野球ファンだよ。話したこともある。日焼けしてるのは大学OBで、登山部の臨時顧問《りんじこもん》。トランクを転がしてるのは本好きのおばさんだね。図書館に自分の本を寄贈《きぞう》に来たんだ。週一くらいで見掛けるよ」

「あ、そうなんですか……」

どうやら、これまでの作業は無駄に終わったようだ。だが、まだやれることはある。

「じゃあ、裏門の方の録画も見ていきます」と、舞衣は再びモニターと向き合った。どうせやるなら徹底的《てってい》にチェックしなければ意味がない。

裏門は敷地の北側にある。正門と違って門柱はなく、スライド式の鉄格子《てつごうし》の門があるだけだ。幅は狭《せま》く、門を抜けてすぐのところに車止めのポールがあるため、車で入ることはできない。基本的に二十四時間開放されており、正門が閉まる午前〇時から午前六時までの間は、そちらから出入りする決まりになっている。

裏門の監視カメラの映像を再生する。正門と同じく、高さ三メートルほどのところから見下ろす形になっている。

学生、職員、工事業者、犬の散歩中の女性、虫取り網《あみ》を持った小学生……。正門よりもバラエティに飛んだ面々が通り過ぎていく。ただ、日中は、こちらを利用する人間は少ない。駅やバス停から遠く、不便だからだ。

出入りのペースは、昼間は三十分に一人、夜間は十分に一人程度なので、あっという間に二十四時間分を見終わった。

「うーん……」

「どうだった?」と、男性警備員が声を掛けてくる。舞衣は首を振って立ち上がった。

「それらしい人はいないですね」

「そうか。裏門でもなかったか。病院の方から来てるのかねえ」

「それだと確認は難しいですね……」

附属病院側のゲートからは車で構内に乗り入れることができる。監視カメラはあるものの、荷物を積んでいるかどうかは分からない。

それでも一応見るだけは見よう。そう決めて液晶モニターに目を向けた時、「ああ、いたいた」と来客対応カウンターの方から声がした。

振り返ると、ガラス戸を開けて沖野がこちらを覗き込んでいた。舞衣は立ち上がり、そちらに近づいていった。

「あ、どうも。これから帰るところですか?」

「いや、庶務課の方に電話をしたら、ここにいると言われたんだ」沖野の視線は、奥の液晶モニターに向けられている。「監視カメラの映像を見てたんだな。ゴミ荒らしの犯人探しか?」

「いえ、別件です。ゴミ荒らしの方は特に進展はないですね」

「そうか」と呟き、沖野は正門の方に目を向けた。「今日の午後に、理学部の環境安全会議があったんだが」

　環境安全会議は月に一度行われるもので、各研究室の責任者が出席する。他大学や工場などでの事故事例、事務からの注意事項などを共有するための場だ。

「ゴミを荒らしている人間がいることを話したら、とある研究室から、『調査に協力したい』という希望《きぼう》があった」

「え、マジですか！」

　思わず大きな声が出た。沖野は「画像解析の手法を使うらしい」と冷静に言った。

「画像……というと、監視カメラで撮影されたもののことですか」

「ああ。自分たちの研究を実地に検証したいそうだ。詳しいことが知りたければ本人に質問してくれ。これが連絡先だ」

　沖野は手書きのメモを舞衣に差し出し、「じゃ、頑張ってくれ」と去っていった。

「いやあ、かっこいいねえ」舞衣たちの会話を聞いていた男性警備員がしみじみと言う。

「何の話をしてるのか俺にはさっぱりだったけど、実にスマートじゃないか。さすがは『Mr. キュリー』と呼ばれるだけのことはあるねえ」

「え？」と舞衣は目を見開いた。「どこでそのあだ名を……？」

「どこだったかな。覚えてないけど、間違《まちが》ってはないだろう？」

「ええ、ええ、合ってます」と舞衣は頷いた。

沖野がいる時にそのあだ名が出なくてよかった、と舞衣はホッとした。歴史《れきし》に名を残す大科学者との繋がりを連想させるニックネームを、沖野は非常に嫌《きら》っている。耳にしていれば確実に機嫌が悪くなっていただろう。

しかし、確実に「Mr.キュリー」の名は浸透しつつある。舞衣が大学の職員になった頃よりも、様々な場面でそれを聞くようになった気がする。

本人が望まなくとも、その評判が自然と広まっていく。それはとても素晴《すば》らしいことのように舞衣には思えた。

5

五月十八日、月曜日。午後二時過ぎに、舞衣は理学部二号館へとやってきた。こちらには主に生物系の研究室が入っているが、上の方の階には数学科の研究室がある。

ここに足を運ぶのは久しぶりだ。確か、昨年の六月以来だと思う。その時に関わった事件のことを思い出しつつ、エレベーターで六階に上がる。

数学科の研究室では有機溶剤《ゆうきようざい》や化学試薬を使うことがないため、薬臭《くさ》い匂《にお》いは一切感じられない。廊下の窓からは、キャンパスの西側の景色が見下ろせる。すぐ手前に舞衣の働く事務棟があり、向かって右手には工学部や農学部、左手には講堂や正門、サークル棟などが見える。

先週までなら、「ゴミがまた荒らされているのでは」と心配になっただろうが、今はキャンパスを眺めていても不安はない。産業廃棄物の段ボール箱に関しては、今日から事務棟に直接持ち込むルールに変更されたからだ。利用者には不便になるが、これで荒らし行為は回避《かいひ》される。

また、パソコンやハードディスクなどの電子機器を捨てる場合も、各学部の回収ボックスではなく、庶務課に持ってきてもらうことになった。全研究室に連絡し、廃棄した電子機器の数を確認したところ、業者に引き取られた数よりも明らかに多いことが判明したためだ。つまり、先日持ち去られたパソコン以外にも、いくつか消息不明の電子機器があるということだ。それらが何者か——おそらくは同一人物——によってどこかに運ばれた可能性は非常に高いと思われた。

対策は取ったので、荒らしや持ち去りの心配はなくなった。ただ、どちらに関しても犯人に繋がる手掛かりは得られていない。真の解決に向け、何らかの手を打ち続ける必要はある。それが、猫柳を始めとした庶務課の総意だ。

舞衣は正面に目を戻し、早足で廊下を進んでいった。

目的の『先進知的システム研究室』は、二つ角を曲がったところにあった。

教員室のドアをノックすると、雪だるまのような体型の男性が出迎えてくれた。ぷっくりと丸い頬と顎《あご》。空気を入れて膨らませたような手足。くりくりと丸まった天然パーマの髪。彼は、赤ん坊をそのまま大きくしたような風貌《ふうぼう》をしていた。

「お待ちしていました。准《じゅん》教授の徳田《とくだ》です」

外見に似合わない低くて渋い声で名乗り、徳田が手を差し出す。

ぷにぷにした手を握《にぎ》り、「庶務課の七瀬です」と舞衣は頭を下げた。「この度《たび》はご協力ありがとうございました」

「お礼を言うのはこちらの方ですよ。自分たちの技術を活用できる機会を与えてもらったことに感謝します」

徳田の研究室では、いわゆる人工知能の研究を行っている。といっても、「話し掛ければ答えを返す」的なものというより、むしろ「過去問を参考に未知の問題を解く」ツールという方が近いらしい。具体的には、「医薬品の化学構造式《こうぞうしき》からの副作用予測」や、「CTスキャンの画像解析から、肉眼で見えない初期のがんを探す手法の開発」などを研究テーマに設定しているという。

そのテーマの中に、「顔認識《かおにんしき》による疾患《しっかん》予防」というものがある。継続的に顔の変化を追跡して病気の発症リスクを見積もるという研究で、顔色が急に悪くなったとか、ほくろがある部分に集中的に増えているとか、そういった変化から近いうちに病気になるかどうかを予想しようとしているそうだ。

今回は、その顔認識技術を活用し、監視カメラの映像を解析してもらった。キャンパスの巡回などから、産業廃棄物の荒らし行為が行われた時刻はある程度推測できる。該当《がいとう》する時間帯にキャンパスにいた人間を特定し、容疑者を絞り込もうという作戦だ。また、パソコンの持ち去り犯の特定作業も同時に行っていた。構内への出入りの前後で荷物の大きさが変化している者をピックアップし、怪しいと思われる人物を特定するのだ。

監視カメラの映像は、正門、裏門、病院の通用門の三カ所分ある。データが保存されている二週間の間にカメラに映った人の数は、のべ十万人以上になるだろう。映像のデータは膨大だが、徳田の研究室では非常に高性能なコンピューターを何台も保有しており、処理《しょり》速度も極めて早い。データを渡したのは金曜日の夜で、それからわずか二日半で解析が完了していた。

「では、結果を説明しますね。どうぞこちらへ」

徳田に招かれ、舞衣は教員室に入った。部屋の奥には、くの字型の事務机が置かれ、三台のモニターが設置されている。徳田の体形を見れば「なるほど合理的だ」と納得《なっとく》できる配置だった。回転する椅子に座っていれば、体を回すだけで作業ができる。

手前には来客用のソファーが置かれ、ガラスのローテーブルには二人分のショートケーキとコーヒーが載っていた。

「ケーキ、よかったら食べてください」

「ありがとうございます。すみません、お気遣《きづか》いいただいて」

「いえいえ、今日のために用意したわけじゃありません。僕はいつも、おやつにケーキを食べるんですよ。朝、大学に来る途中に買うんです」

そう言って、徳田が嬉《うれ》しそうに冷蔵庫から紙の箱を取り出す。蓋を開けると、中にはフルーツタルトやチョコレートケーキ、チーズケーキが入っていた。

「これ、全部お一人で……？」

「そうです。減らさなければと思っているんですが、なかなかやめられません」

そこで徳田の腹が「ぎゅーん」と、エレキギターを鳴らした時のような音を立てた。

舞衣は緩みそうになった口元を引き締め、ソファーに腰を下ろした。

徳田は自分の分のショートケーキを平《たい》らげてから、「こちらを」とタブレット端末を差し出した。「ゴミが荒らされたと推定される時間帯すべてで、キャンパスに滞在《たいざい》していた人物のリストです。全部で七十二人います」

一〇インチの画面には、ずらりと人の顔が並んでいる。いずれも斜《なな》め上からのアングルだ。監視カメラの映像から切り出したものだろう。

「これは、学生や教職員も含まれていますよね」

「ええ。ただ、四宮大学関係者の顔写真データも提出していただいたので、区別できるようにはしています。画面上部のタブを切り替えてみてください」とコーヒーをすすりながら徳田が答えた。

舞衣は画面に目を戻した。言われた通りに〈部外者〉のタブを開く。七十二人中、部外者と判定された人物は四人いた。スポーツバッグを肩から提げた作業着姿の中年男性。自転車に乗っている高齢の男性。犬を連れている中年女性。スーツ姿の四十代くらいの男性。これですべてだ。

「パソコンの持ち去り犯に関しての結果も、このタブレットに入っていますか?」

「ああ、はい。タスク一覧《いちらん》を呼び出して、そこから画面を切り替えてもらえばOKです」

そわそわしながら徳田が言う。視線がちらちらと冷蔵庫の方に向いている。どうやら次のケーキを食べたいらしい。

いったん事務室に持ち帰った方がいいだろうか。そう思いつつ、言われた通りにもう一つのデータを開く。該当者は十五人いた。こちらも〈部外者〉のタブが用意されているので、そちらに切り替える。

すると、画面に三人の顔写真が表示された。それを見た瞬間、「あっ」と声が出た。先ほどの「荒らし」容疑者の四人の中にいた作業着姿の中年男性が、こちらでもリストアップされている。

怪しい、と舞衣は思った。今月は学内での工事や補修作業は行われていない。そういう服装の人物が頻繁にうろついているのは不自然だ。

作業着には特別な力がある。その服装を見ると、「仕事で来ているのだな」と思ってしまう。だから、うろうろしていても怪しまれにくい。実際、そういう効果を狙《ねら》って作業服を着る空き巣《あす》もいるという。本来は目立つ服装なのに、逆に目撃者の意識に残らないのだ。

優先的にマークすべき相手は決まった。舞衣は「ありがとうございました」と徳田に礼を言い、小走りに教員室をあとにした。

6

舞衣のもとに守衛室から連絡があったのは、二日後の午後一時過ぎのことだった。

「作業服姿の男、やっぱり怪しいですな」

馴染《なじ》みの男性警備員は電話口でそう言った。午前中に、監視カメラに映っていた作業服の中年男性が正門に現れたのだという。

男はいつものように、大きなスポーツバッグを提げていた。そこで、男性警備員は手はず通り、彼の尾行を始めた。

「怪しい行動を取っていましたか？」

「ああ。あちこちの学部のゴミ捨て場で立ち止まって、捨ててあるものをじっくり見てたよ。ただ、特に手は出さずに立ち去ったんだけどさ」と警備員は証言した。

産業廃棄物の段ボール箱や不要になった電子機器は、引き続き庶務課でまとめて保管している。今日は獲物がないと分かり、諦《あきら》めたのだろう。

「そうですか。報告、ありがとうございます」

「でも、油断はできんね。あいつ、たぶんまた来るよ」と男性警備員は語気を強めた。

「その可能性は高そうですね。引き続きよろしくお願いします」

受話器を置き、「ふう」と息をついたところで、「現れましたか」と猫柳が近づいてきた。猫柳にはすでに一連の経緯を報告してある。

「ええ。今日のところは、何もせずに帰ったそうです。相手に悪さをさせない取り組みが役立ちましたね」

「そうですか。これまでは対応が後手《ごて》に回っていましたが、ここは思い切って攻勢に出てもいいかもしれませんね」と猫柳が眼鏡のフレームに触れた。

「攻勢というと……」

「相手の素性《すじょう》が判明しました」

猫柳の言葉に、「ええっ⁉」と舞衣はのけぞった。「も、元々の知り合いだったんですか？」

「いえ、ツリーズを使って調べました。私の参加しているクローズドなグループ内で情報提供《ていきょう》を求めたところ、たまたまその男性を知っているという人がいましてね。名前と住所を教えてもらいました」

「はあ……」

なんと言っていいか分からず、舞衣はただ吐息を漏《も》らした。

ＳＮＳであるツリーズには、投稿《とうこう》内容が全世界に発信される通常アカウントと、承認したメンバーのみに公開される鍵《かぎ》付《つ》きアカウントの二種類がある。この鍵付きアカウントを相互《そうご》利用することで、閉鎖《へいさ》的なグループを作ることが可能になっている。

猫柳は以前から、人間離れした情報収集能力を見せつけてきた。例えば、沖野の祖父《そふ》が「キュリー」という苗字《みょうじ》を持つフランス人であることを突き止めたのは猫柳だと言われている。どうしてそんなマイナーな情報を得ているのか不思議だったが、今の話を聞いてその秘密の一端《いったん》が垣間《かいま》見《み》えた気がした。グループ内に、いろいろな方面に詳しい情報通が何人もいるのだろう。

「問題行動を取っていたと思われる男性の名は、森《もり》ノ《の》宮《みや》清《せい》吾《ご》郎《ろう》といいます。年齢は五十九歳。大学から直線距離で七〇〇メートルほどのところに住んでいます。ということで、これから直接足を運んでみようかと考えているのですが」

「え？　直接って、猫柳さんがですか？」

「庶務課の責任者として、一言忠告しておこうかと」

そこで舞衣は、猫柳の肌《はだ》が紅潮《こうちょう》していることに気づいた。ゴミを荒らしたり、廃棄予定のものを勝手に持ち去った不届き者に対し、激しい怒りを燃《も》やしているようだ。

その様子に、舞衣は危険な雰囲気《ふんいき》を察知した。

以前、猫柳はキャンパス内に棲息《せいそく》する野良猫《のらねこ》に関する騒動《そうどう》で、猫嫌いの教授をやり込めたことがあった。徹底的に追い詰めるやり方に、その教授が逆上し、危うく暴力沙汰《ぼうりょくざた》になりかけた。

今回も似たようなことになる可能性がある。憤慨《ふんがい》している猫柳を一人で行かせるのは危険だ。

「あの、猫柳さん。乗り込む前に、軽く様子を見てきましょうか」と舞衣は提案した。

「近隣《きんりん》の方に聞き込みをすれば、どういう人か分かると思いますし」

「そんな回りくどいことをする必要がありますか？」

「まだ犯人と決まったわけじゃないですし、軽く探りを入れてもいいかなと」

舞衣の説得に、「……そうですね。確かに、やや性急でした」と猫柳はため息をついた。少し肌の赤みが薄らいでいた。「ＳＮＳだけではなく、実地に情報を集めることも重要ですね」

「ええ。ささっと見てきます」

「分かりました。では、お願いします」猫柳は丁寧に頭を下げると、自分の席の受話器を手に取った。「女性一人というのはよろしくないでしょう。ボディーガードの方に同行していただくとしましょう」

「ボディーガード？　ああ、守衛のどなたかにお願いするんですね」

「それでも構いませんが、その前に一応、あの方に声を掛けておきますか。気心の知れた相手の方が安心できるでしょう」

猫柳の言い方でピンと来た。ただ、言ってすぐに来てくれるような相手ではないことを、舞衣は充分に承知していた。

「あっさり断られそうな気がしますけど……」

「どうでしょう。なんだかんだで受け入れてくれるのではと思いますよ」

猫柳は自信ありげに言い、慣れた手付きで相手の電話番号をプッシュした。


午後四時。正門前の広場で待っていると、のろのろとした足取りで沖野が歩いてきた。

「あ、こっちです！」

「呼んでもらわなくても見えている」と返し、沖野は舞衣のところにやってきた。

「すみません、わざわざ」

「別に君が謝る必要はない。脅迫《きょうはく》されたから仕方なく来ただけだ」

「脅迫？　誰にですか」

「猫柳のオッサンに決まっている」と沖野は顔をしかめた。「頼みを断ったら、どんな個人情報を拡散《かくさん》されるか分からないからな」

「そんな馬鹿《ばか》な……と言いたいところですけど、少しだけ分かるような気がします。猫柳さんはSNSを駆使《くし》して情報を集めているみたいなんですよ」

「それだけじゃないと思う」と沖野が声を潜《ひそ》める。「俺たちのこの会話も録音されているかもしれない」

「いやいや、さすがにそこまでは」

「壁《かべ》に耳あり障子《しょうじ》に目あり、いたるところに猫柳の影あり。俺はそう考えて毎日を過ごしている」

沖野はそう言うと、「時間がもったいない。さっさと済ませよう」と歩き出した。

沖野と共に正門を出て、大学の西側に広がる住宅街へと足を向ける。

この地域は地下水が豊富で井戸が利用可能だったことから、古くから居住地として使われてきた。その一方で、ほとんど再開発が行われてこなかったため、道が狭い上にかなり入り組んでいる。舞衣はスマートフォンの地図アプリを確認しつつ、猫柳から教えてもらったアパートに続く道を進んでいった。

大学を出て十五分。目的のアパートは、大型車の入れない狭い私道の突き当たりにあった。二階建てで、各階に三つずつ部屋があるようだ。外壁《がいへき》のタイルはまだ新しいが、どこかチープな雰囲気が漂《ただよ》っていた。敷地の周囲を用水路に囲まれており、裏手には鬱蒼《うっそう》とした雑木林が広がっている。そのせいで日当たりはあまりよくない。

「どの部屋だ？」と沖野が腰に手を当てながら言う。

「一階の左端、一〇一号室ですね」

「あそこか。どうする？　チャイムを鳴らして直接問い詰めるのか」

「うーん。どうしましょうね。これといった方針があるわけじゃないんですが……」と舞衣は腕組みをした。猫柳を行かせないために手を上げたものの、どうするかは決めていなかった。「とりあえず、頻繁に四宮大学に来ている理由を聞いてみましょうか」

「監視している可能性を匂わせて、釘《くぎ》を刺すわけだな」

「そうですね。もう来ないように、それとなくプレッシャーを掛けましょう」

「ふと思ったんだが……それはゴミ捨て場を荒らすカラスを追い払うようなものじゃないか」と沖野が呟く。「姿は見えなくなっても、カラスが消滅するわけじゃない。次の餌場《えさば》を求め、別のゴミ捨て場を漁《あさ》るだけだろう」

「つまり、四宮大学ではなく、別の場所で同じようなことをするだけ、ということですか……」

「もちろん、君たちの対応を批判《ひはん》するつもりはない。ただ、もし可能なら根本的な対策を取るべきだと思っただけだ」

「悪いことをしていると理解してもらう必要があるってことですよね……」

「いや、それは身内の役目だろう。現状を家族に報告すればいいんじゃないか。連絡先はたぶん、猫柳のオッサンが勝手に調べ上げてくれる」

「なるほど。じゃあ、とりあえず今日は注意喚起《かんき》だけということで」

方針を決め、一〇一号室へと歩き出す。と、そこで背後から「あれっ？」という声が聞こえた。

振り返ると、細い路地の先に岩井穂乃花が立っていた。

「岩井さん？　どうしてここに」

「私、そのアパートに住んでいるんです」と言って、穂乃花は二階の左端の部屋を指差《ゆびさ》した。「七瀬さんはなぜこちらに？」

「あ、えっと。ちょっと野暮用《やぼよう》で」と舞衣はお茶を濁した。「それより、体調の方はいかがですか」

「相変わらずです」と穂乃花はため息をついた。「病院でもらった睡眠薬を飲んでみましたが、やっぱり二日に一度は金縛りに遭《あ》います。だから、ここ数日は友達の家に泊《と》めてもらっています。そちらだとよく眠れて、嫌な夢は全然見ません」

訥々《とつとつ》と語り、穂乃花はアパートに目を向けた。

「我ながら馬鹿げた発想だと思いますけど、この建物は呪《のろ》われているのかもしれません。近所の方が教えてくれたんですが、ここは数十年前まで沼だったそうです。小さいけれど深い沼で、足を踏み入れたら決して抜け出せなかったとか……。実際、何人もの人が溺《おぼ》れて亡《な》くなったらしいです」

「それはおかしいな」と沖野が口を挟《はさ》んだ。「決して抜け出せないのなら、溺死体《できしたい》は上がらないことになる。『この場所で亡くなった』と断定することはできないから、明らかに矛盾《むじゅん》している。水草が絡んで溺れた場合でも、遺体《いたい》の体内で発生したガスの浮力で体は浮くはずだ。沼だったのは事実だろうが、時間経過と共に噂《うわさ》が誇張《こちょう》され、ありもしない『呪い』が生まれたんじゃないかな」

「えっと、あの……こちらの方は……」

穂乃花は目を見開き、困ったように沖野と舞衣を見比べている。

「沖野先生。初対面なんですから、自己紹介くらいしてくださいよ」

舞衣が肘をつつくと、沖野は「理学部の沖野だ。諸事情で、庶務課の業務に同行している」と頭を搔いた。

「岩井さん。沖野先生のおっしゃることは一理あると思いますよ」と舞衣は言った。「『病《やまい》は気から』という言葉もあります。怖い怖いと思うと、余計に悪夢を見やすくなりますよ。ネガティブな考え方を捨てて、楽しいことを考えるようにしたらいいんじゃないでしょうか」

「……そうしたいのは山々ですけど、うまく切り替えられなくて」と穂乃花は目を逸《そ》らした。「今日は、着替えを取りに来ただけですので、これで失礼します」

一礼し、穂乃花は二階へと上がっていった。

「彼女が、この間言っていた学生か」

「そうです。寝る場所を変えると金縛りが治まるみたいですけど、根本的には何も改善されていないみたいですね」

「そのようだな」沖野は真剣《しんけん》な眼差《まなざ》しを建物に向けている。「今、ふと思ったんだが、悪夢の原因が下の部屋からの低周波《ていしゅうは》という可能性はないだろうか」

「え？　低周波……ですか」

「以前にも似たようなことがあっただろう」

「あ、はいはい、ありましたね」と舞衣はぽんと手を打った。今年の三月末に、原因不明の体調不良に悩まされている学生の手助けをしたことがあった。その原因は、真空ポンプという実験用の機器が発する低周波音だった。

「普通は、そんな音は発生しない。だが、ゴミを荒らすような人間なら、夜中に大きな音で音楽を聴いていてもおかしくない。その際に発せられた低周波音が、上階にいる彼女のストレスになっていたのではないだろうか」

「本人は騒音のことは何も言っていませんでしたが」

「音として認識されていないのかもしれない」

「なるほど。もし低周波が原因なら、隣の人にも悪影響がありそうですよね。聞いてみましょうか」

さっそく、一〇二号室のチャイムを鳴らす。すると、見事な白髪《はくはつ》の、六十代と思《おぼ》しき女性が顔を覗かせた。

「あの、すみません、お隣の森ノ宮さんについて、いくつか伺いたいことが……」

舞衣がそう切り出すと、「市役所の人?」と女性に訊かれた。

「あ、いえ、私は四宮大学の職員ですが……」

「そうなの?　まったく、何度も苦情を入れてるのに、対応が遅《おそ》いったらありゃしないわね」

憤慨した様子で女性がぶつぶつと文句を言う。

「何かあったんでしょうか」と尋ねると、「ゴミよゴミ」と女性は顔をしかめた。

「隣の人はね、あちこちからゴミを集めて家の中に溜《た》めてるの。嘘《うそ》だと思ったら窓から覗いてごらんなさいよ。カーテンの隙間《すきま》から、段ボール箱やら空き缶やらパンパンのレジ袋やらが見えるから。いわゆるゴミ屋敷ってやつなの!」

それを聞いて、やはり森ノ宮が一連の事件の犯人だと舞衣は確信した。産業廃棄物の段ボール箱を開けて漁ったり、電子機器を無断で持ち去ったりしていたのは、ある種のコレクションだったのだろう。

「ちなみに、騒音はありませんか？」

舞衣がそう尋ねると、「それはないけど」と女性は首を振った。「あなたたち、何をしに来たの？」

「彼の生活態度についての情報収集です」と舞衣は答えた。

「よく分からないけど、大学の方からも市役所に言っておいて。頼むわよ！」

女性はそう言って、内側のドアレバーを掴《つか》んだ。

「あ、ちょっと」

舞衣が手を伸ばすより早く、ドアが閉じられてしまう。

「もう少し話を聞きたかったのに……」

「いや、貴重な情報だった」沖野は一〇二号室の前を離れると、二階への階段を指差した。「さっきの女子学生の部屋に行こう。調べたいことがある」

「騒音のことを聞くんですか？」

「いや、そうじゃない。ある実験をするんだ。もし俺の予想が当たっていれば、彼女を苦しめている『呪い』が解けるかもしれない」

沖野はポケットから財布《さいふ》を取り出すと、ろくに説明もしないまま階段を上がり始めた。

7

五月二十三日、土曜日。岩井穂乃花は三日ぶりに自宅アパートに戻ってきた。

前回はアパートの前に舞衣と沖野の姿があったが、今は誰もいない。

建物の前に立ち、穂乃花は窓枠をじっと見つめた。特に違和感《いわかん》はない。歪《ゆが》んだり斜めになっているようには感じられなかった。

だが、肉眼で分からないだけで、実際はそうではないらしい。この建物は向かって左側が地盤沈下《じばんちんか》を起こし、わずかではあるが傾いてしまっているのだ。

そのことを見抜いたのは、沖野だった。舞衣と部屋にやってきた彼は、財布から十円玉を取り出し、それをリビングの床《ゆか》にそっと立てた。何をしているのだろうと見ていると、静止していた十円玉が壁の方へと転がりだしたのだ。

床が傾いている——その疑《うたが》いが出てきたことから、穂乃花は二人の勧めでアパートの管理会社に連絡を取った。速やかに調査が行われた結果、建物が確かに傾いていることが確認されたのだった。

異常《いじょう》が起きた原因は二つある。

一つ目は、そもそもの地盤の軟弱さだ。アパートが建っている土地は沼を埋め立てて造成したものであり、建物を支える力が弱いのだ。それに加えて水が染み込みやすく、雨のたびに地中に溜まっていった水分が土を柔《やわ》らかくしていたらしい。

そしてもう一つの原因は、一〇一号室の住人が溜め込んだ大量のゴミにあった。足の踏み場もないほどの大量のゴミを集めたために、建物全体のバランスが崩《くず》れてしまったのだ。

このままでは安心して住めないということで、大規模な基礎《きそ》改修工事が行われることになった。アパート全体をジャッキで持ち上げておいてからコンクリートの基礎に杭《くい》を打ち込み、地盤の強度を確保する予定だそうだ。

建物の管理会社からは、工事完了までの間は指定する別のアパートに引っ越してほしいと言われた。工事中の家賃はすべて負担してくれるという条件だったが、穂乃花はそれを断り、自分で見つけたアパートに引っ越すことを決めていた。たとえ地盤が強化されたとしても、もうこのアパートに戻るつもりはなかった。金縛りを伴《ともな》う悪夢に悩まされたあの部屋でまた暮らしたいとは思わない。

悪夢の原因は、建物の傾きだったようだ。目に見えないほどの微妙な傾きだったが、傾斜のある環境で眠ることがストレスになり、脳が恐ろしい悪夢を生み出していたのだろう。だから、友人の家に泊まっている時には金縛りに遭わなかったのだ。

ちなみに、悪夢を見るかどうかには個人差があるようで、他の住人はそういった体験を一度もしていないという話だった。

友人の勧めでいいアパートを見つけられたので、来週には引っ越す予定を立てている。大学に入ってから一年と少し。短い間ではあったが、思い出はいくつも残っている。特に、初めての一人暮らしを始めた時の小さな不安と大きなワクワク感は、今でも鮮明《せんめい》に覚えていた。

片付けのために二階の自室に向かおうとしたところで、一〇一号室から「出て行けーっ！」と叫び声が聞こえてきた。

一〇一号室のドアが激しい音を立てて開き、スーツ姿の男性が飛び出してくる。アパートの管理会社の社員だった。

続いて、作業服姿の中年男性が出てきた。ゴミを集めていた住人……確か、森ノ宮という名前だったか。落ち窪《くぼ》んだ彼の目は血走っている。その右手には薄汚《うすよご》れたフライパンが握られていた。

「ここにあるものは全部宝物だ！　選びに選び抜いた、特別に価値のあるものばかりなんだぞ！」

「いや、別に捨てろとは言っていませんよ。工事をしますので、いったんどこかに運んでいただけないかと……」

若い男性社員は、平身低頭でそう提案した。だが、森ノ宮は「うるさい！　これ以上しつこくしたら、ぶん殴《なぐ》るぞ！」と一喝《いっかつ》し、勢いよくドアを閉めた。

閉じられたドアの前で、男性社員が深いため息をつく。

「あの」と穂乃花は彼に声を掛けた。

「あ、岩井さん。すみません、お騒がせしてしまって」

「いえ、大変だなと思いまして……」と穂乃花は一〇一号室のドアに目を向けた。「引っ越しに応じてくれないんですか」

「そうなんですよ。ずっとここで暮らすんだの一点張りで。引っ越す際に、部屋の中に溜め込んだものを盗まれると思い込んでいるようですね」

「あの人が出ていかないと、工事はできませんよね」

「無理ですね」と男性社員は肩を落とす。「ご家族に連絡を取ろうとしたのですが、身内と呼べるような人はいないようで……立ち退《の》きの手続きも検討していますが、あの態度ですからね……強制執行《しっこう》となると、裁判《さいばん》やらなにやらで相当時間が掛かると思います」

もう何度も説得のために足を運んでいるのだろう。彼の口ぶりには諦めの気配が濃厚《のうこう》に漂っていた。

この男性社員は、穂乃花にこのアパートを紹介してくれた相手だ。親身になって相談に乗ってくれた人が苦しんでいると思うと、このまま退去するのは申し訳なく思えた。

と、その時、穂乃花の脳裏《のうり》に二人の男女の姿が浮かんできた。

「うまくいくかどうか分からないんですけど、知り合いに話してみましょうか」

穂乃花はとっさにそう口走っていた。

「え、不動産の専門家にお知り合いが？」

「そういうわけではないんですが……頼りになる方たちなんです」と穂乃花は言った。

アパートの傾きを見抜いた沖野と、なんでも相談窓口の担当者として熱心に対応してくれた舞衣。二人がいたからこそ、悪夢の正体にたどり着くことができた。

筋違いの頼み事であることは分かっている。だが、あの二人なら、穏便《おんびん》にこの状況を解決してくれるのではないかという気がした。

8

五月二十七日。その日は朝から弱い雨が降っていた。

午前十一時半。舞衣が傘《かさ》を差しながら四宮大学のキャンパスを歩いていると、正面から沖野が歩いてくるのが見えた。黒い折《お》り畳《たた》み傘を手にしている。

「あ、沖野先生。おはようございます」

「『おはよう』というには微妙な時間だな」と沖野。その手には生協のレジ袋が見える。昼休み前に昼食を調達してきたらしい。

「じゃあ、『こんにちは』にしておきますね」

「まあ、どっちでもいいんだが……」と言って、沖野は舞衣が持っているゴミ袋に目を向けた。「構内のパトロールか」

「そうです。当番じゃなくて自主的なものですけど」

「ゴミは荒らされていなかったか？」

「大丈夫でした。対策がうまくいき始めたようです」と舞衣は言った。森ノ宮はここのところ大学に姿を見せていない。

「さすがはプロだな」と沖野は感心したように呟く。

ゴミ部屋の住人をなんとかできませんか——穂乃花からその相談が寄せられたのは、今週の月曜日のことだ。森ノ宮がアパートから退去しようとせず、周囲に多大な迷惑を掛けているという話だった。

実は、森ノ宮への対応は舞衣にとっても懸案事項だった。というのも、先週の時点ではまだ、森ノ宮は四宮大学に顔を見せていたからだ。実験用のプラスチックの試験管やシャーレ、あるいはパソコンやキーボードに対し、森ノ宮は強い関心を持っていた。街中ではなかなか拾えないゴミだからだろう。彼はそれを諦めてはいなかったのだ。

警備員によるマークが付いているので問題行動は防げているが、ずっと森ノ宮への対応を続けるのは非効率すぎる。より根本的な対策が必要だと感じていた。とはいえ、自分ひとりでなんとかするのは難しい。そこで舞衣は沖野を通じて、彼の知り合いである医師に相談をした。そして、カウンセリングの専門家に対応を依頼することになった。

自宅にゴミを溜め込む行為は、単なるずぼらではなく、「モノを捨てられない病気」であるケースが少なからずあるのだという。他人にとってはゴミと思えるものに対し、森ノ宮は特別な価値を見出《みいだ》していた。これは強迫性障害の一種であり、自分が宝物だと思えるものを集めることに喜びや安心感を得ていると推測される。

カウンセリングの専門家は、「認知《にんち》行動療法《りょうほう》」と呼ばれる対話的な心理療法を選択し、さっそく実行しているそうだ。まだ一度しか面会していないようだが、森ノ宮は素直《すなお》に話に応じているという。

彼は数年前に両親を相次いで亡くし、さらには清掃業の仕事もクビになっていた。急激な孤独《こどく》によるストレスが、ゴミ集めといういびつな趣味《しゅみ》に繋がっていったのだろう。森ノ宮自身、孤独からの解放を望んでいたのかもしれない。

「これで一件落着か」

「そうですね。無事に解決できて本当によかったです」と舞衣は強く頷いた。「でも、まさかゴミのトラブルが悪夢の件と繋がっているとは夢にも思いませんでしたけど」

「夢と夢を掛けたのか」

「いやいや、偶然《ぐうぜん》です。っていうか、狙ってたらそんなうまくは言えないです」

小さく笑って、舞衣はため息をついた。

「どうした？　また新たなトラブルか」

「……え？　そんな風に見えますか？」

「問題がクリアになった割に、表情が冴《さ》えないなと思っただけだ」

「まあ、トラブルと言えばトラブルですかね。……実は、ツリーズで私の噂が出ているみたいなんです。『欠陥《けっかん》アパートの傾きを見抜いたＭｒ．キュリーの助手！』みたいな扱われ方をしているんですよ。変に有名になると、仕事の方に影響が出てしまわないか心配で……」

「いや、ちょっと待て。助手云々《うんぬん》の前に、俺のあだ名が出てるじゃないか。どういうことだ⁉　ウィキペディアにあった俺のページは削除《さくじょ》させたはずだが」

「それはもうしょうがないですよ。大本《おおもと》を消しても、情報が広がり始めてしまったら、もう止めようがありません。森林火災みたいなものです」

「簡単に諦めないでくれ。猫柳のオッサンに文句を言いに行くぞ。以前に、『Ｍｒ．キュリーという名が広まるのを食い止める』と約束したのに、全然改善されていないじゃないか」

そう言って沖野が大股で歩き出す。舞衣は慌てて彼の隣に並んだ。

霧《きり》のような細かい雨が、周囲の景色を煙《けむ》らせている。まるで、白い雲の中を並んで歩いているようだ。

そうしていると、確かに自分はMr．キュリーの助手以外の何者でもないな、という実感が湧《わ》いてきた。彼と二人で行動する機会は非常に多い。

有名になるのは避けたいが、助手と呼ばれるのが嫌というわけではない。それはおそらく、名誉《めいよ》ある称号だからだ。

「……今のままでも別にいいのかもなあ」

「ん？　何か言ったか」

傘の上から沖野の声が降ってくる。舞衣は自分の傘をどけ、沖野の顔を見上げながら
「いえ、なんでもありません」と笑った。

第三話

化学探偵とフィクションの罠

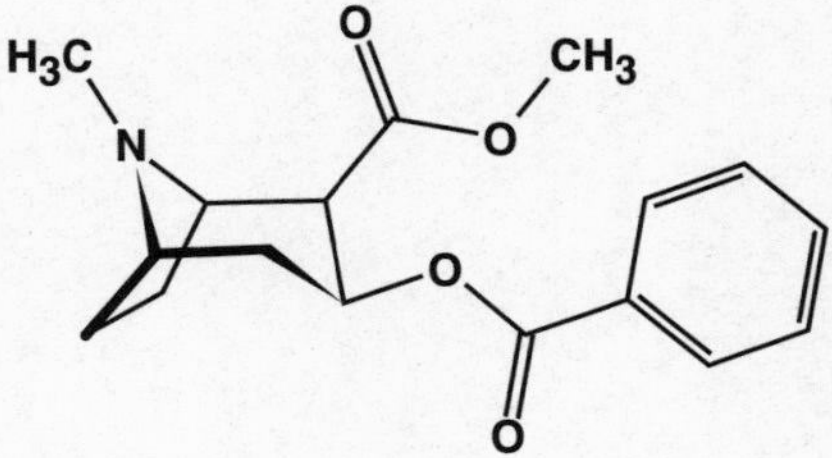

1

「ああ、ここでいいです」

運転手に声を掛《か》け、中之島《なかのしま》修吾《しゅうご》は正門の前でタクシーを降りた。

時刻《じこく》は午後一時。五月の空はどこまでも透《す》き通《とお》っていて、じっとしていると汗《あせ》ばんでくるほど日差《ひざ》しが強い。

門をくぐり、辺りを見回す。四宮《しのみや》大学に来るのは一年三カ月ぶりだ。季節の違いはあるものの、景色《けしき》は以前と何も変わらない。

そうして大学の雰囲気《ふんいき》を味わっていると、若い女性が小走りにやってきた。庶務課《しょむか》の七瀬舞衣《なませまい》だ。

「ご無沙汰《ぶさた》しています」と彼女が微笑《ほほえ》む。

「どうもどうも。出迎《でむか》えありがとうございます」

「では、行きましょうか。また中之島さんをご案内できることを嬉《うれ》しく思います」

「それは私もです」と中之島は言った。

中之島は全日本テレビという、民放テレビ局のドラマ制作部でプロデューサーをやっている。主にドラマの企画《きかく》を立て、キャストを決める役割を担《にな》っている。

「正直なところ、以前にこちらにお邪魔したのは、苦し紛れだったんです。企画提出の締め切りが近づいているのに、いいアイディアが出なくて。それで、沖野先生を頼ったわけです」

「へえ、そうだったんですか」

「でも、今回は違いますよ。大事な企画だからこそ、沖野先生に監修《かんしゅう》をお願いしたいと思っています」と中之島は言葉に力を込めた。

人気急上昇中《きゅうじょうしょうちゅう》の美間坂剣也《みまさかけんや》を主役に据《す》えた二時間ドラマが放送されたのは、昨年の四月末のことだ。中之島はその立ち上げ段階から企画に関わった。

「人が死ぬミステリー」というドラマのコンセプトは最初から固まっていたが、肝心《かんじん》のトリックがなかなか決まらず、中之島は苦戦していた。そこで白羽《しらは》の矢を立てたのが、化学者の沖野春彦《はるひこ》だった。彼を選んだのは、剣也の知人であるということが大きい。知り合いなら協力が得られやすいだろうと考えたのだ。

その判断は正解だった、と言っていいだろう。沖野は斬新《ざんしん》かつ科学的に正しいトリックを提供《ていきょう》してくれた。『化学探偵の殺人研究』というタイトルが付けられたそのドラマの視聴率は一八・二%を記録し、その時間帯のトップの数字を叩《たた》き出した。配役、脚《きゃく》本《ほん》、演出のすべてが噛《か》み合った、会心の一作だった。

これだけの結果が出たのだから、ぜひまた次を——となるのは当然だった。今回も、剣也が主役を務《つと》めることがすでに決定している。放送は六月下旬の予定だ。

「前作は、剣也くんは本人役で出演していましたよね。今回もその方針《ほうしん》ですか？」

歩きながら、舞衣が尋ねてきた。

「いえ、前は単発の特番だったので、変化球的な内容を選びました。その方が視聴者の興味《きょうみ》を引けると思ったんです。今度は同じ手は使いません。剣也くんには正統派の俳優《はいゆう》になってもらいたいですからね。きちんと架空《かくう》のキャラクターを演じてもらいますよ。もちろん、結果がよければ連続ドラマ化も視野に入っています」

「はあ、そうなんですね。……すごいなあ、まったく別世界のお話ですね」と舞衣がため息をついた。「剣也くんがますます遠い存在になりそうです」

「七瀬さんは、高校時代から彼と親しくしているんでしたね。どうですか。やっぱり寂《さび》しいですか？」

「うーん、最近は直接会えなくなりましたし、寂しくないと言えば嘘《うそ》になりますね。でも、今はSNSでもなんでも繋《つな》がれますから。剣也くんがやりたいことを一生懸命にやるのが一番だと思います」

そんな話をしているうちに、理学部一号館が見えてきた。

古めかしい建物の玄関《げんかん》に長身の男が立っている。沖野だ。

久しぶりに彼を見たが、やっぱり絵になるなと中之島は思った。高身長で手足が長く、すらりとした体形をしている。顔の彫《ほ》りが深く、いい意味で日本人離れした色気を放っていた。最近は専門家をレギュラーコメンテーターとして使う情報バラエティ番組も増えている。知性はもちろん大事だが、テレビに出る上で一番求められるのは見た目のインパクトだ。沖野が望めば、来週からでも「テレビの中の人」になれるだろう。

「あ、出てきてくれたみたいですね。じゃあ、私はここで」

舞衣が会釈《えしゃく》をして去っていく。

中之島は沖野を観察しながら、彼に近づいていった。

「お久しぶりです。相変わらずの男前ですね、先生」と中之島は右手を差し出した。

「どうですか、テレビの世界に興味はありませんか」

沖野は中之島の手を握《にぎ》り、「残念《ざんねん》ながら」と神妙《しんみょう》に答えた。

「先生は東理《とうり》大のご出身だと伺《うかが》いました。あの大学のブランド力は素晴《すば》らしいですよ。名実ともに日本の最高峰《さいこうほう》の頭脳が集まる大学ですからね。沖野先生は、ビジュアルだけでなく経歴も非常にテレビ向きなんですよ」

「熱心に誘《さそ》っていただいて恐縮《きょうしゅく》ですが、まだまだ研究で頑張らなければならない立場ですから」と沖野は首を振《ふ》った。

「いやらしい話、テレビに出れば稼《かせ》げますが」

「幸い、生活費には困《こま》っていませんので」

沖野の表情に揺《ゆ》らぎはない。これ以上勧誘《かんゆう》を続ければ、逆に彼を不快《ふかい》にさせるだけだ。ドラマの監修を断られたりしたら、何をしに来たのか分からなくなる。

「そうですか。もし興味が湧《わ》いたらいつでもご連絡《れんらく》ください」と中之島は手を離した。

前回は彼の教員室で話をしたが、今回は理学部一号館の一階の会議室に通された。木目調の長テーブルの周りに、パイプ椅子《いす》が十脚ほど並んでいる。

室内にはうっすらと薬品臭《しゅう》が漂《ただよ》っていた。理科室を思い出させる臭《にお》いだ。おそらく、実験用の白衣《はくい》を着たまま打ち合わせする場合もあるのだろう。

「さっそくですが、お送りした企画書はご覧《らん》いただけましたでしょうか」と、テーブルにつくなり中之島は切り出した。

「ええ、ひと通りは」

「ありがとうございます。企画書にある通り、今回のドラマでは、剣也くんには研究者の役を演じてもらうつもりです」

「一口に研究者といっても、分野はいろいろあります。企画書の方にはその辺のことは書かれていませんでしたが」

「基本的には理系です。ただ、今の時点では未定です。先生にお考えいただいた科学トリックに合わせて柔軟《じゅうなん》に設定しようと思っています」

「私に求められている役割から考えると、数学系や物理系よりは化学系の方がよさそうですね」

「いいですね。では、その方向で行きましょう。トリックに関してお願いしたいことは、前回のドラマと同じです」

「目新しさがある。素人《しろうと》には真似《まね》できない。リアリティがある。その三つの条件でしたね、確か」と、沖野が指を折りながら言う。

「さすがは先生。その通りです。逆に言えば、それらの条件を満たしていれば、どれほど専門的なネタであっても構いません。要は、視聴者が『面白《おもしろ》い』と思えばそれでいいんです」

「なるほど……」と沖野が顎《あご》の無精《ぶしょう》ひげを撫《な》でる。「では、こちらを」

沖野が、机の端《はし》にあったクリアファイルから数枚の紙を取り出した。そこには、ミステリーのトリックがいくつか書かれていた。全部で十以上あり、いずれも二百字程度で簡潔にまとめられている。

「研究活動でお忙《いそが》しいのに、こんなにたくさん……恐縮です」

「七瀬くんから、ぜひよろしくお願いしますと頼まれまして」と沖野が苦笑する。「今回、研究室の学生からもアイディアを募集《ぼしゅう》しました。化学の新しい応用を考えるのは、いい思考トレーニングになりますから。それを私の方で精査《せいさ》し、こういう形にまとめさせてもらいました」

「ああ、そうなんですか。面白い試《こころ》みですね」

「撮影《さつえい》の都合もあると思いますし、その中から使いやすいものを選んでください。もちろん、学生には事前にネタを口外しないように言ってありますから、どれが選ばれても問題ありません」

「ありがとうございます！」と中之島は頭を下げた。「前作を超《こ》える作品を作ってみせます。ご期待ください！」

2

「あー、体が重い……」

ぽつりと独り言《ごと》を口にして、美間坂剣也は楽屋のドアを開けた。

今日の楽屋は、四畳半《よじょうはん》の和室だ。壁際《かべぎわ》に鏡が並んでいるこの部屋を、剣也は一人で使わせてもらっている。靴《くつ》を脱ぎ、壁に背を付けて畳《たたみ》の上に座《すわ》り込む。自然と、大きなため息が出た。

時刻は午前一時になろうとしている。こんな時間にテレビ局にいるのは、レギュラー出演しているクイズ番組の収録のためだった。

ただ、今日の仕事はそれだけではなかった。午前九時から午後三時までがＣＭ撮影、そのあと雑誌の取材が二件あり、ボイストレーニングとダンスレッスンを挟《はさ》んで、午後八時からクイズ番組が立て続けに二回分収録された。今、ようやくすべてのスケジュールが終わったところだ。

体力には自信がある方だが、ここしばらくは毎日がこんな感じだった。共演者やスタッフの前では気力を振り絞《しぼ》って明るく振る舞っているが、楽屋に戻ると反動で動けなくなってしまう。あとは私服に着替えて自宅《じたく》に帰るだけなのに、体が休息を求めている。

最近、本当に忙しい。丸一日オフの日がない状態が三カ月以上続いている。

最初、剣也は男性アイドルグループの一員としてデビューした。その後、女性アイドルの曲を集めたカバーソロアルバムがスマッシュヒットし、アイドルグループを脱退したのだが、その頃《ころ》はまだ週に一日は必ずオフがあった。

本格的にスケジュールが過密になり始めたのは、連続ドラマにメインキャストとして出演する機会が増えてからだ。撮影のために長時間拘束《こうそく》されて休みが削《けず》られ、ドラマが好評だったことで他の仕事も増えてさらに休みが減る……。そんな、ある意味では好《こう》循環《じゅんかん》がずっと続いている。

疲れた、などという愚痴《ぐち》を漏《も》らすことは許されない。芸能人は人気がすべてだ。テレビや映画に出演することがなくなり、人々の記憶から忘れ去られることは、芸能人としての死を意味する。誰《だれ》もが必死に生き残ろうとしているのだ。今の状況に感謝しなければ。

そんなことをぼんやりと考えていると、楽屋のドアがノックされた。剣也が立ち上がるより早くドアが開き、赤いフレームの眼鏡《めがね》を掛けた黒いスーツの女性が入ってくる。剣也のマネージャーの宇久井美森《うぐいみもり》だった。

「あ、美森さん。お疲れ様です」

「はーい、お疲れ様～」と、美森が声優を連想させる、高くて間延びした声で言う。小《こ》柄《がら》な美少女キャラの声だ。

「すみません、すぐ着替えますから」

「いいよ、いいよ、休んでなよ～。それだけ疲れてるってことでしょ～」と美森が首を振る。それに合わせて、明るい茶色をしたポニーテールが左右に揺れた。

「じゃあ、お言葉に甘《あま》えて少しだけ」

「っていうかさ～、すごかったね、剣也くん」

「何がですか？」

「クイズだよ、クイズ～。難しそうな早押し問題、サクッと答えてたじゃない～」

「ああ、『水素《すいそ》、ヘリウムの次の元素は何か』ってやつですね。たまたまですよ。ほら、前に『化学探偵』ってドラマをやったじゃないですか。その時に勉強したんです」

「あ、そうだ！」と美森がバッグにいそいそと手を突《つ》っ込む。「ドラマで思い出したよ

～。カンフル剤代わりになるかも～」

　そう言って彼女が差し出したのは、剣也が主役を務める予定のスペシャルドラマの台本だった。

「わ、もうできあがったんですか。すっごく楽しみにしてたんです！」

　タイトルは、『天才化学者・神代結弦《かみしろゆづる》の事件簿』。剣也は、この神代という探偵役のキャラクターを演じることが決まっている。大学に勤める化学研究者という設定だ。原案では「科学者」だったが、剣也が頼んで「化学者」にしてもらった。憧《あこが》れの沖野と同じ分野の研究者であることをはっきりさせたかったからだ。本当は、いっそのこと『Ｍｒ．キュリーの事件簿』にしたかったぐらいだが、視聴者に伝わりにくいだろうと思って提案を自重《じちょう》した。

「今回のトリックも、沖野先生の監修なんですよね」

「そうみたいだね～。研究室の学生さんからもアイディアを募《つの》ったって聞いたよ～」

「へえ、そういう試みですか。でも、先生がチェックしてるんなら何の心配もいらないですね」と剣也は微笑んだ。剣也は男性を恋愛《れんあい》対象としており、今は沖野に恋心を抱いている。一〇〇％、混じりっけなしの「春ちゃん」推《お》しである。

「あ、そっか、剣也くんは先生ラブなんだっけ～。ねえねえ、二人の関係はどこまで進んでるの～？」

畳に両膝《りょうひざ》を突き、四《よ》つん這《ば》いで美森が迫《せま》ってくる。ブラウスの襟元から下着が見えていた。彼女は剣也の恋愛志向を知っており、なおかつ男性同士の恋愛に非常に強い興味を持っている。危うい姿勢になっていることに気づかないくらい、剣也の恋愛事情に関心があるのだろう。

「どうもこうもないですよ。忙しくて、全然東京から出られない毎日ですから。僕としては、もっと先生と親しくなりたいんですけどね」

「マジで？　分かった。じゃ、このドラマの撮影が終わったら、休みを取れるようにするから。先生に会って、既成《きせい》事実を作っちゃって！」

美森の鼻息が荒《あら》くなっている。自分の頭の中に描《えが》いた光景に興奮《こうふん》しているらしい。口調まで変わってしまっていた。

「それを聞いて、さらにやる気が湧いてきました」と剣也は言った。既成事実はともかくとして、沖野に会いたい気持ちは強い。

「よし、その意気だ！　ほらほら、台本を読んでみて。先生の愛情が感じ取れるかもしれないよ！」

美森のテンションに苦笑しつつ、剣也は台本をめくった。

やはり気になるのは、トリックが明かされるクライマックスシーンだ。最後の方のページを開き、自分の演じる探偵のセリフを追っていく。すると、「麻薬《まやく》」というフレーズが出てきた。麻薬と一緒にある薬物を摂取《せっしゅ》することで、体内で特殊な化学反応が起こり、検査で麻薬成分が検出されなくなるのだという。

ドラマの中で殺されるのは、その検査回避薬《かいひやく》を開発し、麻薬とセットで売りさばいていた二人の化学者だった。

「ドラッグネタだ……。結構大胆《だいたん》というか、挑戦《ちょうせん》的な題材ですね」

「そうだよねえ〜」と、いつもの口調に戻って美森が頷《うなず》く。「芸能界と麻薬は切っても切れない関係だからね〜」

「根深い問題ですよね……」と剣也は台本を閉じた。

芸能人は人気商売だ。些細《ささい》な不祥事《ふしょうじ》でもイメージに傷が付き、番組出演を見合わせたり、CMを降板させられたりする。そして、一度傷ついたイメージが回復することはほぼありえない。ドラッグに手を染めていたことが発覚した時点で、芸能人としての人生が終わると言ってもいいくらいだ。

それが分かっているのに、誘惑に負けて怪しい誘いに乗ってしまう人は少なくない。確かに、芸能人は普通《ふつう》の仕事に比べると不安定で、ストレスも多い。だが、そんな言い訳が通じるはずはない。結局のところ、本人の意思の弱さが原因なのだ。

さらに恐ろしいのは、被害《ひがい》が本人以外にも及《およ》ぶところにある。特に、所属《しょぞく》事務所のダメージは甚大《じんだい》だ。売れている芸能人が捕《つか》まれば、出演見合わせや放映中止などで多額《たがく》の賠償金《ばいしょうきん》が発生する。

　それを防《ふせ》ぐため、芸能事務所はドラッグ根絶《こんぜつ》に向けて力を入れている。しっかりと教育を行うのは当然として、反社会的勢力との交友が生じないように私生活を監視《かんし》するケースもあると聞いている。

　それでも、数年ごとに必ず大物芸能人が麻薬で逮捕《たいほ》される。芸能界のことを知り尽《つ》くした彼らが、なぜ愚《おろ》かな真似をしてしまうのか。その理由は、万能感にあるのかもしれないと剣也は感じていた。やることなすことすべてうまくいっている時は、どれほど大胆になっても大丈夫だという過信に陥りがちだ。だから、自分だけは捕まらないという、根拠《こんきょ》のない思い込みに囚《とら》われてしまうのではないだろうか。

「僕は、こういうドラマをやるのには賛成《さんせい》です」と剣也は言った。「問題意識というか、視聴者の方にも麻薬に関心を持ってもらえるいい機会だと思います」

「そうだね～。でも、剣也くんがそこまで気負うことはないよ～。一人の役者として、とにかくいい演技を心掛けてね～」

「そうですね。沖野先生もたぶん見てくれるでしょうし」

　テレビ画面《がめん》に映る自分を見つめる沖野の姿を想像すると、疲れていた体に活力がみなぎってくるのが分かった。

「帰りましょうか、美森さん」

ドラマの撮影開始までに、しっかり台本を読み込み、神代結弦というキャラクターを作り上げていく。その決意と共に剣也は立ち上がった。

3

翌日《よくじつ》。剣也は週刊誌の取材と新商品の紹介イベントをこなし、午後四時過ぎにテレビ局にやってきた。レギュラーとして出ているトークバラエティの収録のためだ。

楽屋に入り、用意された衣装に着替える。だいたいいつも、剣也は黒っぽい服を着る。いつの間にか、それがこの番組での剣也のカラーになっていた。ちなみに他に三人いるレギュラー出演者は、ベテラン女優、バラエティアイドル、若手のお笑い芸人で、カラーは、それぞれ青、赤、白が割り振られている。

昨年の十月に始まったこの番組は、剣也たち四人が、二人のゲストを相手に自由なトークを繰《く》り広げるというコンセプトを掲《かか》げている。トークテーマは事前にいくつか設定されているが、台本はなく、テーマを逸脱《いつだつ》することもしばしばある。用意された会話ではない、ライブ感のあるやり取りが番組の持ち味だ。

ベテラン女優が攻撃的な物言いで場を盛《も》り上《あ》げ、バラエティアイドルはゲストに協調的なスタンスを取り、お笑い芸人は場の雰囲気をまとめるMC的ポジションを担う——

という形で番組は進行する。剣也は冷静で常識的な意見を述べつつ、重要な場面で切れ味のあるコメントを放つ役目を任されている。

その配役が絶妙だったのだろう。視聴率は毎回一〇％前後で安定しており、ゲストによっては一五％を超える放送回もある。業界内での評判も高く、金曜日の午後十時の枠《わく》はしばらく安泰《あんたい》だろうと言われている。

とはいえ、人気にあぐらを掻《か》いて気を抜けば、すぐにそれが視聴者に伝わる。常に全力投球。それが出演者・スタッフの合言葉になっている。

収録はいつも三本撮《ど》りだ。今日もおそらく、終わるのは深夜になるだろう。とりあえずは栄養を補給しておこう。そう思って、自分の分の弁当に手を伸《の》ばしたところで、ドアがノックされた。

「あ、はい」

立ち上がり、ドアを開ける。廊下《ろうか》にいたのは、俳優の青島亮平《あおしまりょうへい》だった。年齢は確か、今年で四十四歳。くっきりした目鼻立ちと濃い眉が持ち味で、真面目《まじめ》な役柄を演じることが多い。演技の巧《うま》さに定評があるが、作品へのこだわりの強さでも有名で、脚本に納《なっ》得《とく》がいかない場合は口出しして修正させたこともあるらしい。

「やあ、剣也くん。顔を合わせるのはこれで二回目かな」と、滑舌《かつぜつ》よく爽《さわ》やかな声で青島が言った。

「あの時はお世話になりました」と剣也は会釈した。彼は、これから収録があるトークバラエティにゲストとして出演したことがある。「今日はどうされたんですか？」

「うん。来週からドラマの撮影が始まるだろう。別の番組の収録でテレビ局に寄ったんだけど、剣也くんが来てるって聞いたから、挨拶《あいさつ》しておこうかなと思ってね」

「ああ、そうだったんですか。わざわざありがとうございます」と剣也は白い歯を見せた。青島は、『神代結弦の事件簿』の出演者の一人だ。

青島は、「赤井《あかい》」という刑事を演じる。赤井は二人の化学者が殺された事件の捜査員《そうさいん》なのだが、実は彼が犯人だ。

「もう台本には目を通したかい？」

「はい。セリフも頭に入っています」

「さすがだね。アイドルをやってる若い人は、結構手を抜くことが多くてね。まともにセリフを覚えずに現場に来るやつもいたよ。誰とは言わないけどさ」

青島は厳《きび》しい口調で言う。役者という仕事を軽《かろ》んじる人間が許せないのだろう。

「犯人役は久しぶりだけど、いつも気合が入るんだ」と青島。「普通に生活していて、殺したいほど人を憎むことなんてないだろう？　だから、犯人の心情を理解し、役に入り込むには思考の飛躍《ひやく》が必要になる。そこはいつもしっかりやるよ」

「今回は特にそうですね。強い憎しみが、事件の発端《ほったん》になるわけですし」と剣也は同意した。

青島が演じる刑事は、妻と子供を交通事故で失ったという設定だ。横断歩道を渡っていた二人を信号無視した車がはねたのだが、逮捕時、運転していた人間は会話が通じない状態だった。男は取り調べ中に幻覚に襲われて室内を逃げ回るという、異常《いじょう》な振舞いを見せる。警察は麻薬中毒者であることを疑《うたが》い、男の検査を行うが、なぜかドラッグの成分は検出されなかった。二人の化学者が開発した、検査回避薬を飲んでいたからだ。独自《どくじ》に調査を進める中で赤井はその仕組みに気づき、回避薬を作った人間への復《ふく》讐《しゅう》を決意する——という筋書きになっている。

「想像力が必要だよね。俺には妻も子供もいないから。大切な友人が殺された時のことを思い描きながら、役作りに励《はげ》んでいるよ」

「なるほど。僕も犯人役を演じる時はその手を使います」

「頭の中で何度も殺されてると知ったら、本人は複雑な気分だろうけどね」

青島は小さく笑うと、「それにしても、今回のドラマはとてもリアリティがあるね。特にトリックがいい。よくできてると思うよ」と言った。

「僕も同感です」と剣也は強く頷いた。舞衣から聞いた話によれば、研究室の学生が出した粗削《あらけず》りなアイディアを沖野が修正したらしい。本職の研究者が手を加えているからこそ、リアリティが生まれたのだろう。

「プロデューサーの中之島さんに聞いたんだけど、剣也くんは今回の化学トリックを監修した大学の先生と知り合いなんだって？」

「あ、はい。友達がその大学で働いていて、その関係で親しくさせてもらっています」

「そうなのかい。……確認なんだけど、麻薬の検査回避薬っていうのは、本当に存在するものなのかな」

「どうなんでしょう。提案されたトリックは、どれも科学的にありうるものだと聞いていますけど……」

「中之島さんにもそう言われたよ。でもね、『ありうる』と『ある』の間には大きな隔《へだ》たりがあると思うんだ。テレビを通じて何百万人もの人がこのドラマを見るわけで、作品の完成度を考えると、なるべくリアルな方がいいと思うんだよね」

「それは確かに……視聴者の中には、科学に詳しい人もいますもんね」

「そう、その通りだよ。自分が出るドラマが、そういう人たちから『荒唐無稽《こうとうむけい》だ』って叩かれるのは避けたいんだ。それに、ドラッグという題材を扱う以上、社会的な影響《えいきょう》を考えないのは無責任だと思う。スポンサーの意向も関わってくるだろうしね。その辺はどうなのかな」

青島の言いたいことがうまく摑《つか》めず、剣也は首をかしげた。

「……えっと、『どうなのかな』というのは、どういう意味ですか？」

「だから、科学的にどこまで本当なの、って話だよ。その先生に聞いてみてくれないか」と青島は剣也に鋭《するど》い視線《しせん》を向けた。眉間《みけん》のしわに、彼の苛立《いらだ》ちが露骨《ろこつ》に現れていた。

「……分かりました。確認しておきます」

「いや、今ここで電話してみてよ。大事な問題だから、先送りにしたくないんだ」

青島の迫力に押されるように、剣也は沖野に電話を掛けた。忙しいからどうだろう、と思ったが、沖野はすぐに電話に出てくれた。

「あ、沖野先生。お世話になってます。美間坂です」

「……君から電話とは珍《めずら》しいな。何かトラブルか？」

「いえ、そうではなくて、質問がありまして。あ、その前にお礼を言わせてください。お忙しい中、ドラマの監修、ありがとうございました」

「ああ、うん。こちらにとってもいい経験になった。学生の視野を広げる役に立ったよ」

「それはなによりです。それで、質問の件なんですが。麻薬検査の回避薬というのは、本当に存在するものなんでしょうか」

「ああ、今年の四月に論文報告されたばかりの、最新の知見だよ。イギリスの麻薬研究機関からの報告だ。アイディアを出したのは学生だが、俺の方でも論文を確認した」と沖野は迷わずに即答した。

「そうなんですね。ちなみに、麻薬検査の回避というのは、科学的にはどういう仕組みなんでしょうか」

「麻薬というのは一般に、その構造《こうぞう》の中に窒素《ちっそ》原子を有している。そして回避薬は、その部分を認識するカルボン酸部位《さんぶい》を複数持っているんだ。キレート剤《ざい》と呼ばれる物質だな。キレート剤を飲むと、それが体内で麻薬を捕まえて離さなくなる。それにより物理的な性質が変化し、麻薬の成分検査をすり抜けるということらしい」

沖野は詰《つ》まることなく、すらすらと原理を語った。専門用語がリズミカルに繰り出される様子はまるで異国の音楽のようで、沖野の心地いい低音の声と相《あい》まって、聞いていると不思議と高揚《こうよう》した気分になってくる。

「詳しい説明をありがとうございます。すごくよく分かりました。もうすぐ撮影が始まります。いつも以上に気合を入れて演じますから、完成したらぜひ見てくださいね！」

「分かった。学生共々、とても楽しみにしているよ」

通話を終わらせ、剣也は沖野から聞いた内容をそのまま青島に説明した。

「そうか。科学研究に基《もと》づいた、しっかりしたトリックなんだな」と青島は納得顔で呟《つぶや》いた。「ありがとう。役作りの参考《さんこう》になったよ」

「こちらこそありがとうございます。先生がきちんと調べて提案してくれていると分かって、僕もさらにやる気が湧いてきました。自信を持って撮影に臨《のぞ》めそうです」

「いいドラマにしよう」

青島が差し出した手を握り、「はい！」と剣也は力強く頷いた。

4

六月十三日、土曜日。小雨《こさめ》の降る中、舞衣は午後四時に四宮大学に到着した。

休日でも、キャンパス内にはちらほら人影《ひとかげ》が見える。多くはサークル活動のために学校にやってきた学生だ。先輩《せんぱい》たちと談笑する新入生たちの表情はどれも明るい。サークルに慣れ、大学ならではの特別な雰囲気を楽しんでいる様子が伝わってくる。

そんな学生たちの様子を嬉しく感じながら、舞衣は理学部一号館にやってきた。

職員証で玄関のセキュリティーを解除し、中に入る。

ロビーにいた沖野が、「……来たか」とベンチから立ち上がった。

「どうしてそんなに憂鬱《ゆううつ》そうなんですか。今日はちゃんと、この時間に行きますとお伝えしたじゃないですか」

今日、ここに足を運んだのは、剣也が探偵役を演じたドラマを見るためだった。テレビでの放送は来週の土曜日だが、沖野のもとに完成版のＤＶＤが届いていると剣也から聞き、こうしてやってきたわけだ。

「待っている間に考えたんだが、答えが分からなかった」と沖野が首を振る。「どうして、君と一緒にドラマを見る必要があるんだ？」

「先生がＤＶＤを持っているんだから当然でしょう」

「当然ではないな。放送前にどうしても見たいなら、美間坂くんに頼めばいい。あるいは、俺が持っているディスクを貸すという手もある」

「でも、誰かと見る方が楽しいじゃないですか」

「その相手が俺でなければならない理由は？」

「うーん、難しい質問ですね」と舞衣は腕組《うでぐ》みをした。しばらく考えたが、これといった答えは思いつかない。

舞衣は両手を挙《あ》げ、「理由はないです。シンプルに、先生と見たいと思ったんです」と言った。「そんなに嫌《いや》ですか？　私と一緒に見るのは」

上目遣《うわめづか》いにそう尋ねると、沖野は顔をそむけて頭を掻いた。

「……別に嫌だとは言っていない。ただ、理由を確認したかっただけだ。俺もまだ見ていないから、一応は時間の無駄にはならない」

「じゃあ、オッケーということですよね。っていうか、まだ見てなかったんですね。これから剣也くんと会うのに」

今夜は、沖野と舞衣、剣也の三人で飲み会をする予定になっている。このメンバーで集まるのはずいぶん久しぶりだ。剣也はずっと沖野に会いたがっていたが、休暇《きゅうか》が取れなくてどうしようもなかったようだ。それだけ売れっ子になったという証拠《しょうこ》だろう。今回、ようやく二日間の休みが取れたと聞いている。

「本放送の方でチェックするつもりだったんだ。まあ、せっかくDVDを送ってもらったんだ。礼儀《れいぎ》として見ておくとするか」

沖野はそう言って階段の方へと歩き出した。

「あれ、先生の部屋で見るんじゃないんですか？」

「せっかくだから、プロジェクターでスクリーンに映そうと思う。二四インチのモニターで見るより、そっちの方がいいだろう」

「なるほど。ホームシアターみたいなものですね」

沖野と共に地下に降りる。連れてこられたのは、廊下の奥《おく》の会議室だった。十五帖《じょう》ほどの広さがあり、横長のテーブルが平行に六台並べられている。二十人ほどが着席でき、研究室のミーティングや勉強会に使われているそうだ。出入口の反対側の壁には、発表資料を映すためのスクリーンが常設されていた。

テーブルの上のプロジェクターには、すでにノートパソコンが接続されている。沖野はプロジェクターの主電源を入れ、リモコンを手に取った。

「先生はどこに座るんですか？」

沖野は部屋を見回し、「この辺だな」と、出入口の近くに座った。

「スクリーンから遠くないですか」

「これくらいで充分見えるが」

「せっかくだから、もっと前にどうぞ。並んで見ましょうよ」と、舞衣は中程の席に腰《こし》を下ろした。

「広い部屋なのに、隣《となり》同士というのは空間の無駄遣いじゃないか」

「……？　ちょっと、言っている意味が分かりません」と舞衣は眉根《まゆね》を寄せた。「横並びの方が会話しやすいじゃないですか。犯人が誰なのか考えながら見ますから、私の推理を聞いてください。ほら、遠慮《えんりょ》せずにどうぞ」

舞衣が促《うなが》すと、沖野は渋々《しぶしぶ》といった様子で立ち上がり、椅子を一つ空けて舞衣の左側の席に座り直した。

「ＤＶＤはすでにセットしてある」

「準備万端《ばんたん》ですね。じゃあ、電気を消しますね」

沖野がリモコンのボタンを押すと、ディスクの回る音が聞こえてきた。舞衣は立ち上がって部屋の明かりを消し、また元の席に座った。

「楽しみですね、先生」

「ちゃんと集中して見た方がいい」と沖野が足を組みながら言う。「俺は脚本に目を通している。ラストまでに犯人を当てるのは難しいと思うぞ」

＃1

「さて、と……。そろそろ反応が終わったころかな」

神代結弦は読みかけの論文を置いて、椅子から立ち上がった。壁の掛け時計の針は午後三時を指している。

ソファーの背に掛けてあった白衣を羽織《はお》ったところで、事務机の電話が鳴り出した。

「内線か」と呟き、受話器を持ち上げる。「はい。神代です」

「すみません。事務の者です。警視庁から刑事さんがお見えなんですが、通しても構いませんか」

「これで三日連続ですね」と神代は苦笑した。「例の男女二人組ですか」

「そうです。赤井さんと千葉《ちば》さんのお二方です」

「分かりました。通してもらって結構です。向こうも仕事でやっている以上、追い返したところでまた来るに決まっていますからね」

「……大変ですね、いろいろと」

「それは事務の皆《みな》さんも同じでしょう。大学に在籍《ざいせき》していた、現役の研究者が殺されたわけですから。情報を求めて、キャンパスにわんさかマスコミが押し寄せていると聞いていますよ」

「ええ、そうなんです。対応に苦慮しています」と、事務の女性はうんざりしたように言った。

「お互《たが》い、辛抱《しんぼう》強く対応しましょう。一過性《いっかせい》のものだと思いますから」

そう言って、神代は受話器を置いた。

机の上を片付けていると、ドアがノックされ、赤井と千葉の二人の刑事が姿を見せた。赤井はストライプの黒のスーツ、千葉は無地の黒のパンツスーツだった。

「どうも、お仕事中にすみません」

赤井が申し訳なさの欠片《かけら》もない、溌剌《はつらつ》とした声で言う。

「謝るくらいなら、無理をして足を運んでいただかなくても結構なんですが。お二人の相手をしている間は、研究活動がストップしてしまうんですよ」と、神代は軽い嫌みを口にした。

「これが我々《われわれ》の仕事なんです！」と、千葉が眉根を寄せる。

「まあまあ、そうツンツンするな」と赤井が千葉の肩《かた》を叩く。

「セクハラですよ、赤井さん」

千葉が、赤井をキッと睨《にら》みつける。

「お前なあ、二十も上の先輩にそんな正論を吐《は》くなよ。軽いスキンシップじゃないか。二十代のボディから放たれる若いエネルギーを吸収したいんだよ」

「その発言自体がセクハラに該当《がいとう》します。そういうことがしたいのなら、それに適した店に行ってください」

「……分かった、分かった」と赤井が肩を落とす。

「まるでコントですね」と神代は二人を見比べながら言った。「わざわざ道化を演じていただかなくても大丈夫です。僕は特に緊張《きんちょう》していませんので」

「いや、これが普段のやり取りなんですが」赤井はそう言って、来客用のソファーの方に目を向けた。「座っても構いませんか？」

「ええ、もちろんです。招かれざる客であっても、粗雑《そざつ》に扱うことはしません。どうぞお座りください」二人にソファーを勧め、神代は彼らの向かいに腰を落ち着けた。「捜査の進展はいかがですか」

「まだまだ情報収集の真っ最中です」と赤井が答えた。「だから、こうして足を運んでいるわけです」

「仕事熱心なのは素晴らしいですが、僕からお伝えできることはもうありませんよ」

「いやいや、人の記憶力《きおくりょく》は当てにならないものです。雑談をしているうちに、ふっと大事なことを思い出すケースもよくありますから」

「正直なところ、神代さんは隠し事をしているのではないかと思っています」と千葉が真剣な顔で言う。「神代さんは、殺された塩谷《しおや》さんの同級生ですよね」

「そうです。大学一年からの知り合いですね」

「お二人とも理学部に入学され、そのまま大学院に進学し、そして所属していた研究室でポストを得ています。通算すると、十年近い付き合いということになります。その割に、塩谷さんに関して語られる内容が希薄《きはく》ではありませんか」

「期間は長いですが、塩谷との関わりは少なかったですよ。理学部のひと学年は百二十人もいますから。全員と均等に付き合うのは無理でしょう」

「最初は人数が多かったとしても、今も大学に残っている同級生はごく少数ですよね」と赤井が言う。「そうなると仲間意識が芽生《めば》えて、疎遠《そえん》だった相手とも徐々に親しくなるものじゃないですかね」

「同級生というコミュニティは、大学四年次で研究室に配属されると非常に『弱い繋がり』になってしまうんですよ」と神代は反論した。「研究室のメンバーとは四六時中顔を突き合わせることになりますから、どうしてもそちらがメインになります」

「神代さんと塩谷さんは別々の研究室だった。だから、ほとんどコミュニケーションがなかった。そういうことですか」

赤井の問いに、「おおむねその理解で正しいと思います。廊下ですれ違えば、世間話くらいはしますが」と神代は答えた。「本当に、思い出したことは何もありませんか？　どんな些細なことでも結構です。ぜひお聞かせください」

メモ帳を構えながら千葉が硬《かた》い口調で訊《き》く。

「彼の研究のことなら、多少は知っていますが」と神代は言った。「塩谷がいた『動植物材料化学研究室』では、動物や植物が作る材料の構造解明と、その応用を研究しています。例えば、深海の海洋生物が作る分泌物《ぶんぴつぶつ》の特徴《とくちょう》を調べ、その物質を利用して人間の役に立てるものを生み出すという研究ですね。彼らは精力的に論文を出していて、塩谷は一連の研究において中心的な役割を果たしていました」

「そういう話ではなくてですね……。例えば塩谷さんの交友関係などはどうでしょうか」

神代は腕を組み、「申し訳ありませんが、知りません」と首を振った。「そもそも、彼は他人《ひと》から恨《うら》みを買うような人間ではなかったと思いますが」

「しかし、明らかに彼は憎まれていましたよ」と赤井。

「今、『明らかに』とおっしゃいましたね。根拠を伺えますか」

そこで赤井と千葉が顔を見合わせる。

「……どうしますか？」

「……捜査上の機密事項《じこう》だが、近いうちにマスコミに情報が出る。ここで言っても構わないだろう」

赤井はそう言い、神代の方に顔を戻した。

「遺体《いたい》の状態については、まだ話していませんでしたね」

「死因は梱包用《こんぽうよう》の紐《ひも》で首を絞められたことによる窒息死だと最初に伺いましたが」

「実は、傷は他にもありました。彼は上半身が裸《はだか》の状態で発見されており、うつ伏《ぶ》せに倒れ込んだその背中に、ドライバーのような物で傷が付けられていたんです。その傷痕《きずあと》は、こう読めました。〈お前の罪《つみ》を思い出せ〉と――」

声を潜《ひそ》めながら言い、赤井は神代の目をじっと見つめた。

「いかがですか。遺体の背中にメッセージを残すなんて、よほど深い恨みがないとできないと思うのですが」

神代が黙っていると、千葉が耐《た》えかねたように口を開いた。

「まあ、それは確かに」と神代は頷いた。「『罪』という単語が何を指すのか。それがこの事件の重要な鍵《かぎ》を握っているのは間違《まちが》いないようですね」

「どうでしょう。今の話で思い出したことはありませんか」と赤井が少し身を乗り出しながら言う。「事件に関わるかどうかの判断は不要です。とにかく、塩谷さんに関連した情報の提供をお願いしたいのですよ」

「善良な一人の市民として、捜査には協力します。ただ、事件について積極的に調べるつもりはありません」と神代は言った。「大学は運営交付金という形で国から補助金を受け取っています。僕たちの研究は税金によって支えられているわけです。本来の役割である科学研究が最優先ですから」

「それは我々も同じです！」と千葉が立ち上がった。「公務員として、自分に与えられた役割をまっとうすべく、日夜奮闘《ふんとう》しています」

「なるほど。僕たちはお互いに、国民の期待と信頼を背負《せお》っているわけですね」

「そう言われると、急に肩が重くなってきました」赤井は小さく笑うと、ふっと表情を引き締めた。「ご迷惑《めいわく》でしょうが、また来ます」

「お手柔《てやわ》らかに」と返して、神代は部屋を出ていく二人を見送った。

5

「あ、いったん止めます」

画面が切り替わる直前、舞衣はドラマの再生を一時停止した。

「どうした？　まさか、もう犯人が分かったのか」と沖野が声を掛けてくる。

「いえ、東雲《しののめ》さんの演技がすごくいいなと思って。上から目線になっちゃいますけど、新境地《しんきょうち》を開拓《かいたく》したって感じがしませんか」

青島亮平演じる赤井刑事とコンビを組んでいた千葉という女性刑事。彼女を演じているのは、東雲英梨子《えりこ》という若手女優だ。

英梨子は剣也の事務所の後輩《こうはい》で、とある事件をきっかけに舞衣は彼女と知り合った。演技には前々から定評があったが、刑事役も非常に板に付いていた。いかにも融通《ゆうずう》がきかなそうな空気感をうまく作り出している。ちなみに、本人の素《す》の性格とはまるで違う。真面目は真面目だが、あんなに堅物《かたぶつ》ではない。

「そうだな。ストーリーはシリアスだが、少々コミカルな雰囲気もあった」と沖野が頷く。「視聴者が気楽に見られるように、という演出だろうな」

「剣也くんの演じる探偵もかっこいいし、先が期待できそうです。ちょっと先生に雰囲気が似てませんか?」

「……どうかな。自分ではよく分からない」と沖野が首を振る。「それで、犯人の目星は?」

「今はまだ、全然です。これから考えます」

舞衣はそう言って、一時停止を解除した。

＃2

その日の夕方。神代は実験室で再結晶《さいけっしょう》と呼ばれる精製作業を行っていた。化合物を加熱したエタノールに溶《と》かし、そこに少しずつ水を加えていく。濁《にご》らない程度のところで加水《かすい》を止め、フラスコを湯浴《ゆよく》から出す。そのまま空気中で軽く揺すっていると、白い粒《つぶ》が溶液《ようえき》の中に現れた。液温が下がったことで溶解度《ようかいど》も低下し、化合物が結晶化したのだ。

「さすがですね……見事です。僕がいくらやっても全然ダメだったのに」

隣で見ていた学生が感心したように呟く。

「再結晶は、強引にやるとうまくいかないんだ」と神代は言った。「とにかく観察して、その物質の振る舞いを理解することが重要だ」

「やっているつもりなんですけどね……観察力が足りないんでしょうか」

「肩の力を抜くといい。精製作業を楽しむんだ。自分で合成した化合物の純度が上がっていく様を見るのは、いつになってもワクワクするものだ。雑念から解放されるこの時間が、僕はとても好きなんだ」

「だから、助教《じょきょう》になった今も実験をされているんですか」

「そうだな。研究室としての成果を出すためという理由もあるが、実験が好きだから止《や》められないのが実情だよ。昇進し、将来的《しょうらい》に教授になっても実験室に入り浸《びた》りそうな予感がするな」

そんな会話を交わしていると、ふいに実験室のドアが開いた。

「こっちにいたのか」

天然パーマの、小太りの男が神代のところにやってくる。

「小泉《こいずみ》。珍しいな……ここに来るのは」と神代はフラスコを机に置いた。

「部屋に入るのは初めてだよ。理学部の本館には二十以上実験室があるが、入ったことがあるのは自分の研究室の部屋だけだ」と小泉が言う。

「急用なのか」と神代は尋ねた。

「電話だと、盗聴《とうちょう》されている可能性がゼロじゃないからな」

と、小泉が学生の方に目を向ける。

「あ、じゃあ僕は再結晶の仕上げをしますね」

神代が指導《しどう》している学生は、フラスコを持って自分の実験台に戻っていった。

彼がいなくなったところで、「今日も刑事が来てただろ」と、周囲を気にしながら小泉が言った。

「いいのか、こんなところで話をしても。僕の部屋に行かないか」

「換気《かんき》装置がうるさいから大丈夫だ。むしろ、静かなところより安心できる」と神妙に小泉が言う。「で、刑事は来たのか」

「ああ、うん。いつもの二人組だった」

「赤井と千葉か。二人は俺のところにも来たんだが、そっちは何を訊かれた？」

「塩谷についての情報提供を求められたよ」

「……そうか。そうだよな」と小泉は呟く。「背中の傷の話は聞いたか」

「ああ。近々マスコミに出るらしい」

「神代。お前、塩谷が殺された理由に心当たりはあるか？」

「いや、特には。あいつに関しては、小泉の方がはるかに詳しいだろう。大学四年の時から助教になるまで、二人ともずっと同じ研究室にいたんだからな」

「刑事にも同じことを言われたよ。というより、あいつらは俺を疑ってるみたいだ」

「なぜだ？　君が疑われるような理由があるのか」

「准《じゅん》教授のポジションを争うライバルを消した――そう思っているんだろうな。ウチの研究室の学生に、そんな質問をしていたらしい」

小泉は嘆息《たんそく》し、首を振った。

「馬鹿《ばか》げていると思うだろ。確かに、研究室に准教授の椅子は一つしかない。だけど、別にこの大学にこだわる必要はないんだ。他の大学でポジションを得ればいい。人殺しの理由になんかならない」

「君の言い分は正しい。大学は普通の企業とは違うからね。昇進と共に他大に移ることもある。向こうはそれを理解していないんだろう」

「頭が固い連中なんだ。本当にうんざりする」

「君の方から、よりもっともらしい動機を教えてやればいい。例えば、過去に在籍していた学生が犯人というのはどうだ？　指導に熱が入りすぎて、逆に恨みを買うケースもたまに聞くが」

「いや、塩谷は学生から慕《した》われていた。それは断言《だんげん》できる」

「だったら、私生活に関するトラブルなんじゃないか。小泉は塩谷の交友関係には詳しくないのか？」

「……そういう話はしなかったな。何かがあった可能性は否定《ひてい》しない。だけど、体にあんな言葉を刻まれるほど誰かに憎まれていたとは思いたくないんだ」

小泉は目を伏せ、暗い表情で自分に言い聞かせるように言う。

「気持ちは分かる。僕は塩谷が殺されてからずっと、どこか落ち着かない日々を過ごしている。さほど接点のなかった僕でさえそうなんだ。長い間、それこそ家族のように同じ時間を過ごしてきた君の心中は、嵐のように荒れていることだろう。だけど、忘れる努力をした方がいい。自分を追い込んでも何もいいことはない」

「そうだな。……作業の邪魔をして悪かったな。じゃあ」

覇気《はき》のない声で言い、小泉が神代に背を向ける。

「そういえば、前にもあったな、こんなこと」

神代がぽつりと言うと、「え?」と小泉は足を止めて振り返った。

「漆原《うるしばら》のことだよ。彼も君や塩谷と同じく、動植物材料化学研究室に籍を置いていたよな」

「ああ、うん……」と小泉が目を逸《そ》らした。

「僕たちが修士《しゅうし》一年の年だから、彼が亡くなってもう六年になるのか。あの時も、理学部全体が落ち着かない雰囲気になっていたな」

神代の脳裏《のうり》に、当時の光景が蘇《よみがえ》る。

九月のある朝、大学に来てみると理学部本館の周りに救急車やパトカーがたくさん停まっていた。神代は近くにいた同級生に声を掛け、漆原が建物の屋上から飛び降りて死んだことを知ったのだった。

「でも、あれは自殺だったからな。影響はそこまで大きくはなかった」と小泉。

「そうかな。遺書がなく、睡眠薬《すいみんやく》を服用しての飛び降りだっただろう。殺人の可能性もあるといって、しばらく警察が調べ回っていた。そのことをよく覚えているよ」

「警察は捜査の必要があると思ったんだろうが、あいつが死んだこと自体は別に驚《おどろ》かなかったな。漆原は神経質な男で、独自のこだわりを持つ男だった。あいつの辞書には、妥協《だきょう》って言葉は存在してなかったんじゃないか」

「ああ、そうかもしれない」と神代は頷いた。

すぐに、漆原が同級生を怒鳴《どな》りつけているシーンが思い出される。

同級生は驚き、戸惑《とまど》っていた。

「実験実習の課題をコピーさせてくれって言っただけじゃないか。そのくらい、別にいいだろ」

不満げな様子の同級生に、漆原は顔を真っ赤にして「お前の堕落《だらく》に僕を巻き込まないでくれ！」と一喝《いっかつ》したのだった。

過去の映像が消え、意識が現在に戻ってくる。小泉は難しい表情をしていた。

「漆原はたぶん、自分で自分を許せなくなるようなミスをしたんだ。わずかな失敗を悔《く》やみ、人生に終止符《しゅうしふ》を打つことを選んだんだよ。あいつなら、そんな決断をしてもおかしくない気はする」

「なるほど、言われてみれば……」

「漆原の時と同じ扱いにしないでくれ。自殺と殺人じゃ、影響力が全然違う」と小泉が首を振る。「いいか、神代。塩谷は殺されたんだ……！」

小泉は絞り出すようにそう言うと、踵《きびす》を返して実験室を出て行った。

＃3

フローリングの上に、男がうつ伏せに倒れている。

上半身は裸で、床《ゆか》に頬《ほお》を付けている。見開かれた目と、口の両端を汚《よご》す唾液《だえき》の泡《あわ》。普段とは変わり果てた顔つきをしていたが、倒れているのは間違いなく小泉だった。

「……だ、大丈夫か？」

神代がそちらに足を踏《ふ》み出した瞬間《しゅんかん》、彼の背に赤いものが見えた。

ゆっくりと、小泉の方に近づいていく。

赤く滲《にじ》んでいたのは血だった。白い肌《はだ》に刻まれた血文字。小泉の背中には、〈お前の罪を思い出せ〉というメッセージが残されていた。

そこで突然、景色が真っ白になる――。

神代は何度か瞬《まばた》きをした。徐々に焦点《しょうてん》が合い、教員室の窓のブラインドがくっきりと見えてくる。その隙間《すきま》から、うっすらと光が差し込んでいた。

「……いつの間にか、寝《ね》てたのか」

神代はソファーの背から体を起こし、頭を振った。すぐ脇《わき》に、論文をプリントアウトしたものが落ちていた。

神代はソファーから立ち上がり、筋肉をほぐそうと腕を動かした。

と、その時、教員室のドアがノックされた。

近づき、ドアを開ける。廊下にいたのは、赤井と千葉だった。

「どうも」と赤井が眉根を寄せながら挨拶する。「とんでもないことになりましたね」

「ええ、本当に。夢ならよかったんですが……」と神代はため息を落とした。

「我々にとっても想定外の出来事でした」と千葉が悔《くや》しそうに言う。「まさか、小泉さんが殺されるなんて……」

「昨日の昼過ぎに訃報《ふほう》を聞き、僕も心から驚きました。しかも、背中にはまた、同じメッセージが刻まれていたんでしょう」

「そうなんですよ。現場の状況から見て、まず同一犯の仕業に間違いないと思われます」と赤井が腕を組む。

「〈お前の罪を思い出せ〉というメッセージが現場に残されていたことは、すでにマスコミで報じられています。しかし、どのくらいの大きさの文字だったかはまだ伏せられています。それにもかかわらず、今回の血文字は前回のものをコピーアンドペーストしたかのように一致《いっち》していました」

千葉が相変わらずの硬い口調で説明する。

「犯人はかなり慎重《しんちょう》な人間のようです」と赤井が言う。「二件とも指紋はきっちり拭《ぬぐ》い取られていますし、毛髪《もうはつ》や皮膚《ひふ》片など、ＤＮＡを採取《さいしゅ》できるような物証も残していません。明らかに計画性が窺《うかが》えますな」

「防犯カメラの映像は？」

神代の質問に、「ありません」と千葉が短く答えた。

「塩屋氏も小泉氏も、監視カメラのないマンションに住んでいましたから」と赤井が補足した。「犯行推定時刻はどちらの事件も午後十時前後と推測《すいそく》されるんですが、その時間帯の目撃情報は皆無《かいむ》なんです。どうやら、犯人は深夜まで現場に滞在《たいざい》し、ひと気がなくなってから逃げたようです」

「二人目の犠牲者《ぎせいしゃ》を出してしまったことは、痛恨《つうこん》の極《きわ》みです」

千葉がうなだれながら言う。その両手は強く握り締められていた。

「連続殺人に発展してしまったのに、なかなか情報が集まってこない状況でして」と赤井が頭を掻く。「情けない話ですが、物証や目撃証言ではなく、動機の面から容疑者に迫るくらいしか手がないんですよ」

「それで僕のところに？　残念ですが、塩谷の時と同じですよ。なぜ小泉が殺されたのか、心当たりはまったくありません」

「本当にそうですか？」と赤井が神代の方に足を踏み出した。「ひょっとしたら、六年前の一件が関わっているんじゃないかと思うんですがね」

「……漆原の自殺、ですか」

「それです、それ。漆原さん、塩谷さん、小泉さん。三人ともが、動植物材料化学研究室に所属していました。しかも同期だ。三人の間に何らかの繋がりがあったと見るのが自然じゃないでしょうか。あるいはそれは、トラブルの類《たぐ》いだったのかもしれません」

「……塩谷と小泉が手を組み、自殺に見せかけて漆原を殺したということですか」

「理解力が高くて助かります」と赤井が口の端を持ち上げる。「そのことを知った何者かが、塩屋さんと小泉さんに復讐した。そう考えれば、遺体に残されたメッセージの意味も理解できますよね」

「三人の同級生である神代さんにお聞きしたいのですが」と千葉が真顔で言う。「漆原氏が実は自殺ではなかった、という可能性はありますか？　当時の捜査資料には、『自殺をしそうには見えなかった』という証言もいくつか見られましたが」

「故人を悪く言うつもりはありませんが、僕はあまり違和感《いわかん》はなかったですね。彼は神経質でしたから」

「……そうですか」と千葉が自分の膝に目を落とす。

「まあまあ、ひとまず他殺として話を進めてみませんか」と赤井がわざとらしく明るく言う。「ただ、その場合に一つ問題がありまして。実は、塩屋さんと小泉さんには強固なアリバイがあるんですよ」

「へえ。どのようなものですか」

「漆原さんがこの理学部本館から飛び降りたのは、午前六時過ぎです。その時、二人は現場である東京ではなく、シンポジウムに参加するために大阪にいました。前夜に深夜バスに乗り、東京を離れていたんです。新幹線や航空機を駆使《くし》しても、自殺のあった時間に東京に戻ることは不可能です」

「ふむ、なるほど」と神代は腕を組んだ。

「いかがですか。この不可能を可能にするような、科学的なトリックはありませんか」と赤井が揉み手をしながら訊く。

「具体的にはどのようなものでしょうか」

「遠く離れた場所から、自殺に見せかけて屋上から転落させる。そんなことができる方法はありますか？」

少し考えて、「タイマーを使えば可能でしょうね」と神代は言った。「漆原は過剰量《かじょうりょう》の睡眠薬の作用で、完全に意識のない状態でした。彼の体を屋上の手摺《てすり》に紐でくくりつけておき、セットした時間にそれが緩《ゆる》むようにすれば、一応はやれると思います。ただ――」

「現場からは、タイマーのような装置は見つかっていません」神代がそのことを口にするより早く、千葉が険《けわ》しい口調で指摘《してき》する。「先ほども言った通り、二人は大阪にいました。仮に何らかの機械的なトリックを使ったとしても、その仕掛けを回収することは不可能です」

「断言するのが早いぞ。せっかく神代さんが意見を言ってくれたのに」と赤井が顔をしかめる。「他に協力者がいて証拠を持ち去ったかもしれない、と昨日の夜に言っただろうが」

「ああ、そうでした。すみません。頭から抜け落ちていました」

「まあ、当時の捜査では、協力しそうな人間は見つからなかったけどな……」そこで赤井が怪訝《けげん》な表情を浮かべる。「おや、どうしました、神代さん。どうして微笑んでいるんですか」

「今の私たちのやり取りですよ、赤井さん」と千葉が小声で言う。「すみません、お話を伺っている最中に、不手際《ふてぎわ》をお見せしてしまって」

「ああ、違います」と神代は言った。「これは癖《くせ》です。不可解な謎《なぞ》を目の前にすると、無意識的に頬が緩んでしまうんですよ」

「それはまた、珍しい癖ですね」と赤井が目を見開く。

「研究活動でもよく起こりますよ。誰も解けなかった謎を提示されると、好奇心が刺激《しげき》されるんでしょう。動機がどうとか、怨恨《えんこん》がどうとかは僕の管轄外《かんかつがい》ですが、科学の話なら別です。もし科学的なトリックによって漆原が殺されたのだとしたら、その方法を知りたいと思います」

「それは心強い。ちなみに、現時点で何か思い当たる節《ふし》は？」

「今は何も」と神代は言った。「ただ、もし本当に塩谷と小泉の二人が犯人なら、持てる知識を活用してトリックを作り上げたはずです。高度な科学技術であればあるほど、警察の目を欺《あざむ》きやすくなりますから」

「なるほど、さすがは研究者ですね。一理あります」と赤井が頷く。

「まずは塩谷や小泉が出した論文を読んで、それから考えてみます。あまり期待せずに待っていてください」

神代はそこで人差し指を立ててみせた。

「協力する代わりに、一つお願いがあります。単なる事情聴取のために、僕のところに来ないでいただきたい。仕事に集中したいのです」

「交換《こうかん》条件というわけですか。情報提供の場合は伺っても構いませんか？」

「有用なものであれば。しかし、基本的には電話かメールでお願いします」

「分かりました。いいでしょう」

「赤井さん！　勝手にそんな約束をしたらまずいですよ」

「まあまあ、いいじゃないか」と赤井が千葉をなだめる。「律儀《りちぎ》に毎日話を聞きに行くのも刑事の仕事だが、それは目的じゃない。事件の解決が俺たちの役目だろ。たまには違うやり方を試すのも悪くない。……ということで、よろしくお願いしますよ」

赤井は笑みを浮かべ、不満げな表情の千葉を連れて教員室を出て行った。

一人きりになり、神代はノートパソコンの前に座った。論文検索ソフトを起動し、検索ワードとして塩谷、小泉の名前を入力する。すると、画面にはいくつもの論文が表示された。

画面をスクロールするにつれ、また笑みが浮かんでくる。

「……ああ、また癖が出てるな」

神代は頬を軽く叩き、適当な論文を選んで印刷ボタンを押した。

6

その後、ドラマは赤井と千葉、二人の視点で進んでいった。剣也演じる神代が調べ物をしている間は、刑事による地道な情報収集が展開されるようだ。

と思ったら、千葉が怪我《けが》をしたという連絡が、仕事を終えて自宅にいた赤井のもとに届いた。

彼が病院に急行すると、千葉は一人で廊下のベンチに掛けていた。

「何があったんだ？」

赤井の問い掛けに、「自宅近くの歩道橋で、誰かに背中を押されたんです」と千葉は悔しそうに言った。

場面が切り替わり、千葉が一人で夜の歩道橋を歩いているシーンが映る。彼女が階段を下りかけた瞬間、画面がぐるりと反転した。

連続殺人犯が千葉を襲った——? それを連想させる出来事に、物語に不穏《ふおん》な空気が漂いだしていた。

病院のシーンが終わり、次の日からまた赤井による捜査の場面が展開される。怪我の影響で千葉は捜査を外れ、赤井は別の男性刑事と行動を始めた。

やがて彼らは、自殺した漆原の両親に会いに行く。

赤井は漆原の遺品をひと通り調べたあと、息子の生前の様子を母親に尋ねた。

「神経質なあの子にとって、この世の中はさぞかし生きづらかったでしょう」

そう言って、母親役の女優が涙《なみだ》を流す。両親は息子の死を受け入れているようだった。

刑事たちが両親の自宅をあとにしたところで一時停止し、「犯人が分かったかもしれません」と舞衣は言った。

「ほう。誰だと思う」

「普通に考えれば、漆原って人の身内を疑うべきですよね。でも、もう番組は中盤《ちゅうばん》を過ぎています。こういうドラマって、最初の方から出ている人が犯人なんです。そして、犯人という重要な役柄を演じる役者は、それなりの有名人であるケースがほとんどです。これらの情報から考えると、赤井って刑事が怪しいです。青島亮平なら、犯人役として充分でしょう」

「……メタな視点からの犯人当ては、フェアじゃないな」

「メタな視点ってどういう意味ですか」

「物語の外側の情報を頼りにしている、ということだ。作り手はそういう解かれ方を望んでいないと思うが」

「うーん……。じゃあ、もしまっさらな気持ちで情報を丹念《たんねん》に追っていったら、犯人が誰か特定できますか？」

「この段階では断定までは無理だろうな。ただ、現時点でヒントは出ている。『この人が犯人ではないか』と言える程度の、些細なヒントだったが」

「え、そうなんですか⁉　最初から見直してもいいですか」

「そんなことをしていたら終わらなくなるだろう。潔《いさぎよ》く続きを見るんだな」

沖野はそう言ってスクリーンを指差《ゆびさ》した。

「……はーい」と唇《くちびる》を尖《とが》らせ、舞衣はドラマの方に意識を戻した。

#4

明るい日差しが降り注ぐ中、神代は一人でキャンパスを散歩していた。

テニスラケットを持った男女が、楽しげに言葉を交わしながら通り過ぎていく。

神代はそちらをちらりと見て、小さくため息をついた。

「自ら手を下すことなく、屋上から人を落下させる科学的なトリック、か……」

呟き、神代はキャンパス内に設《もう》けられた人工林に足を向けた。木陰《こかげ》の中に、石畳の道が長く延びている。

そこを歩いている途中《とちゅう》で、神代のスマートフォンに着信があった。画面には赤井の名前が出ていた。

「……とうとう痺《しび》れを切らしたか」

神代は〈応答〉をタップし、歩きながらスマートフォンを耳に当てた。

「あ、よかった。繋がった。どうも、お世話になっています。警視庁の赤井です」

「ああ、どうも」

「いきなり電話をしてすみません。推理の調子はいかがですか？」

「まだ答えは出ていませんね、正直なところ。塩谷と小泉の論文は頭に入れたのですが、これといった手応えがないんですよ」

「まったく何も思いつかないですか」

「いえ、いくつか考えたものはあります。まず、漆原の足を氷で固定しておく方法。時間が経ち、溶ければ落下するという仕組みです。それから、漆原の体を紐で固定し、ロウソクの火であぶる方法。これも、時間が経てば紐が切れ、同じ結果になります」

「なるほど。しかし、それは……」

「分かっています」と神代は先んじて言った。「どちらも、現場に痕跡《こんせき》が残るという大きな問題があります。そこをクリアできない仮説はすべて誤《あやま》っていると思います。だから、逐一《ちくいち》そちらに報告はしてきませんでした」

「科学者の直感が、『違う』と言っているわけですか」

「そういうことです」

「仕方ないですね。こちらの捜査も行き詰まっているので、打開するための方針を示していただきたかったんですが」

「申し訳ない。では、これで」

そう言って、神代は通話を終わらせた。

スマートフォンをポケットに戻し、再び歩き始める。

その直後、神代は「うっ」と足を止めた。

「なんだ……？」

前髪に何かが付いている。取ってみると、数本の蜘蛛《くも》の糸が指に絡《から》みついていた。木の幹《みき》と幹の間に立派な巣ができている。それに突っ込んでしまったのだった。

「ああ、壊《こわ》してしまったな。せっかく、蜘蛛が完璧《かんぺき》な図形を作り上げていたのに……」

何度か首を振った直後に、神代は目を見張った。

慌ててスマートフォンを取り出し、ダウンロードしてあった論文を画面に出す。

「QGAGAAAAGGAGQGGYGGLGG……」

アルファベットの羅列《られつ》を口にして、神代は小さく息をついた。

「そうか、この材料を使えば……」

神代は深呼吸をすると、赤井に電話を掛けた。

「──ああ、切ったばかりなのにすみません。一つ、思いついたことがあります。それを確かめたいので、漆原の遺品を調べてもらえませんか──」

＃5

神代は理学部本館の屋上にいた。

建物は七階建てで、地上からだと三〇メートル程度の高さがある。

外周を囲う手摺に近づき、乗り出すようにして周囲を眺《なが》める。エアコンの室外機や廃《はい》棄《き》予定の実験機器が見えた。こちらは、建物の裏側に当たる。建物から少し離れたところにフェンスがあり、その向こうはグラウンドになっている。

「――どうも、おはようございます」

背後から声が聞こえた。

振り返ると、赤井が立っていた。風に煽《あお》られ、訝《いぶか》しむように目を細めている。

「こんなところに呼び出してすみません。ここに来るのは初めてですか?」

「ええ。漆原さんの事件は自分の担当ではなかったので」ポケットに手を突っ込み、赤井が近づいてくる。「そこが現場ですか」

「そうです。漆原は、僕が今いる辺りから転落しました」

「飛び降りたのは早朝でしたね。眩しい朝日の中、地上に向けて落ちていったわけですか。……ギリシャ神話のイカロスを思い出しますね」

「太陽に接近しすぎたため、ロウでできた翼《つばさ》が溶け、墜落死《ついらくし》した人物ですか。……その発想はたぶん、真実を掠《かす》めていますよ」

「ほう。どういうことですか」

「漆原の転落死について、ある仮説を立てました」と神代は赤井を正面から見た。

「転落死という表現を使うということは、あれはやはり自殺ではなかったと?」

「おそらく」と神代は頷いた。「理学部で保管している帳簿《ちょうぼ》を調べました。すると、六年前のある時期に、動植物材料化学研究室における麻薬の購入量が増えていたんです。買っていたのは、当時大学院一年生だった塩屋と小泉――今回殺された二人です」

「麻薬？　実験に使うんですか、そんなもの」

「ええ。動物の行動をコントロールするために用います。そういう実験を彼らが行っていたことも確認しました。ただ、本当に動物に投与《とうよ》したかどうかは分かりません。自分たちのために使った、あるいは金銭目的で売りさばいた可能性もあります。仮に、そのことに漆原が気づいたとしたら……」

「間違いなく告発しようとしたでしょうね。彼は自分なりの正義感にこだわっていたようですから」と赤井が首元を掻く。「漆原さんは麻薬流用の事実を二人に突き付けた。我が身の危険《きけん》を感じた二人は、自分たちを守るために漆原さんを殺した……そういう筋書きは充分に成立しそうですな」

「動機については僕は証拠を持っていませんが、可能性としては否定しません」

「で、問題のトリックは？」

赤井が手摺を摑み、神代に鋭い視線を向けた。

「あれを使ったんです」

神代は屋上の配管を指差した。そこに、いささかの乱《みだ》れもない、美しい蜘蛛の巣が張られていた。

「蜘蛛がどう関係するんです？」

「塩屋と小泉は、蜘蛛の糸の研究をしていました。蜘蛛の糸の成分はタンパク質です。このタンパク質は、二十種類ほどのアミノ酸が繫がってできています。彼らはそのアミノ酸配列を改変することで、より強度の高い糸を作ろうとしていた。そして、実際に彼らはそれに成功したと、論文で報告されています。ただ、その糸には極めて大きな弱点があった。紫外線《しがいせん》に極めて弱いという弱点が」

「紫外線……」と赤井が呟く。「日光に当たるとまずいということですね」

「ええ、タンパク質の作る三次元構造が壊れ、非常にもろくなるそうです。もしその糸を使って、夜のうちに漆原の体を手摺の外側にくくりつけていたとしたらどうでしょうか」

「日が昇ると糸がちぎれ、睡眠薬で朦朧《もうろう》としていた漆原さんはそのまま落下する……」

そこで赤井が目を見開く。「そういえば、こちらは東側ですな」

「曙光《しょこう》の中、漆原は死んでいったんです。たった一人で」と神代は頷いた。

「イカロスのように、ですか。大阪行きの深夜バスに乗る前に、二人はそのトリックを仕掛けたわけですね。……蜘蛛の巣はありふれたものだから、手摺に付着していても怪しまれない。実際に、鑑識の目を欺くことに成功している……」

「それに関しては、警察に責任はないと僕は思います。常識の範囲《はんい》外の方法ですから」

「……それはどうも」と赤井が乱れた前髪を手で払《はら》う。「話を現在に戻しましょう。塩屋さんと小泉さんが殺されたのは、六年経った今になってそれに気づいた人間がいたからなんですね。それは誰なんですか」

赤井の問いに、神代はため息をついた。

「小泉が殺されたあと、僕の部屋で漆原の話をしたことを覚えていますか」

「ええ。トリックを考えてみる、と神代さんがおっしゃった時のことでしょう」

「そうです。その時、僕は違和感を覚えたんです。『当時の捜査資料に、自殺をしそうには見えなかったという証言があった』と千葉刑事が発言したからです。その証言は、僕の持っていた漆原の印象と明らかにずれていました。あれから、同級生たちに話を聞いて回りましたが、そんな証言をした人間は一人もいませんでしたよ」

「……言われてみれば妙ですね。俺が読んだ捜査報告書にも、そんなことは書いてありませんでした。漆原さんのご両親でさえ、息子の自殺を受け入れていた……」

「千葉刑事について徹底《てってい》的に調べることを勧めます」と神代は眉根を寄せながら言った。

「彼女は生前の漆原と交友があった可能性があります。それも、他人には見せないような一面を知れるほど、親密な交友が。だから、漆原の死に疑念を抱き、一人でその真相を調べ続けていた。そして、帳簿の記録から塩谷と小泉に目を付けたんでしょう。最終的には塩谷を問い詰め、真相を吐かせたと思いますが」

「千葉が……。しかし、彼女は何者かに歩道橋から突き落とされているんですよ」

「自作自演だったのでは？」と神代は冷静に言う。

「何のためにそんなことを……」

「捜査から外れるためでしょう。千葉刑事は、漆原の両親と顔を合わせたくなかったんですよ。以前からの顔見知りである彼女が訪《たず》ねていくと、二人が動揺するかもしれない。その可能性を懸念したのではないでしょうか」

しばらくの沈黙《ちんもく》のあと、赤井は手摺から手を離した。

「……今から、あいつのところに行きます」

「そうですか」

「神代さんはどうされますか」

「僕の役目は終わりました。本業である研究に戻りますよ」

「そうですか。では、この御礼はまたいずれ」

「わざわざ来ていただかなくても結構ですが」

「いえ、手土産《てみやげ》持参で伺いますよ。あなたのような『名探偵』を、そう簡単《かんたん》に手放すわけにはいきませんから」

赤井はそう言い残して屋上から去っていく。

「やれやれ……厄介《やっかい》な人たちと関わってしまったかな」

彼の背中を見送り、空を見上げる。

その日差しの眩しさに、神代は目を閉じた。

7

ドラマがエンディングを迎え、スクリーンが暗転する。

明かりをつけ、舞衣は嘆息した。

「いやー、まさか東雲さんが犯人役だったなんて……トリックはもちろんですけど、セリフの中の違和感にも気づきませんでした」

殺された漆原は、英梨子が演じた千葉の家庭教師をしていた。彼女は漆原に恋心《こいごころ》を抱いていたが、それを伝える前に彼を失ってしまった。それが事件の真相を調べ始めた動機だった。

「もう一つヒントがあったんだが、やはり気づかなかったか」

「え、どこですか？」

「刑事たちが、漆原という人物の実家を訪ねた時だ。彼の母親が息子の遺品の入っていた段ボール箱を落として、慌てて中身を拾い集めるシーンがあっただろう」

「ああ、はい。ありましたね」

「その時、一瞬だけ写真が画面に映る。刑事になる前の、若い頃の千葉刑事の写真だ」

「えーっ。私は東雲さんのファンですけど、それはさすがに気づけないですよ」

「俺に文句を言わないでくれ。その辺の演出を考えたのはドラマの制作スタッフなんだ。彼女の高校時代の写真を借りて使ったと聞いている。確かに難易度《なんいど》は高いが、面白いやり方だろう。五日ほどで脚本と演出を仕上げた割にはよくできていると思う」

「五日って……そんなに余裕《よゆう》のないスケジュールだったんですか？」

「もともと、別の科学ネタを使う予定で進めていたらしい。麻薬が検出されなくなる薬剤というものなんだが、台本を読んだ赤井役の青島亮平からクレームがついたんだ。悪用される可能性があるから、トリックを変えた方がいいと彼は主張したそうだ」

「なるほど。それで蜘蛛の糸にしたわけですね」

「そういうことだ。どれが選ばれても俺は構わなかったから、変更を承諾《しょうだく》した。結果的にこれでよかったんじゃないかと思う」

「結果オーライ、ってやつですね。完成度は高いと私も思います。また剣也くんの人気が高まりそうな気がしますよ」

「そうだな。じゃ、俺はこれで」と沖野が立ち上がる。

「ちょっと、どこに行くんですか。今日は剣也くんと三人で食事をする約束ですよ」

「俺は承諾していない」と沖野が首を振る。

「彼は貴重な休みを利用して、わざわざ四宮に来るんです。こちらも精一杯、剣也くんをおもてなししないと。そのためには沖野先生の存在が不可欠なんです。彼が一番会いたいのは、絶対に先生だと思いますから」

「……だからと言ってだな」

「あ、待ってください。『ツリーズ』のメッセージ受信音がしました。たぶん剣也くんからです。そろそろ着いたんじゃないですか」

舞衣はそう言って、自分のスマートフォンを手に取った。

「やっぱり剣也くんからでした。えっと、内容は……」

〈ネットニュースを見た？　大変なことになっちゃったよ〉

剣也はそんなメッセージを送ってきていた。事故かトラブルで新幹線が止まったのだろうか。慌ててブラウザアプリを起動し、ニュースサイトを表示させる。

そのトップに表示されたニュースを見て、舞衣は言葉を失った。

「……どうした？」と沖野が怪訝な表情で訊く。

「見れば分かります」と言って、舞衣は自分のスマートフォンを沖野に差し出した。

8

遡《さかのぼ》ること、数時間――。

六月十三日土曜日、午前十一時。青島亮平は自宅のリビングで、『神代結弦の事件簿』の台本を読み返していた。ただし、実際に放送される予定のものではなく、青島がボツにさせた方のバージョンだ。

自分は幸運だった、と青島は感じていた。まさか、この世の中に麻薬検査を回避する薬剤が存在するとは想像もしていなかった。ドラマの科学ネタを提供した、沖野とかいう研究者がいなければ、気づく機会はなかったかもしれない。

ソファーの背に体重を預けたまま、青島はテーブルの上に目を向けた。そこに、手のひらにすっぽり隠れるほどのプラスチック瓶《びん》が置いてある。海外から取り寄せた、検査回避薬だ。瓶のラベルには、〈eS‐cape〉と印字されている。エスケープ、というのが薬剤の名前だ。Sだけ大文字なのは、それがドラッグの隠語として使われているからだろう。

これを一日一錠《じょう》飲み続ければ、尿《にょう》や血液、毛髪などから麻薬が一切検出されなくなるという。素晴らしい発明というほかない。少なくとも自分にとっては、ノーベル賞に値する、偉大《いだい》な発見だ。開発した人間に称賛を送りたいと思う。

台本を書き直させたのは、検査回避薬の存在を世間に広めたくなかったからだ。科学論文として報告されているらしいが、今はまだ一般人には情報は伝わっていない。ドラマの題材として使われ、有名になる事態は避けたかった。

青島は立ち上がり、検査回避薬の瓶を手に取った。

「これさえあれば、俺は無敵だ」

そう呟いた時、チャイムが鳴った。インターホンの画面を確認すると、そこには見覚えのないスーツ姿の男の顔が映っていた。オールバックで、顎がやけに尖っている。

「青島さん。警視庁の者ですが。出てきていただけませんか」

男が警察手帳をカメラのレンズに向ける。どうやら相手は青島の部屋の前にいるらしい。青島のマンションは管理人が常駐《じょうちゅう》しており、部外者が勝手に中に立ち入ることはできない。管理人により、男の身分は確認されたということだ。

ドラマでは幾度《いくど》となく刑事を演じてきたが、本物と会うのはこれが初めてだ。青島は不穏な気配を感じながら玄関へと向かった。

ドアを開けると、カメラに映っていた刑事の他に、五人もの男たちがいた。目つきの鋭さから、おそらく全員が刑事なのだろうと青島は察した。

「すみません、突然押しかけて」と、オールバックの刑事が言う。

「……どういったご用件ですか」と青島は尋ねた。

「eS-capeという名前の錠剤を海外から購入されましたね」と彼が冷静に指摘する。「麻薬の検査を回避するという触れ込みの薬剤です」

青島は背中に汗が滲むのを感じた。購入ルートを押さえられていたらしい。だが、慌てる必要はない。もう錠剤を何日も飲んでいる。検査を受けることになったとしても、麻薬は検出されないはずだ。

「今、この薬剤を買った人間を調べていまして。お手数ですが、尿検査を受けていただけますか。この場ですぐに実施できますので」

唾《つば》を飲み込み、動揺を顔に出さないように「いいですよ」と青島は言った。

「ちなみに」と男が言う。「検査回避薬というのは、嘘です」

「……嘘?」

「イギリスの麻薬取締部が、大学の研究者と手を組んで嘘の論文を発表したんですよ。その目的は、麻薬常習者をあぶり出すことでした。論文で取り上げた物質を購入した人間を片《かた》っ端《ぱし》から調べて、一網打尽《いちもうだじん》にしようとしたんですよ。そもそも、検査回避薬なんてものはこの世に存在しません」

にやりと笑い、オールバックの刑事は玄関ドアを手で押さえた。

「では、さっそく検査を行いましょうか」

9

「ホント、大変だったね……」

ビールを飲む気になれず、舞衣は烏龍茶《ウーロンちゃ》を片手に呟いた。

テーブルに置いたスマートフォンの画面の中で、剣也が「青天の霹靂《へきれき》、って感じだよ」と頷く。彼は今、新幹線のデッキにいる。四宮に到着する前に事務所から連絡を受け、急遽《きゅうきょ》東京にとんぼ返りすることになったのだった。

飲み会への参加は当然不可能だが、剣也が沖野の顔を見たがったので、こうしてスマートフォンのテレビ電話アプリを使って会話をしている。

「ごめんなさい、急にこんなことになって」

剣也が申し訳なさそうに言う。居酒屋の店内は混《こ》み合い始めていて、壁で仕切られた個室にいても周囲の喧騒《けんそう》が伝わってくる。

「そういうのは、もう少し早く分かるのかと思ったが」と沖野がお通しのポテトサラダを一口食べる。三人で予約していたので、机には剣也の分のお通しも来ていた。

「今日の午前中に、青島さんの自宅の方に警察が訪ねていって、それで現行犯逮捕になりました」と剣也。「事務所の人に聞いたんですが、青島さんは沖野先生が提案した検査回避薬を買っていたそうです」

「それで目を付けられたわけか」

「いえ、警察は以前から青島さんをマークしていたみたいです。回避薬の購入はあくまで踏み込むきっかけだったんでしょうね」

「青島さんはその回避薬を飲んでたんだよね。検査で何も出なくなるんじゃ？」

舞衣の質問に、「ああ、あれは嘘だったんだ」と沖野が答えた。「いや、嘘と言ってしまうと少し語弊《ごへい》があるな。あのあと、論文の内容に少し疑問《ぎもん》を覚えたから、著者《ちょしゃ》にメールで確認したんだ。そうしたら、犯罪者を見つけ出すための罠《わな》だと言われたよ」

「じゃあ、先生を始めとする世界中の専門家が騙《だま》されていたわけですか。でも、そんなことをしてもいいんですか？　神聖な科学の世界で堂々と嘘をつくなんて」

「正直なところ、かなりグレーなやり方だな。ただ、『論文を出すことそれ自体が一つの研究だ』と言われたら、受け入れざるを得ないとは思う。ちなみに、一年以内に嘘であることを公表する論文を出すそうだ。だから、この嘘が永遠に科学の世界に残ることはない」

沖野は淡々《たんたん》と説明して、ジンジャーエールを飲んだ。

「剣也くんは、青島さんと撮影で一緒だったわけでしょ？　挙動が怪しい感じはしなかったの？」

舞衣が尋ねると、「たまに会話がちぐはぐになることはあったけど、基本的にはすごく普通だったよ」と剣也は答えた。「だからこそ、逆に怖《こわ》いんだ。普通に見える人でも、麻薬に手を出している可能性はあるんだって思い知ったから……」

「なるほど……芸能界ってすごいところだね。知り合いがいきなり逮捕されちゃうんだから」

「それで、今回のドラマの放送は中止になるのか？」

「たぶん、そうですね……」と剣也が目を伏せる。「青島さんはメインキャストの一人ですから出演場面をカットして放送するのは不可能ですし、代役を立てて撮影し直すにしても、さすがに時間がなさすぎますね」

「でも、企画そのものがお蔵入《くらい》りになるわけじゃないよね。絶対放送されてほしいよ。剣也くんの演技、すごくよかったと思う。新境地っていうか、クールでシニカルな雰囲気がばっちりハマってたっていうか。まるで、沖野先生みたいだったよ」

「ホントに？　嬉しいな。頭の中で春ちゃんを思い描きながら演じてたんだ」

「ですって。よかったですね、春ちゃん先生」

舞衣が話を振ると、沖野は顔をしかめた。

「その呼び方はやめてくれ。……というか、今の会話の中に、別に俺が喜ぶ要素はないんだが」

「またまた、もっと素直《すなお》になってくださいよ。ドラマの感想、剣也くんに直接伝えてあげてください」

「……まあ、別に俺の真似を望んでいるわけじゃないが、君に演技の才能があることを再認識したよ。画面の中の神代結弦は、俺の知る君とは明らかに別人だった」

「ありがとう。すごく嬉しいです」と剣也が笑みを浮かべる。

「あ、剣也くん。一つ希望を言っていいかな。もし撮り直すのなら、東雲さん以外を犯人にしてほしいな。パートナーの刑事っていう立ち位置にしておけば、連続ドラマになった時にまた出演できるし」

舞衣の提案に、「そうだな」と沖野も同意する。「前回の君たちのコンビネーションは、見ていて心地いいものだったよ。また同じペアでやってほしいと思う」

「二人にそう言ってもらえたら、英梨子ちゃんも喜ぶと思う。僕もそうなったらいいなって思ってたんだ。彼女と一緒だとやりやすいし、楽しく演技ができるからね。プロデューサーの中之島さんに相談してみるよ」

「ぜひそうして。っていうか、どうして東雲さんを犯人にしちゃったの？　普通なら青島さんが適任だと思うけど」

「今回は、前のドラマを見てくれた人を驚かせたくて、英梨子ちゃんを犯人にしたんだって。でも、放送中止になったことで、良くも悪くも話題には上りやすくなったと思う。

だから、そういう変化球っぽい仕掛けを入れなくてもよくなるかも」

「前向きに捉《とら》えているようで安心したよ」と沖野。

「それはそうですよ。だって、先生が科学トリックを監修してくださったんですから。なるべく多くの人に見てもらいたいんです。万が一テレビ放送がダメになったら、僕が個人的に舞台で演じてもいいと思ってるくらい気に入ってます！」

「すごい意気込みだね。さすがは『春ちゃんラブ』なだけあるね」

舞衣がそう言うと、剣也は「まあね」とにっこり笑った。「春ちゃん。次は必ず四宮に戻るから、今度こそ飲み会をやろうね。じゃあ、また」

沖野に笑顔で呼び掛け、剣也は通話を終わらせた。

舞衣はほんのり温かくなったスマートフォンをバッグに仕舞い、「思ったより元気そうでしたね。あれは演技じゃないと思います」と言った。

「非常にタフだな、彼は。だからこそ、芸能界で活躍《かつやく》できているんだろう」

「ですね。私も頑張らなきゃ、って気持ちになりました」

舞衣はしみじみと言って、注文用のタブレットを手に取った。

「剣也くんも大丈夫そうでしたし、自粛《じしゅく》は止めて普通に飲みませんか。体に悪いけど、楽しい気分になれる飲み物を」

「……そうだな。ただし、ほどほどにな」

「分かってます、分かってます」

揃《そろ》って生ビールを注文すると、二分ほどで霜《しも》が付くほどキンキンに冷えたジョッキが運ばれてきた。

「乾杯《かんぱい》しましょうか」

「何のためにだ？」と沖野が言う。

少し考えて、「『神代結弦の事件簿』がいつか放送されて、大ヒットすることを祈願《きがん》して！　で行きましょう」と舞衣は提案した。

「君にしては悪くないな」

「……『君にしては』はいらないですよ。ほら、乾杯！」

口を尖らせ、舞衣は強引に沖野のジョッキに自分のそれをぶつけた。

沖野は「褒《ほ》めてるつもりなんだが」と苦笑し、ぐいっとビールを呷《あお》った。

第四話

化学探偵と後悔と選択

1

物音を耳にして、新庄貴明《しんじょうたかあき》は目を覚ました。

ゆっくりとまばたきしながら、自室の天井《てんじょう》を見上げる。ガタゴトという音に混《ま》じって、雨がバルコニーの手摺《てすり》に当たる音も聞こえてくる。結構強く降《ふ》っているようだ。

貴明は頭を押さえながら体を起こした。昔から寝起《ねお》きはよくない。脳《のう》が半分の大きさに萎縮《いしゅく》したのかと思うほど、あらゆる感覚が鈍麻《どんま》している。その割に目を覚ましてしまうと二度寝ができない体質なので、ぼんやりした状態で無駄《むだ》に時間を過ごすことになってしまう。

物音は玄関《げんかん》の方から聞こえているようだ。

朦朧《もうろう》としたままベッドを降り、部屋を出る。玄関の方に目を向けると、上がり口に座《すわ》り込んでいる背中が見えた。

二つ下の妹の安美《やすみ》が振《ふ》り返《かえ》り、「ああ、起きたんだ」とつまらなそうに言った。彼女の目は充血《じゅうけつ》している。「毎日毎日、律儀《りちぎ》に出てこなくてもいいのに」

「……大丈夫か。顔色が悪いけど」

「平気だよ。ちょっと寝不足なだけ」

そう言って、安美が自分のスニーカーのメンテナンスを始めた。スニーカー集めは、大学に入ってから始めた彼女の趣味《しゅみ》だった。

「散歩に行ってくる」

「今朝もか？　雨が降ってるみたいだぞ」

「知ってるよ。だから、こうしてスプレーしたんじゃない」靴《くつ》を履《は》き、安美がドアノブに手を掛《か》けた。「適当な時間に戻るから、兄さんもいつも通りにしてたらいいよ」

その言葉を残し、安美は部屋を出て行った。

貴明はため息をつき、作り付けのシューズボックスの上に目を向けた。熱帯魚《ねったいぎょ》を飼《か》っている小さな水槽《すいそう》の横に、デジタル時計を置いてある。時刻《じこく》は午前六時四十分と表示されていた。

寝起きのせいか、体に力が入らない。少し息苦しさも感じる。貴明は咳《せき》をして、その場に座り込んだ。

ぼんやりと、玄関のドアを眺《なが》める。そういえば、安美は傘《かさ》を持っていなかったな、と今さらながら気づいた。

届けるために追い掛けるべきかと思ったが、その必要がないことに遅《おく》れて思い至《いた》る。貴明と安美が暮らすこの２ＬＤＫのマンションは、妙に靴脱《くつぬぎ》スペースが狭《せま》い。傘立てを置く余裕《よゆう》がないので、傘は外廊下《そとろうか》の手摺に掛けている。他の住民もそうしているので、文句を言われることはない。安美はその傘を持っていったはずだ。

安美とルームシェアを始めて、もうすぐ一年三カ月になる。最近、妹の様子がおかしい気がする。口数が減り、暗い表情をしていることが増えた。部屋が別々なので細かいことは分からないが、かなり遅い時間まで起きているようだ。

部屋で何をしているのか尋ねたことはあるが、安美は「別に、ネットを見たりゲームをしたりしてるだけだよ」としか言わなかった。

妹は隠し事をしていると貴明は感じていた。明確な証拠《しょうこ》があるわけではない。兄妹《きょうだい》として長い時間を共に過ごしてきた経験からの直感だった。

安美は自分を避《さ》けている。ある時に突然《とつぜん》よそよそしくなったわけではなく、徐々に距《きょ》離《り》が離れていったように思う。

原因は何なのか。貴明は最近、頻繁《ひんぱん》にそのことを考えるようになった。

「いい歳《とし》なんだから、兄が妹に干渉《かんしょう》するのは変だよ。放っておけば」

友人に相談したら、そんな風に言われた。確かに、自分も安美も成人している。友人の言う通り、あれこれ気に病むのは普通《ふつう》ではないのかもしれない。

ただ、独立《どくりつ》した一人の大人である前に、自分たちは兄と妹であり、家族なのだ。家族に異変が生じているのであれば、それをなんとかしたいと思う。それが、貴明の正直な気持ちだった。

「……もう、迷《まよ》ってる場合じゃないのかもな」

相手の迷惑《めいわく》になるかと思ってずっと遠慮《えんりょ》してきたが、これ以上先送りにすべきではないと感じ始めていた。待っていることで事態が好転する可能性は、おそらく低い。自分から動いた方がいい。

少しずつ、思考がクリアになっていく感覚があった。脳と体が完全に目覚めるのを待ちながら、貴明は廊下に腰《こし》を下ろしたまま、これからのことを考え続けた。

2

「また今日も雨かあ……」

朝のニュース番組の天気予報を眺めながら、舞衣《まい》はぽつりと呟《つぶや》いた。

スタジオのコメンテーターが、「今年はよく降りますね」とうんざり顔で言う。ですよねえ、と舞衣は心の中で相槌《あいづち》を打った。

何日連続か数えるのも億劫《おっくう》なほど、ここのところぐずついた天気が続いている。梅雨《つゆ》だから当然なのかもしれないが、晴れ間の時間帯がまったく存在しないというのは気が滅《め》入《い》る。思いっきり強い日差しを浴びたいという欲求が日に日に高まっている。

どうにもテンションが上がらないが、今日は月曜日だ。これから五日間、きっちり業務をこなすために、テンションを高めていかねばならない。

「よし、今日はとっておきを出そうっと」

舞衣はテレビを消すと、冷蔵庫からピーナッツバターを取り出した。剣也《けんや》が送ってきてくれた、千葉の有名な農場で生産された特別な一品だ。インターネットの通販サイトで買うと、ひと瓶《びん》三〇〇グラムで千三百円もするらしい。スーパーで普通に買えるものの数倍の値段《ねだん》だ。

トーストした食パンに、そのピーナッツバターをこんもりと塗《ぬ》る。塗るというより、塊《かたまり》を載《の》せるという感じだ。

白い皿に鎮座《ちんざ》する、暴力《ぼうりょく》的なビジュアル。金銭《きんせん》的というより、むしろカロリー的な意味での贅沢《ぜいたく》メニューを見ていると、「早く！」と言わんばかりに腹が鳴った。

「さあ、食べるぞ！」

自分を鼓舞《こぶ》するためにあえて声に出し、舞衣は食パンに思いっきりかじりついた。


午前九時。朝のメールチェックを終えて事務室を出ると、舞衣はいつも使っている、事務棟《とう》一階の小会議室に向かった。『なんでも相談窓口』の方に相談依頼《いらい》を出した学生と面会するためだ。

定位置から少しずれたテーブルを直し、椅子《いす》を整えていると、小会議室のドアがノックされた。

素早く駆《か》け寄ってドアを開ける。廊下に、短く髪《かみ》を整えた男子学生がいた。ほんの少しだけだが、顎《あご》の先にひげを生やしている。白の長袖《ながそで》シャツに黒のチノパンという格好《かっこう》だった。

……なんか、どこかで見たような……？

舞衣は既視感と違和感《いわかん》を同時に覚えた。それについて考えるより早く、「初めまして。理学部四年の、新庄貴明です」と相手が名乗った。

「なんでも相談窓口担当の七瀬《ななせ》です。どうぞこちらへ」

「すみません、お時間を割《さ》いていただいて」

テーブルにつくと、新庄が頭を下げた。

「そんな。気にしないでくださいよ。これは私の仕事なので。迷惑なんてことは全然ありませんから」

「普段から、七瀬さんは忙《いそが》しくされているんですよね。大学の内外で起きたトラブルを次々に解決していると伺《うかが》いました」

新庄の言葉に、舞衣は眉根《まゆね》を寄せた。

「伺ったって、誰《だれ》にですか？」

「研究室の先輩《せんぱい》からです」と答え、新庄が自分の顔を指差《ゆびさ》す。「僕、沖野《おきの》先生の研究室に所属《しょぞく》しているんですよ」

「ああ、なるほど……」

沖野が指導《しどう》教員を務める『先進化学研究室』のメンバーの中に、何人か知り合いがいる。彼らから自分のことを聞いたのだろう。

もしかしたら、沖野を訪《たず》ねた時に新庄を見掛けていたかもしれない。さっきの既視感の正体はそれだろうかと思ったが、どうもしっくりしない。何かが引っ掛かっている感じが残っている。

「先輩から、『何か困《こま》りごとがあったら、七瀬さんに相談するといい』と教えてもらいまして。それで、連絡《れんらく》させてもらったんです」

「そうやって評価していただけることは嬉《うれ》しいです」違和感について考えるのを中断し、舞衣ははにかんでみせた。「期待を裏切らないように頑張りますね」

「……でも、いまさらなんですけど、僕が相談したい内容は、見当違いなものだと思います。正直、悩《なや》んではいるんです。伝えても、七瀬さんを困惑《こんわく》させるだけなんじゃないかって……」

新庄は喋《しゃべ》っている途中《とちゅう》で激《はげ》しく咳《せ》き込《こ》みだした。舞衣に背中を向け、口に手を当てて何度も咳を繰《く》り返《かえ》している。よほど苦しいのか、目には涙《なみだ》が浮かんできていた。

「大丈夫ですか？」

「……す、すみません、平気です……」と息を整えながら新庄が絞《しぼ》り出すように言う。

「最近、気管が敏感《びんかん》になっているのか、すぐ咳が出てしまうんです。熱はないので、風《か》邪《ぜ》ではないと思いますけど」

「病院には行きましたか？」

「ええ。咳止めの薬をもらいました」

胸を押さえ、新庄は何度か浅い呼吸を繰り返す。彼の息が落ち着くのを待ち、「それで、相談というのは」と舞衣は促した。

「……妹のことなんです」と新庄は小さな声で言った。「名前は安美といいます。ウチの大学の二年生で、文学部に通っています。家賃《やちん》を節約するために、妹が大学に受かった時に広い部屋に引っ越して、それから二人で暮らしています」

「兄妹仲がいいんですね。お兄さんが一緒なら、親御《おやご》さんも安心でしょう。それで、妹さんがどうかされましたか」

「最近、妹が悩んでいるような気がするんです」テーブルに視線《しせん》を落とし、新庄が言う。

「本人から相談されたわけじゃなくて、僕がそう思うだけなんですが」

「普段の様子に変化が起きているんですか」

「そうですね。ほぼ毎日、『散歩に行く』と言って、ふらっと家を出ていくようになったんです。時間帯は決まって早朝で、外出時間は二時間程度でしょうか。本人は気分転《てん》換《かん》の散歩だって言ってますけど、家に戻ってきても表情が冴《さ》えなくて……」

「何についての悩みなのか分かりますか？」

「今朝、大学に来る前にそれとなく尋ねましたが、『別に元気だけど』と言われました。周りの人間には言いたくないのかもしれません。……あ、もちろんすべてが僕の杞憂《きゆう》という可能性もありますけど」

自信なさげに言い、新庄はまた軽く咳き込んだ。

「なるほど。そうですか……」

「……どうですか？　七瀬さんはどう思われましたか」

「身近で暮らしている人の意見には、真実味があると思います」と舞衣は感じたままを口にした。

「僕たちは、あまり似《に》ていないんです」顎の先のひげに触れ、新庄がぽつりと呟く。

「見た目もそうなんですが、僕と違って、妹はいい笑い方をします。きちんと口角《こうかく》が上がっていて、目元もにこやかで……。ルームシェアを始めた頃《ころ》は、あいつはよく笑っていました。でも、最近は全然です。妹が笑うところを見た記憶《きおく》がないんです」

「それは気になる状況ですね」と舞衣は言った。「この窓口を担当するようになってから、何らかの判断をする時、静観《せいかん》よりも一歩踏《ふ》み出す方を優先《ゆうせん》しているんですよ。自分のところに転がってきたトラブルの種は全部拾うくらいの気持ちで仕事をする。それが私のポリシーなんです」

舞衣はそう言って自分の胸に手を当てた。

「動かなければ、何も分からないまま時が過ぎるだけです。ですから、私の方から安美さんにコンタクトを取ってみます。じっくり話をして、妹さんの笑顔と、新庄さんの心の平穏《へいおん》を取り戻すお手伝いをしたいと思います」

「……ありがとうございます」唇《くちびる》を結び、新庄が深々と頭を下げた。「七瀬さんに相談してよかったです。気持ちが楽になりました」

「それは何よりです」

「やっぱり、沖野先生の信頼を勝ち取っているだけのことはありますね」

「信頼……。それは、本人がそう言っていたんですか？」

「いえ、研究室の先輩たちの意見です。でも、七瀬さんは沖野先生と頻繁に行動されているんですよね。七瀬さんだけみたいですよ、そんな風に一緒にいるのは」

「私が押し掛けるから仕方なく付き合っているような気もしますが」と舞衣は苦笑した。

もしこの話を沖野にしても、「君を信頼している」という言葉は絶対に出てこないだろう。それは今までの付き合いから、間違《まちが》いないと確信できる。

ただ、周りから沖野のパートナーとして認められていることは嬉しかった。頰《ほお》が緩《ゆる》みそうになるのを我慢《がまん》しつつ、舞衣は妹についての質問を新庄に投げ掛けていった。

3

同日、午後三時。舞衣は再び事務棟の小会議室にいた。

椅子に座って待っていてもいいが、なんとなく落ち着かない。部屋に常備されている
ティッシュペーパーでブラインドの埃《ほこり》を拭《ぬぐ》っていると、ココンと素早くドアがノックされた。控《ひか》えめだが、若干《じゃっかん》の焦《あせ》りが感じられるノックだった。

「どうぞ」

声を掛け、テーブルにつく。ドアが開き、沖野が部屋に入ってきた。

「沖野先生の方からこちらに来られるのは、かなり珍《めずら》しいですね」

「……俺の方が面会を望んだんだ。足を運ぶのは当然だろう」

「私は別に、呼ばれたら喜んで理学部一号館に駆け付けますけど」

「学生に、君のことを見られたくなかった」と沖野は舞衣の向かいの椅子に座った。

「いまさらじゃないですか？　先生のお部屋に入るところを、今までに散々目撃されているみたいですよ」

「そのことは、もう仕方ないと受け入れている」と沖野が嘆息《たんそく》した。「俺が気にしているのは、新庄くんのことだ。彼は君のところに相談に来ただろう」

「あ、はい。今日の午前中に。でも、なぜそれを？」

「彼が律儀に報告してくれたんだ。『これから、庶務課《しょむか》の七瀬さんと会うので、少し実験室を抜けます』ってな」

「そうだったんですか」

「ただ、何のために君と会ったのかは訊《き》かなかった。それとなく水を向けたんだが、『大したことではないので』とはぐらかされてしまった。おそらく、俺には言いづらいことなんだろう」

「だから、それを確認しに来られたと？」

「君に守秘《しゅひ》義務があることは分かっている。いくら俺が新庄くんの指導教員でも、言えないことはあるだろう」と沖野は腕《うで》を組んだ。「だが、彼のことは以前から少し気になっていた。もし悩みを抱えているなら、力になれたらと考えている」

「気にされていた理由はなんですか」

「ここのところ、彼の集中力が落ちているように思う。だいたい、ここ二週間ほどだ。顔色がよくないし、ずっと咳をしている。病院を受診後も症状は改善《かいぜん》していない。ちなみに、彼はその件で窓口に来たのか？」

「いいえ、違います」と舞衣はきっぱり言った。「新庄さんが先生に事情を話さなかったのは、たぶん迷惑になると思ったからじゃないでしょうか」

「つまり、研究には関係ない相談ということだな。友人関係か」

「違いますね」

「恋愛絡《れんあいがら》みのトラブルか？」

「それも違います。……っていうか、そうやって無限に質問していったら、いつかは答えにたどり着くじゃないですか」

「ありそうなところを消していっているだけだ。無限に続けるつもりはない」と沖野は不本意そうに眉間《みけん》にしわを寄せた。「まどろっこしいことはやめよう。この場で俺に話せる内容か？」

「……沖野先生とは、なんだかんだで二年以上の付き合いになりました。恩義《おんぎ》も感じていますし、いつもお世話になっていることへの感謝の気持ちもあります。でも、なんでも相談窓口の担当者として、譲《ゆず》れない一線というものもあります。なので、私の答えは『言えません』です」と舞衣は沖野の顔を見つめながら言った。

「……そうか。それは、君の言う通りだな」

「ただ、同時に担当者としての責任も感じています。新庄さんの抱えている心配事に関して、きちんと対応していくと約束しました。なので、この件に関しては私に任せてもらえませんか。しっかり最後までやりきりますから」

沖野はゆっくりと頭を下げ、「……分かった。よろしく頼む」と言った。

「はい。ご安心ください」

「ところで」と沖野が顔を上げた。「新庄くんと会ってみて、他に何か感じたことはなかったか?」

「感じたこと? 真面目《まじめ》そうだなとは思いましたけど」

「そういう性格的なことじゃない。外見についての印象だ」

舞衣は顎に手を当て、「そういえば、顎にひげを生やしていましたね」と新庄の姿を思い起こしながら言った。

「他の部分はどうだ?」

「髪が短いですね。あと、足にフィットするズボンを穿《は》いてました。沖野先生がよく着ているような……って、あれ?」

そこで舞衣は気づいた。新庄と沖野の外見には、いくつも共通点がある。ようやく得心《とくしん》した。それで、新庄と会った時に既視感や違和感を覚えたのだ。

「俺に似ているだろう」

「ええ、顔立ちはともかく、外見は」と舞衣は頷《うなず》いた。「もしかして、新庄さんは先生の真似《まね》を……?」

「……ああ、そうらしい。俺も、研究室の学生に言われて初めて気づいたんだが。どうも、彼は俺に強い敬意《けいい》を抱いているようだ」と沖野は頭を掻《か》いた。「俺の講義を聞いて、研究室に入ることを決めたらしい」

「……なるほど。見た目まで先生に寄せるっていうのは、相当な影響《えいきょう》を受けている証拠ですよね」

ちなみに、沖野が無精《ぶしょう》ひげを生やしているのは、肌《はだ》が弱く、カミソリ負けしやすいからだ。毎日剃《そ》るのは難《むずか》しいので、伸《の》びるたびにハサミを使って整えているそうだ。

「指導教員とはいえ、彼の身なりを改めさせる権限は俺にはない。実験をやる上で支《し》障《しょう》があるわけでもないからな。ただ、彼の視線がどちらを向いているかという点については、多少の懸念《けねん》を抱いている」

「先生の後追いをしている現状は好ましくないと？」

「憧《あこが》れを持つのはモチベーション維持《いじ》に役立つかもしれないが、それより大事なのは、研究テーマそのものに対する愛着だと俺は考えている。研究上の課題は何か。それを克《こく》服《ふく》するために、何をすればいいのか。そういうことを自分で考え、実行することで成長してほしいと思っている」

「新庄さんは、沖野先生のような研究者を目指しているんですか」

「研究室配属前の面談ではそう言っていたな。だから逆に不安なんだ」

「その才能はないということですか？」

「いや、四年生の段階で才能云々《うんぬん》を気にすることはない。それよりも、彼が前のめりになりすぎていることが気に掛かる。一日の実験時間には上限があるが、それ以外の部分については管轄《かんかつ》外だ。彼はどうやら家に帰ってからも、化学関連の専門書を読んだり、学術論文に目を通しているらしい。ほとんど余暇《よか》がない状態のようだ」

「それってダメなんですか？　すごく熱心じゃないですか」

「悪いとは言わないが、個人的には有機《ゆうき》化学以外のジャンルにも触れてほしいんだ。一般職に就《つ》くにしても、研究者になるにしても、見識を広めることが将来《しょうらい》的に役立つと思う。『専門バカになるのはある意味簡単《かんたん》だ。だから、むしろそうならないことを意識した方がいい』……。俺は自分の師匠《ししょう》からそう教わったし、その考え方は正しいと感じている」

「なるほど……」

沖野は、かつて村雨不動《むらさめふどう》という、ノーベル化学賞を受賞した研究者のもとで研究活動を行っていた。「多方面に興味《きょうみ》を持つべし」というのが、村雨の基本方針《ほうしん》なのだろう。

「新庄さんは早く先生に追い付こうとするあまり、視野が狭くなっているわけですね」

「俺の目にはそう映っている。今の状態を長く続けることは危険《きけん》かもしれない。実は、東理《とうり》大にいた頃に……」

「似たようなことがあったんですか？」

「……いや、すまない。今の発言は忘れてくれ」と沖野が首を振る。「悪いんだが、彼のケアを頼めないか。俺が直接あれこれ言うのは、できれば最終手段にしたい」

「それはつまり、なんでも相談窓口への相談、ということですね。それでしたら、責任を持ってお引き受けします。ただ、新庄さんから相談を受けた時点で、彼自身のケアも必要だろうなとは思っていました。かなり疲労《ひろう》が溜《た》まっていたようなので」

「そうなのか。悪いな。面倒《めんどう》事を押し付ける形になる」

「いいんです。困っている人を助けるのが私の仕事ですから」

「新庄くんのことをよろしく頼む。支障のない範囲《はんい》で、随時《ずいじ》進捗《しんちょく》を報告してもらえると助かる」

「分かりました」

部屋を出ていく沖野を見送り、舞衣は「よし」と呟いてから、新庄安美と連絡を取るべく事務室へと戻った。

4

翌日《よくじつ》。舞衣はまたしても、事務棟の小会議室にやってきた。時刻は午後四時半。これから、新庄安美と会う予定になっている。

ノックの手間を省《はぶ》くため、ドアを開けっ放しにして彼女が来るのを待つ。

昨日から数えて、ここを使うのはこれで三回目だ。使い勝手がいいので、人から相談を受ける時はこの部屋を利用することが多いのだが、それにしてもハイペースだ。猫《ねこ》柳《やなぎ》に頼んで、なんでも相談窓口の専用室を作ってもらうべきだろうか。

そんなことを考えていると、足音が聞こえ、帽子《ぼうし》をかぶった女子学生が姿を見せた。長袖の黒のTシャツにジーンズという落ち着いた色の服装だが、履いているスニーカーは真っ赤だった。よく手入れされているらしく、今日も雨が降っているというのにスニーカーに汚《よご》れはない。彼女が新庄安美だ。

目に掛かりそうな長い髪と、垂《た》れ目《め》がちな三白眼《さんぱくがん》。新庄貴明とは顔の印象が違う。二人が並んでいても、血の繋《つな》がった兄妹だとは思わないだろう。

「新庄安美さんですね。どうぞこちらへ」

ドアを閉め、「失礼します」と彼女が正面に腰を下ろす。

「庶務課の七瀬と申します。よろしくお願いします」

笑みを浮かべつつ名乗り、舞衣は居住まいを正した。

どういう風に話を展開するか、昨日からいろいろ考えてきた。なんでも相談窓口の担当者であることを言うかどうか。新庄貴明から依頼を受けたことを明かすかどうか。話をする上で、これらの二つは重要な選択になる。

どちらも伏《ふ》せ、例えば「単なるアンケート」のような形を取ることはできる。あるいは、兄の名前を伏せ、第三者から頼まれたのだと伝えることも可能だ。穏便《おんびん》に行くなら、どちらかを選ぶのがいいとは思う。

ただ、質問する側が隠し事をしていると、相手の本音《ほんね》を引き出せないのではという気もした。リスクを冒《おか》してでも正直に経緯《けいい》を説明することで初めて核心《かくしん》に迫《せま》れる、という考え方もある。

実は、ついさっきまで舞衣は方向性を絞り込んでいなかった。安美を見た第一印象で決めようと考えていたからだ。

そして、実際に安美と向き合った瞬間、どういうアプローチを取るかは決まった。すべてを正直に語るべきだ、というのが舞衣の答えだった。

安美がこちらを見る目には、はっきりとした警戒心《けいかいしん》が感じられた。なぜ、自分が庶務課の人間に呼び出されたのか？　その疑問《ぎもん》に答えを出そうと、じっとこちらを観察している。

もし、嘘《うそ》やごまかしを口にすれば、瞬時にそれが伝わり、彼女の心の門を閉ざしてしまうだろう。それは、一年半にわたり、なんでも相談窓口の担当者として多くの学生、職員と向き合った経験から来る直感だった。

「四宮《しのみや》大学に、なんでも相談窓口という制度があるのはご存じでしょうか」

舞衣はそんな問い掛けから会話をスタートさせた。

「……聞いたことはあります。利用したことはありませんが」

「私はその窓口の担当をしています。今回、新庄さんにお越しいただいたのは、窓口への依頼があったからなんです。相談にいらしたのは、あなたのお兄さんです」

「兄が……？　何の相談なんですか」

「あなたのことです」と舞衣は言った。「貴明さんから、最近はふさぎ込んでいることが多くなったと伺いました。そのことを、彼はとても心配しています。もし悩み事があるのなら、解決のお手伝いができればと思うのですが、いかがでしょうか」

「別に、何もないです」と、安美が目を逸《そ》らす。表情は硬《かた》いままだ。踏み込んでこないで、という声が聞こえてくるようだった。

しかし、こんなところで引き下がるつもりはもちろんない。

「毎日のように、早朝に散歩をされているそうですが」

「ただの運動です。健康《けんこう》のためにやっているだけですから」

安美は考え込む様子もなく、淡々《たんたん》と返事をしている。思いついた言い訳を適当に口にしているように舞衣には見えた。この時間が早く過ぎ去ることを望んでいるらしい。

このままの方向で質問を重ねても、事態の好転は望めそうにない。舞衣は少し違う角度から問いを投げ掛けることにした。

「お兄さんとの関係はいかがですか？　ルームシェアをされているそうですが」

「別に普通ですよ。それぞれ自分の部屋がありますけど、顔を合わせれば会話はします。ケンカの類《たぐ》いはたぶん、十年以上ないはずです」

「お互いのことにはあまり干渉しないんですか？　一緒に外食したり、買い物に行ったりとかは……」

「それはありません。というか、兄はいつも忙しそうですから。兄が私を心配しているのなら、私だって兄のことが心配です。四月に研究室配属になって以降《いこう》、家に帰るとずっと化学の勉強をしてるんですよ。理系の学生は大変だって聞きますけど、それにしてもハードワークすぎますよ。一日の平均睡眠《すいみん》時間は、五時間もないいんじゃないですか」

安美は身振りを交えながら、早口にそう説明した。

「よく見ているんですね、お兄さんのことを」

「……嫌《いや》でも目に入るんです。リビングで食事をとりながら本を読んでいることも多いですから」安美は嘆息し、垂れてきた前髪を指で跳《は》ねのけた。「本音を言えば、自分の部屋でやってほしいんですが」

「気になりますか？」

「息苦しさはあります。……努力をしている姿を見せつけられると、自分がすごく怠け者のように思えてくるんです」

息苦しさという言葉に、舞衣は小さな光を見た気がした。ネガティブな言葉が出てくるのは、自分に自信がない証拠だろう。彼女は心に弱さを抱えている。それを引き出すことが、今回の依頼の鍵《かぎ》になるかもしれない。

「確かに、お兄さんは化学に夢中なのでしょう。しかし、一方ではあなたのことをとても気に掛けていました。だから、こうして私たちは向き合っています」と舞衣は言った。

「何か、不安があるんじゃないですか。思い切って話してみてもらえませんか」

「ですから、何度も言っているじゃないですか。別に、話すようなことはありません」

と安美が顔をそむける。

「ひょっとして、恋愛に関する悩み事でしょうか」

「全然違います」と安美が即答した。

「違うということは、『悩み事がない』ではなく、『何かはある』ということでしょうか。差し支《つか》えなければ、それをお話しいただけませんか」

舞衣がそう促すと、安美は大きなため息をついた。

「それをこの場で話して、それでどうなるというんですか」

「分かりません」と舞衣は明るく言った。「ですが、知らなかったことを知ることで、理解は確実に進みます。私はなんでも相談窓口の担当職員として、そして、一人の人間として、安美さんのことを理解したいと思っています」

舞衣は、自分の気持ちをストレートに安美にぶつけた。彼女は何度か瞬《まばた》きを繰り返し、そして部屋に入ってから初めて、少しだけ口元を緩めた。

「……そのやり方、おせっかいだと言われませんか」

「めちゃくちゃ言われますね」と舞衣は笑った。

「平気なんですか、そんな風に言われても」

「平気ではないですけど、受け止めるようにはしています。それもある意味、自分の勲《くん》章《しょう》だと思いますから」

「落ち込むことはないんですか」

「今は大丈夫です。切り替えを意識しています」

「……すごいですね。シンプルに羨《うらや》ましいです。そういう強さが自分には足りないんだろうな……」と、半ば独《ひと》り言《ごと》のように安美が呟く。

「新庄さんは、落ち込むことが多いんでしょうか」

「まあ、結構」と言って、安美は椅子の背にもたれた。「……今、私は、小説を書いています。趣味や自己満足のためではなく、プロの作家になるのが目標です」

「小説の世界のことはよく分からないのですが……プロになるには、どうすればいいんでしょうか」

「出版社の公募《こうぼ》の賞に小説を送るか、投稿《とうこう》サイトで公開して出版社から声が掛かるのを待つ、というのが一般的です。私は基本的には前者のやり方です。大賞をとれば百万円を超《こ》える賞金の出るような、大きな賞を狙《ねら》っています」

へえ、と舞衣は感心した。「小説を書いている」と公言する学生に会ったのはこれが二人目だ。ただ、その学生はあくまで趣味として執筆をたしなんでいた。プロを目指しているのは安美が初めてだ。

「ちゃんと調べて、目標に向かって進んでいるんですね。大学に入ってから小説を書き始めたんでしょうか」

「そうですね。高校時代も多少は書いていましたけど、本格的に長編を投稿し始めたのは受験勉強から解放されてからです。この一年と二カ月で、四作品を仕上げました。……まあ、どれも箸《はし》にも棒《ぼう》にも掛からなかったんですけど」

「それは、なぜなんでしょうか」

「文章の技術がどうこうの前に、たぶんワクワク感が足りないんだと思います。あらすじを聞くだけで『読みたい』と思わせる……そういうものを書かなければ、プロにはなれそうにありません。それに気づいたので、最近はじっくりと物語の設定や枠組《わくぐ》みを考える方針に切り替えました」

そこで舞衣は小さなひらめきを得た。

「あ、もしかして、早朝の散歩はそのために？」

「そうです。体を動かした方がアイディアが出やすいと聞いたので、ひたすら堤防《ていぼう》を歩いています」と安美は答えた。

「なるほど。お兄さんは安美さんのその姿を見て、悩んでいるんだと勘違《かんちが》いしたんでしょうね」

「まあ、悩んでいるようなものですから、あながち的外《まとはず》れではないですけど。これで分かっていただけたんじゃないですか。こちらで何か対応をしていただく必要はありません。あくまで私が勝手にやっていることですから」

「でも、『一人でやらなければならない』という決まりがあるわけでもないでしょう」と舞衣は言った。「書いたものを他の方に読んでもらうことはありますか？」

「高校の頃、友達に見せたことはあります。でも、感想を聞いたあと、ひと月ほど何も書けなくなってしまって……。情けない話なんですが、私は人の意見をすごく気にしちゃうタイプなんです。だから、今は誰にも見せてません」

「じゃあ、文芸サークルに入るのは無理そうですか。四宮大学には、二つほどその手のサークルがあったと思いますが……」

「厳《きび》しいと思います。アドバイスの一環《いっかん》だとしても、書いたものを否定《ひてい》されると、執筆そのものが怖《こわ》くなってしまいそうで……」

実際、応募作品が選考を通過できなかったと判明したあとは、食事が喉《のど》を通らないくらい気分が塞《ふさ》ぎ込むのだという。

一から十まで自分で作り上げた作品が、失格の烙印《らくいん》を捺《お》される——経験のない舞衣には想像しかできないが、そのショックは相当なものなのだろう。

「それほど苦しい思いをしても、小説を書くことはやめられないんですね」

「ええ……七瀬さんは、恵野士郎《めぐみのしろう》という作家をご存じですか」

「あ、はい。読んだことがあります」と舞衣は言った。以前、大学の司書《ししょ》の女性に勧《すす》められた恋愛小説の作者が、確かその人物だったはずだ。一般にも名をよく知られた作家で、ドラマ化や映画化された作品も数多い。誰かが病気になったり死んだりするわけではないが、ぐいぐいとストーリーに引き込まれるような魅力《みりょく》があり、最後には大いに感動させられた記憶がある。

「恵野さんの出身大学は、四宮大なんです。しかも、在学中に賞をとってデビューされています」

「へえ、それは初耳でした。広報課に伝えますよ。卒業生だってことをもっと宣伝してもらわないと」と舞衣は言った。広報課が発行する大学紹介のパンフレットには、卒業生を紹介する欄《らん》がある。そこに、恵野の名前はなかったように思う。彼の名前を出せば、受験生へのいいアピールになるはずだ。

「いいえ、卒業はされていません。デビューが決まってから一年留年《りゅうねん》して、そのあとに中退されてますから」

「そっか。だから知られていないんですね」

「でも、雑誌のインタビューでは、『大学生活が創作《そうさく》のベースになっている』と発言されていますし、充実した学生生活だったんだろうとは思います。農学部の方なので、学生実験や卒業研究で時間を費《つい》やすより、どんどん小説を書いた方がいいと判断されたんでしょう」

「一応は卒業しておこうっていうのが普通の考え方なのに、すごい思い切りですね」

「そこがかっこいいんです。私の憧れの存在なんです。私も、恵野さんみたいになりたいなと思っています。彼の趣味がスニーカー集めなので、私も真似をしてスニーカーを集めているんですよ」

安美は楽しそうにそう明かした。

そういうことか、と舞衣は納得《なっとく》した。在学中に小説家として世に出ることが、安美にとっての最大の目標なのだろう。それを目指して自作を投稿しているが、結果が出ていない。その壁を乗り越えようと苦悩しているに違いない。

「そういう話を、貴明さんにはしていないんですね」

「身内に自分の夢を話すのって、なんか気恥《きは》ずかしいじゃないですか」と安美はテーブルに目を落とした。

「その気持ちは分からないではないですけど、安美さんがどういう目標を持っていて、そのためにいま何をやっているのかを、少しでいいので貴明さんに伝えておいた方がいいと思います。少なくとも、悩んでいる理由が分かれば安心できますから」

「……それはそうですね。今日にでも話をします」

「頑張ってくださいね。そうそう。これ、私の個人連絡先です。何かあればいつでも連絡をください」

舞衣は電話番号とメールアドレスが書かれた名刺《めいし》を差し出した。

安美はそれを受け取り、「ありがとうございました」と頭を下げた。

部屋を出ていく彼女を見送って、舞衣は椅子に座り直した。

これで、ひとまず新庄貴明の依頼は片付いた。まだ彼自身の問題が残っているが、まずは安美との話し合いを待つことにした。妹の悩みの原因が分かれば、新庄の心も軽くなり、体調回復にも繋がるのではないだろうか。

体の健康は心の健康とリンクしている。元気でなければ、人の話に耳を傾《かたむ》ける余裕はなかなか持てないだろう。

あとは、「もっと視野を広げてほしい」という沖野の気持ちを、どう彼に伝えるかだ。

舞衣はテーブルに突いた手に顎を載せ、しばらく一人でそのことを考えた。

5

七月三日。新庄貴明は息苦しさを覚えて目を覚ました。

時刻は午前五時五十分。窓の外からは、また雨音が聞こえてくる。

ベッドサイドのスポーツドリンクに手を伸ばし、すっかりぬるくなったそれを喉に流し込む。一部が気管に入り、貴明は激しく咳き込んだ。

胸が苦しい。ぜいぜいという音が耳障《みみざわ》りに感じるほど、呼吸音が荒《あ》れている。先日から感じていた体調不良は、未《いま》だに改善の気配はない。

早く治さねばと思い、最近は午後六時過ぎには自宅《じたく》に戻るようにしていた。回復するまで安静にしなさいと、沖野から厳命《げんめい》されたからだ。

実験量が減ると研究のペースはどうしても緩やかになる。もどかしさはあったが、尊《そん》敬《けい》する沖野に逆らうことなどできるはずもない。貴明は夕食後すぐにベッドに横になり、タブレット端末《たんまつ》で学術論文を読んで過ごすようにしていた。

ある意味では、ちょうどいい機会ではある。来週、研究室のセミナーで文献《ぶんけん》紹介の担当が回ってくる。一年以内に発表された文献の中から、興味のあるものを選んで、メンバーの前で解説するのだ。

解説といっても、ただ英語を日本語に訳して伝えればいいわけではない。なぜそれを面白いと感じたのかをしっかりと説明し、類縁研究と比較した時にどこが優れているのかを説明できなければ意味がないのだ。

自分の選んだ論文を見て、沖野はどう感じるだろう――彼に好印象を持ってもらえるような、斬新《ざんしん》で有用な研究を取り上げたい。

そんな思いと共に、大学でダウンロードした論文を片っ端から読んでいると、あっという間に時間が過ぎていってしまう。昨夜も、あと一本読んだら寝ようと思ってタブレット端末を見ていたら、いつの間にか午前二時を回っていた。やばいと思って電気を消したが、頭の中は直前に読んでいた論文のことでいっぱいで、息苦しさも手伝って一時間以上も寝付けなかった。ゆうべの正味《しょうみ》の睡眠時間は、三時間足らずにまで削《けず》られてしまっただろう。沖野の指示を守りたいのに、どうにもうまくいかない。体力はまったく回復していない。

セミナーのことも気になるけど、今は少しでも眠ることを考えよう……。

そう言い聞かせて掛け布団をかぶった時、微《かす》かな物音がした。玄関の方からだ。

貴明は咳き込みながらベッドを降り、部屋を出た。

いつものように、靴に防水スプレーを掛けていた安美が振り返る。

「起こしちゃったね。ごめん」

「いや、物音がする前から目は覚めてたんだ」と貴明は寝癖《ねぐせ》のついた髪を撫《な》でた。「今日も、またネタ出しの散歩か？」

「ああ、うん」と、青いスニーカーを履きながら安美が頷く。その声はかすれている。

「雨、結構降ってるんじゃないか」

「大丈夫。歩けないほどじゃない」

「昨日の夜は何時に寝たんだ？」

「……寝ようとは思ったんだけどね」と安美が背を向ける。「いろいろアイディアを転がしているうちに、外が明るくなってきちゃって」

要は寝ていないということか。貴明はため息をついてみせた。

「そんなんで、大学に行けるのか？」

「平気だよ。講義の時に寝るから」と安美は悪びれる様子もなく言った。

「それじゃあ、講義に出てる意味がないだろ」

「なら、今日は家にいるよ」と言って安美が立ち上がった。「ちょっと寝て、それから小説の方に集中する」

「いや、俺が言いたいのはそういうことじゃない。熱中できることがあるのは悪いことじゃないけど、大学の授業料は親が出してくれてるんだぞ」

「申し訳ないとは思うけど、もう止められないよ。デビューが決まったら正々堂々と大学を辞めるから。成果を出せば、父さんも母さんも分かってくれると思う」

安美は声のトーンを落としながら言い、ドアを開けて外に出ていった。

狭い玄関に、防水スプレーの残《のこ》り香《が》が漂《ただよ》っている。貴明は大きく息をつき、シューズボックスの上の水槽を眺めた。なんとなく買った、十匹千円のネオンテトラが優雅《ゆうが》に泳いでいる。メタリックブルーの体と、腹から尾までの赤いライン。いつ見ても美しいと感じる。

安美から、小説家になりたいという目標を聞かされたのは、三日前の夜だった。その日の午後に、安美は七瀬と面談している。何について悩んでいるのか、きちんと身内に報告すべきだ——たぶん、そう言われたのだろう。

安美の説明で、しきりに散歩に出かけるのはアイディアを出すためだと分かった。

「しんどそうに見えるかもしれないけど、心配しないで」と彼女は言葉に力を込めた。

妹の変化の理由が分かり、貴明はいったんは安心した。だが、安美は朝の散歩をやめようとはしなかった。一昨日も昨日も今日も、朝の早いうちから散歩に出掛けていく。それだけではない。今まで以上に遅い時間まで、自分の部屋で資料を読んでいるらしいのだ。

隠していた夢を明かしたことで、やる気がみなぎっているのだろう。それを邪魔《じゃま》するべきではないとは思う。しかし、学業を軽視する姿勢が前面に出ていることは気に掛かる。安美の尊敬する小説家は在学中にデビューし、四宮大学を中退している。その生き様に憧れ、考えもなしにただその後を追っているだけなのではないか。そんな気がして仕方がなかった。

このまま、あいつのやりたいようにやらせていいのだろうか……？

万が一、小説の賞をとって中退ということになれば、両親は驚《おどろ》き、安美を説得しようとするだろう。そうなった時、自分はどちらの味方につくべきなのか。難しい問題だった。少なくとも、即座に答えが出せそうにはない。

そうしてぼんやりと水槽を見ていた貴明は、唐突な電子音で我に返った。スマートフォンの着信音だ。

急いで自分の部屋に戻る。薄闇の中、スマートフォンが震《ふる》えている。画面《がめん》には、安美の名前が出ていた。

散歩中に彼女から電話が掛かってきたのは初めてだ。財布《さいふ》でも家に忘れたのだろうか。訝《いぶか》しみつつ電話に出るなり、「保険証を持ってきて」と言われた。

「保険証？　ちょっと待ってくれ。状況を説明してくれよ」

「横断歩道で車にはねられたんだよ。ギリギリで避《よ》けたから、ぶつかったのは足だけなんだけど……痛くて歩けない」

聞けば、事故を起こした相手の車で、救急診療のある病院に向かっているという。

「分かった。すぐに出る」

通話を終わらせ、妹の部屋の方へ足を踏み出した瞬間、激しく咳き込んでしまう。床に手と膝《ひざ》を突き、土下座《どげざ》のような格好で咳を繰り返す。息苦しさで涙が出てきた。

「……早く、行かなきゃ」

思い通りにならない肉体に苛立《いらだ》ちを感じながら、貴明は呼吸が落ち着くのをひたすら待ち続けた。

6

同日の昼休み。舞衣は生協の食品コーナーにやってきた。

時刻はすでに十二時半を回っており、弁当やサンドイッチ、麺類《めんるい》などは大半が売れてしまっていた。一通りパスタを見て、舞衣はインスタント食品の棚《たな》に足を向けた。麺なら食べられるかと思ったが、やはり食欲が湧《わ》かない。カップで作るスープ春雨《はるさめ》で軽く済ませることにしよう。

会計を終え、店の外に出る。今日も相変わらずの雨模様《あめもよう》だが、今はかろうじてやんでいる。ただ、空のどこを探しても晴れ間はなく、一面が真っ白な雲に覆《おお》われていた。まるで、天然の巨大なドーム球場のようだ。

生協のレジ袋を手に歩き出したところで、正門の方から沖野が歩いてくるのが見えた。珍しく、白衣《はくい》ではなく黒のスーツ姿だ。

「あ、先生、こんにちは。外出されていたんですか」

「ああ。午前中に、神部《かんべ》市で化学メーカーが主催《しゅさい》するセミナーがあって、そこで話をしてきた」

そう言って、沖野が舞衣の顔をじっと見つめた。

「な、なんですか。化粧《けしょう》ノリがいつもより悪いなー、とか思ってます?」

「いや、シンプルに表情が暗いなと思っただけだ。またトラブルだな」

「推定じゃなくて、断定ですね、ついに」と舞衣は嘆息した。「まあ、おっしゃる通りなんですけど」

「新庄くんのことか?」

「そうです。お兄さんと妹さん、両方です」

妹の悩みを聞き出してほしい、という新庄貴明の依頼。そして、研究へのめり込みすぎている貴明の心のケア。舞衣が請け負《う お》っている案件は二つある。

前者に関しては、安美との面談により解決したはずだった。ところが、今度は小説に熱中するあまり、大学生活がおろそかになるという別の問題が発生していた。

一方、貴明の抱えている問題はまだ手付かずだ。会う時間を作れないかと打診しているが、未だに体調不良で大学にいられる時間が制限されているとのことで、面会は実現していない。

「解決しそうだなと思ったんですが、なかなかうまくいかなくて。先生は、新庄さんの妹さんが事故に遭《あ》ったことはご存じですか？　横断歩道を渡ろうとした時に、左折してきた車とぶつかったんですが」

「朝、新庄くんから電話で聞いた。病院の付き添いで休むという連絡だった。それと、さっきも報告の電話があったよ。幸い、検査では大きな異常《いじょう》はなく、足の打撲《だぼく》だけで済んだそうだ。彼は午後から大学に来たいと言っていたが、休むように指示を出した。予期せぬトラブルで、心身ともに疲れているだろうからな」

「新庄さんの体調は相変わらずですか」

「……ああ。咳がなかなか止まらないらしい。病院で改めて精密検査を受けたらどうかと勧めたばかりだ。風邪にしては長引きすぎているように思う」

「疲労が溜まっているんですかね」

「そのようだな。学生が持ち回りでやっている文献紹介セミナーの次の担当が、ちょうど彼に当たっているんだ。きちんとこなそうと思って、急いで論文を読んで知識を頭に詰《つ》め込んでいるんだろう」

「担当を外した方がいいんじゃないですか？」

「そうしたいのは山々なんだが、四月の時点で先々まで担当を割り振ってしまっているんだ」と沖野が渋い顔で言う。「このタイミングで順番を入れ替えたら、彼は落ち込んでしまうかもしれない」

「なるほど……」

貴明はやる気に溢《あふ》れている。沖野の前できちんとした発表をしようと、かなり気合を入れて準備をしていることだろう。そこで急に待ったを掛けたら、「僕の発表は聞くに値《あたい》しないということですか？」と曲解《きょっかい》してショックを受けかねない。

「申し訳ない。もう少し早めに手を打つべきだった。精神的なストレスがここまで彼の体調に悪影響を及《およ》ぼすとは思わなかった」

「……仕方ないですよ。体のことは、誰にも予測できないですから」と舞衣は言った。「このまま回復を待っているといつになるか分からないので、私の方から新庄さんに会いに行きます。改めて、研究に対する姿勢について話をしてみます」

「ああ、よろしく頼む」

ため息をつき、沖野は理学部一号館の方へと去っていく。いつもは大きく見えるその背中が、今日は妙に小さく感じられた。

その日の午後六時過ぎ。舞衣は四宮北口駅近くにある、ファミリーレストランにやってきた。

ドリンクバーを注文し、アイスティーを飲みながら窓の外を眺める。昼間はやんでいた雨は、一時間ほど前から再び降り出していた。雨粒《あまつぶ》は細かく、まるで霧《きり》のように駅前の光景をぼやけさせていた。

しばらくすると店のドアが開き、マスク姿の新庄貴明が入ってきた。

彼は舞衣を見つけ、「すみません、お待たせしました」と席に着いた。

「こちらこそ、大変な時に連絡してしまってごめんなさい」と舞衣は言った。夕方に新庄と連絡を取り、この店で会うことになったのだった。「安美さんのお怪我《けが》の具合はいかがですか」

「入院は不要ということで、自宅に戻っています。松葉杖《まつばづえ》は必要ですけど、歩くことはできています。全治三週間くらいですね。ご心配をお掛けしました」

「いえ、怪我が軽くて何よりです。ただ……」と舞衣は眉根を寄せた。「安美さんは、小説のことで頭がいっぱいみたいですね」

「そうなんです。……それで、自分はどうすべきなんだろうって、ずっと考えています。あいつの夢のことをうちの親はまだ知らないんですけど、『在学中に小説家デビューするために頑張ってる』って伝えたら、たぶんいい顔はしないと思うんです」

「親御さんとしてはそうかもしれませんね」と舞衣は頷いた。

「ですよね。……親の気持ちも分かるし、夢を追うあいつを応援《おうえん》したい気持ちもあって、僕自身、はっきりしたスタンスを決められずにいます。それで、思ったんです。似たような経験をした人からアドバイスをもらうのが一番じゃないかって」

「似たような……というと」

「今日、病院で安美の治療《ちりょう》を待っている間に、恵野士郎のホームページにあったアドレスに、メールを送ったんですよ。『妹がこういう状態なんですけど、アドバイスをいただけませんか』って」

「それは……思いきった行動ですね」と舞衣は驚きを口にした。書いて送信するだけとはいえ、有名人相手にメールをするとなると、普通は躊躇《ちゅうちょ》しそうなものだ。

「ええ。正直なところダメ元でした。忙しいだろうし、まともに読んでもらえないかもしれないと思っていました。でも、すぐに本人から返事が届いたんです。『力になれるかどうか分からないが、自分の経験を伝える』って書いてあって、妹のメールアドレスを向こうに伝えました」

「それで、安美さんは何と？」

「さすがに驚いたみたいでしたけど、すごく喜んでいましたよ。……ただの思い付きでしたけど、これでよかったんじゃないかと思います。光に触れることで、人生の見え方は変わってくるはずなので」

抽象《ちゅうしょう》的な表現に、「光というのは、憧れの対象のことですか」と舞衣は尋ねた。

「ええ。僕の場合で言うと、沖野先生という光をずっと近くで浴び続けています。尊敬する人が近くにいる環境《かんきょう》は、すごく大きな力を与えてくれるんです。常に前向きでいられますし、毎日がとても充実しているんです。もし恵野さんから直接アドバイスをもらえたら、それはきっと安美の財産になると思います」

貴明が目を輝《かがや》かせながら言う。

本当によく似た兄妹だ、と舞衣は思った。安美が恵野に強く憧れているように、彼は沖野を尊敬している。二人とも、一度「これだ」と思うと、それ以外が目に入らなくなってしまうのだ。

「妹さんと同じように、新庄さんも前のめりになりすぎていませんか」と舞衣は言った。

「……どういう意味ですか？」

「……沖野先生は、才能に溢れた素晴《すば》らしい研究者だと思います。あんな風になりたいと憧れる気持ちも分かる気がします。ただ、新庄さんはまだ四年生です。そんなに焦らなくてもいいんじゃないかと思うんですが。いかがですか」

伝わって、と願いながら舞衣はそう語り掛けた。

しかし、新庄は静かに首を振った。

「いま妥協《だきょう》すると、あとで後悔《こうかい》する気がするんです。研究者になっている方は皆《みな》さんすごい方ばかりです。知識と閃《ひらめ》きに溢れています。でも、僕は自分に才能があるとは思っていません。だから、せめて最大限の努力だけは続けたいんです。それをやめた瞬間に、彼らに追い付く微《かす》かなチャンスさえも潰《つい》えてしまう……そんな気がするんです」

「そこまで思い詰めなくても……」

「別に、悲観的になっているわけじゃないです。自分のことを分析して出した結論です」

確信めいた口調で言って、新庄は顔をそむけてゴホゴホと咳をした。

新庄の表情や声の様子から、自分の言葉が彼に響いていないことを舞衣は感じ取っていた。自らの生き方に絶対的な自信を抱いているらしい。そのせいで、専門家ではない人間のアドバイスは受け流されてしまうのだ。

おそらく、新庄の目には沖野しか見えていない。自分がどれだけ熱心に「頭を冷やせ」と説《と》いても、彼が研究重視の姿勢を変える可能性は低いだろう。

むしろ、自分が話をすべきなのは沖野の方なのかもしれない。何か懸念があって、沖野は新庄との直接対話をためらっている。その心理的ハードルを乗り越える手伝いをするのが、本来の自分の役目だ。

「新庄さんの考えはよく分かりました。時間を割いていただき、ありがとうございました。ゆっくり静養してください」と言って舞衣は伝票《でんぴょう》を手に取った。

7

七月五日、日曜日。舞衣は午後一時前に四宮大学にやってきた。

休日のキャンパスは閑散《かんさん》としている。天気は相変わらずの雨。これでは、屋外で活動するスポーツ系のサークルは休まざるを得ないだろう。

講堂前の時計台で時間を確認しながら、正門広場で待つ。

傘に当たる雨の音を聞いていると、やがてニット帽をかぶった男性が姿を見せた。身長は一七〇センチほどだが、手足が太く、がっしりとしている。まるで小熊《こぐま》のようだ。力は強そうだが、その細い目はとても優しい。

事前にネットニュースで顔は確認してあった。舞衣は彼に駆け寄り、「恵野先生でいらっしゃいますか」と声を掛けた。

「あ、はい、そうです」と、聞き取りにくい、小さな声で恵野が言う。

「初めまして。庶務課の七瀬と申します」

「すみません、急なお願いに対応していただいて。しかも休日なのに……」

「学生さんからの依頼にはなるべく応じるようにしているんです。それに、新庄安美さんとは顔見知りですから」と舞衣は微笑《ほほえ》んだ。

〈恵野さんが四宮大を見て回りたいと言ってきたんですけど、どうしましょう〉

昨日の昼過ぎに、安美からそんなメールが届いた。詳しく話を聞くと、恵野と何度かメールのやり取りをしていると、先方から「次回作の取材を兼ねて、大学を見学したい」という申し出があったのだという。

自分一人では緊張《きんちょう》しすぎて無理なので助けてほしい、と安美に頼まれ、舞衣は構内の見学に同行することを承諾《しょうだく》したのだった。

「今日はわざわざ東京からいらしたんですか？」

「あ、いえ。僕は隣《となり》の神部市に住んでいます。大学の時からずっとですね。静かでいい環境なので、気に入っているんですよ」

「そうなんですか。じゃあ、今までも時々四宮大学に足を運ばれていたんですか」

「いや、来るのは中退して以来です。大学生が主人公の作品を何度か書いていて、取材したいなと思ったこともあったんですが、一人でキャンパスをうろつくのはちょっと不安で……。そういう意味では、新庄さんからのメールは、ちょうどいいタイミングだったんです」

「そういうことだったんですね。生憎《あいにく》の天気ですが、自由に見て回ってください」

「サークル棟を重点的に見せていただけますか。サークル活動のシーンがあるので」

恵野がそう言った時、「あの――」と背後から声が聞こえた。

振り返ると、そこに新庄安美がいた。右手で傘を支え、左脇《ひだりわき》に抱えた松葉杖に体重を預けるようにして立っている。

「ああ、新庄さん。足は大丈夫ですか？」

「はい。もう慣れました」

そう答える安美の声は上ずっている。視線は舞衣の方に注がれていて、恵野の方を見ようとはしない。かなり緊張しているようだ。

「新庄安美さんですね。どうも、初めまして。恵野です」

恵野が控えめに手を差し出す。安美は、はあと大きく息を吐《は》いて、その手をためらいがちに握《にぎ》った。

「し、新庄です。先生の作品は、中学生の頃から大好きです。出された本は全部本棚に揃《そろ》ってますし、今でも時間を見つけて何度も読み返しています。私が四宮大学に入ったのも、先生みたいになりたかったからなんです。お会いできるなんて思ってなくて、本当に夢みたいです」

安美は早口に自己紹介した。耳や首筋が赤くなっている。

新庄貴明の表現を借りるならば、彼女は今、眩しい光を全身に浴びていることになる。恵野の一挙手一投足《いっきょしゅいっとうそく》が、永遠に心に刻まれることになるだろう。

今日の出会いがどんな結果をもたらすか、予測は困難《こんなん》だ。安美や、彼女の周りにいる人間すべてが納得して受け入れられるような方向に向かうことを願うしかない。

「よかったら、見学の前に少し二人でお話をされたらどうでしょうか」と舞衣は提案《ていあん》した。「部屋は取ってありますので」

「そうですね。いい機会なので、小説のテクニックみたいなものを簡単にお伝えしましょうか。メールより、直接話す方が僕的にはやりやすいので」

「本当ですか！　嬉しいです。ぜひお願いします！」と安美は目をきらきらさせながら言った。

「では、ご案内しますね」

先頭に立ち、舞衣は事務棟の方へと歩き出した。

足を怪我している安美に合わせて、速度を落として歩道を進んでいく。

後ろから、恵野と安美が話す声が聞こえてくる。

「新庄さんは、どういうジャンルの小説を書いているんですか」

「賞に合わせていろいろです。ミステリーも恋愛ものも、ＳＦも書きます。もっと絞ることもできますが、先生のように幅広《はばひろ》いジャンルを手掛けられるように、あえて手広くやっています」

「そうですか。ちなみに、文芸サークルには入っていますか？」

「いいえ。自分一人でやっています」と安美は自信満々に答えた。「恵野先生もそうだったんですよね」

「ええ、まあ……」と恵野が憂鬱《ゆううつ》そうに返事をする。「実は、入学後の三カ月間だけ入っていたんですけどね」

「え？　そうだったんですか？」

「メディアで話したことはないので、公《おおやけ》には出ていない情報ですかね」

「あまりに低レベルで時間の無駄だと思ったから辞められたんですか」

「いや、単に馴染《なじ》めなかっただけです。……僕はいわゆるコミュ障ってやつでして。地方から出てきたこともあって、まともに人に話し掛けられなかったし、受け答えも下手《へた》でしたよ。……大学を中退したのも、似た理由ですね。孤独《こどく》や息苦しさから逃げ出したくて仕方なかったです」と恵野は淡々と語った。

「でも、在学中に大きな賞をとられたじゃないですか」

「確かに受賞したし、本も出してもらいました。だけど、作家としてやっていける自信や覚悟《かくご》はありませんでした。僕にとって、小説は逃避の手段であり、親への言い訳だったんです。大学を辞めるために小説を書いていたと言ってもいいくらいです」

「そんな……」

　振り向かなくても、声のトーンだけで安美がショックを受けていることが伝わってきた。憧れの存在が語る赤裸々《せきらら》な過去に戸惑《とまど》っているようだ。

「新庄さんのメールを読んで、焦っているのかな、と思いました。早くデビューしたいのかもしれませんが、個人的には今の生活を楽しんでほしいですね。世間には六十歳をすぎて小説家になる人もいます。大学卒業後に就職《しゅうしょく》して、生活基盤《きばん》を安定させてから小説家を目指すという手もあります。いずれにしても、大学生という貴重な時間を浪費《ろうひ》するのはもったいない気がしますね。少なくとも、僕はやり直せるなら大学生に戻りたいと思っていますよ」

その時、バタン、と後ろから音がした。

振り返ると、安美が歩道にひざまずいていた。

「大丈夫ですか？　すみません、歩くのが速すぎました」と恵野が手を差し出す。

「……いえ、落ち葉を踏んでバランスを崩《くず》しただけです」

安美はためらいがちにその手を握り、松葉杖を支えに立ち上がった。

服やズボンが倒れた拍子《ひょうし》に濡《ぬ》れてしまっている。「これ、よかったらどうぞ」と、舞衣は持っていたハンカチを差し出した。

「すみません……」

神妙《しんみょう》にそれを受け取り、安美は濡れたところを拭き始めた。

「あれ、それって」恵野の視線は、安美のスニーカーに向けられていた。色は鮮《あざ》やかなエメラルドグリーンで、表面は細かく毛羽《けば》立っている。スエードと呼ばれる素材で作られているようだ。「千足限定で販売されたスニーカーじゃないですか」

「そうです。恵野先生の趣味がスニーカー集めだと伺って、それで私も興味を持つようになったんです」

「嬉しいような恥ずかしいような」と恵野が苦笑する。「しっかり手入れをしているようですね。これは、スプレーをしてますか?」

「はい。雨の日にも履きたいので」

見ると、安美のスニーカーは、吸水するどころか雨粒をきれいに弾《はじ》いていた。

その刹那《せつな》、ふと一つの可能性が頭をよぎった。

「……どうしたんですか、七瀬さん」と、安美が怪訝《けげん》そうに訊く。

「いえ」と舞衣は首を振り、「ゆっくり行きましょうか」と再び歩き出した。

その後、事務棟の応接室に到着するまで、安美は一言も発しようとはしなかった。

「私は事務室の方にいますので、終わったら声を掛けてください」

安美にそう伝え、二人を残して舞衣は応接室を出た。

日曜日の事務棟は静まり返っていて、湿気を帯びた空気はひんやりとしていた。

舞衣は無人のロビーに移動し、スマートフォンを取り出して沖野に電話を掛けた。

「——どうした?」

沖野は思いのほか早く電話に出た。

「すみません、お休みのところを。いきなりで申し訳ないんですが、今日の夕方にでも会えませんか。伝えたいことがあるんです」

「……唐突だな。用件を言ってくれないか」

舞衣は小さく息をついてから言った。

「新庄貴明さんの体調不良の原因が分かったかもしれません」

8

七月六日、月曜日。新庄貴明は自宅の食卓でトーストを食べていた。

何日連続か思い出せないくらい雨降りの日々が繰り返されてきたが、今日は久しぶりに晴れている。気温も三〇℃まで上がるようだ。

天候が回復したおかげか、今朝は咳がそれほど出ない。息苦しさも改善されている。あともう少しで、今まで通りの生活に戻れるだろう。

安美の事故などのトラブルはあったものの、この土日で文献紹介の準備はかなり進んだ。メインとなる論文の他に、同じ研究グループが出している論文を五報、類似《るいじ》した研究内容の論文を三報読んだ。これだけの知識があれば、質疑応答で恥を晒《さら》すことはないだろう。

　時刻は午前七時四十分を過ぎた。そろそろ大学に行く準備をしよう。そう思ってトーストの最後の切れ端を口に入れたところで、ダイニングに安美が入ってきた。

「あれ」と貴明は呟いた。最近はずっと気難しい顔つきをしていたのに、今朝はすっきりした表情をしていたからだ。

「おはよう。なんか、機嫌がよさそうだな」

「うん、おはよう。久しぶりによく寝られたから」

　昨日、安美は恵野士郎と会った。そこで創作のコツを学び、新しいストーリーを組み立て始めたのだろう。

「いい物語ができそうか？」

　そう尋ねると、安美は首を振った。

「小説のことは、しばらく忘れようと思う」

「え⁉　なんで急に」

「恵野さんの話を聞いていて、ふと疑問に思ったの。私、何のために大学に入ったんだろうって。……高校時代から小説家になりたいと思ってた。でも、大学に行かずに小説をひたすら書く、っていう選択肢《せんたくし》は思いつかなかった。恵野さんが大学に進んだんだから、自分もそうしなきゃ、って理由だった気がする。それって、自分の人生を他人に委《ゆだ》ねるような、みっともないことだと思ったんだ、いまさらだけどさ」

安美は吹っ切れたように明るく言って、冷蔵庫から出した炭酸水《たんさんすい》を飲んだ。

「私、焦りすぎてたみたい。がむしゃらに小説と向き合うのはやめようと思う。ちゃんと講義に出て、自分に足りないものを探してみるよ。ついでに、文芸サークルにも入ろうと思ってる。小説を書くこと自体は続けたいからさ」

「……そっか。うん、お前がそう決めたんなら、それでいいと思う」

貴明が頷くと、安美はにっこりと笑った。それは久しぶりに目にした、心からの笑顔だった。

「ありがとう。そっちは、体調はどうなの？」

「今日はわりと具合がいいんだ。じっくり休んだからかな」

「でも、無理はしない方がいいよ。私、もう大学に行くよ。講義が始まる前に、サボってた課題を片付けなくちゃいけないから」

「朝食はいいのか？」

「コンビニで何か買っていくよ。じゃあね」

軽く手を上げ、安美はリビングを出て行った。

玄関のドアが閉まる音を聞いてから、貴明は立ち上がった。

食器を洗って片付け、洗面所で髪とひげを整える。ハサミで伸びすぎたひげを切っていると、インターホンのチャイムの音がした。

時刻はまだ八時にもなっていない。宅配便にしても早すぎる。首をかしげつつ玄関のドアを開けると、そこに沖野の姿があった。

「せ、先生？　どうしてここへ……」

「悪いな、朝っぱらから。ちょっと確認したいことがあってな」沖野はそう言って、玄関スペースを見回した。「ずいぶん狭いな」

「え？　ああ、そうなんです。間取りの割に、ここだけやけに窮屈《きゅうくつ》で」

そこで沖野がシューズボックスに目を留めた。彼の視線は、安美が使っているスニーカー用の防水スプレーの缶に向けられていた。

「これを使っているのは妹さんだな」

「そうです。スニーカーが濡れないように」

「彼女がスプレーをする時、君は近くにいるのか」

「……そうですね。そういうことはよくあります。出掛《でが》けの物音で起きたら、一応は寝室から顔を出すことにしているので」

「そのあと、玄関にいるのか？」

「はい。朝は頭がぼーっとしているので……目が覚めるまで、水槽の熱帯魚を眺めることも多いですけど……」

何のための質問なのだろう、と不思議に思いつつ、貴明はありのままを答えた。

「どうやら、間違いないようだ」と沖野が嘆息した。「君の体調不良の原因は、防水スプレーだ」

「スプレー……？」

「防水スプレーは、使用されている成分で二つのタイプに分かれる。シリコン系とフッ素系だ。シリコン系は撥水性《はっすいせい》シリコン樹脂《じゅし》を主成分としており、噴霧《ふんむ》すると物質の表面に水となじまない膜《まく》を生成する。この膜が水を弾いているわけだ。一方、フッ素系は揮《き》発性《はっせい》の高いフッ素系の樹脂が含まれている。こちらが物質の表面に付着すると、フッ素を含む部分が外側を向いて整列する。フッ素には他のものを嫌う性質があるため、やはり水を弾く。どちらもそうやって、雨粒や飛沫《しぶき》が染み込むのを防いでいるんだ」

沖野はまるで講義をしているかのように、真面目な表情でそう説明した。

「その効果は、革《かわ》製品や衣服以外にも様々な素材《そざい》で発揮される。そして、人体もその対象に含まれてしまうんだ。スプレーを使用する際に発生する微粒子《びりゅうし》を吸い込むと、それが肺胞《はいほう》に付着する。そして、水や気体を通さないシリコンの膜を作ったり、あらゆるものを弾くフッ素の樹脂で覆ったりする。生理学的なメカニズムが分からなくても、それが体によくないことは直感的に理解できるだろう」

「……はい、分かります」と新庄は頷いた。「通常とは異なる表面状態になってしまった肺胞は、酸素を取り込む能力が低下すると思います」

「それ以外にも、異物としての毒性もある。侵入してきたスプレーの成分に対して肺が過剰《かじょう》反応し、アレルギー性の炎症《えんしょう》が起きてしまうんだ。いずれにせよ、非常に危険だ。換気《かんき》できる場所で適切《てきせつ》に使わなければ、君のようになってしまう」

「そうだったんですか……」

沖野はそこで、廊下の奥《おく》に目を向けた。

「少し、話をしたいんだが。中に入っても構わないかな」

口調は穏やかだったが、沖野の目は真剣《しんけん》だった。戸惑いつつ、「あまり片付いていませんが……」と貴明は沖野を招き入れた。

沖野をダイニングに通し、食事用のテーブルに向かい合わせに座る。

「昨日、七瀬くんと会って話をした。防水スプレーが君の体調不良の『犯人』だと気づいたのは、彼女だったんだ。彼女は高校時代にソフトボール部だったんだが、上着に防水スプレーを使って雨の中で練習することがあったらしい。それで、スプレーの危険性を知っていたんだろう」

「そうだったんですか。じゃあ、登校したらお礼を伝えに行きます」

「その場で話したことは、実はそれだけじゃない。……君とちゃんと向き合うようにとアドバイスをもらったよ」

「僕と、ですか？」

「ああ。実は、君の心のケアを七瀬くんに頼んでいた。君があまりに研究にのめり込んでいるので、セーブするように忠告してもらおうと思ったんだ。俺が直接指導すると君にショックを与えかねないから、彼女に依頼したんだが……。『教育は研究者の仕事の一つなのに、そこで遠慮するのは先生らしくないです』と言われてね。それで、考えを改めたんだ」

「すみません、ご心配をお掛けしてしまって」

頭を下げて謝罪《しゃざい》し、貴明は沖野の顔をまっすぐに見た。

「確かに、無理をしているように見えるかもしれません。ただ、僕は自分なりに今の生活を楽しんでいるつもりです。それはいけないことなのでしょうか」

「時間をどう使うかは、君の自由だ」と沖野は静かに言った。「ただ、もっと視野を広くした方がいい。俺のやっている研究は、広い化学の世界のごく一部にすぎない。それをすべてと思い込むのは、まさに『井《い》の中《なか》の蛙《かわず》』だ」

「お言葉ですが、僕は幅広い論文を読むように心掛けています」

「それは分かる。ただ、それは見聞を広めるためではなく、今の研究の参考にするためじゃないか？　読むならもっと、自由な気分であってほしい。勉強じゃなくて遊びのつもりで読んでもらいたいんだ」

沖野の言葉に、貴明は口をつぐんだ。

彼の言い分は正しいのだろう。説得力もある。だが、すぐに納得することはできなかった。自分は間違ったことはしていない。沖野の話を聞いても、その思いは揺《ゆ》らいでいない。

二人きりのダイニングに沈黙《ちんもく》が訪れる。

しばらくして、沖野がため息をついた。

「……昔、俺がまだ東理大にいた頃、研究室の学生が亡くなる事件があった。今から、四年半前のことだ」

それは、初めて聞くエピソードだった。貴明は背筋《せすじ》を伸ばし、膝に手を置いて沖野の話に耳を傾けた。

「名前は服部《はっとり》くんという。彼は、俺の先輩に師事していた。そして、熱烈《ねつれつ》に信奉《しんぽう》していたんだ」

「その先輩というのは、氷上《ひかみ》先生のことですか」

「そうだ」と沖野は頷いた。「当時、ちょうど教授の定年が間近に迫っていて、氷上さんと俺のどちらかが研究室を継ぐのではないか、という噂《うわさ》が出ていた。服部くんは、どうしても氷上さんに勝ってほしかった。だから、いろいろと無理なことをした。……彼が亡くなったのは不幸な出来事が重なったせいだが、氷上さんに対する敬意があそこまで強くなければ、結果は違っていたのではないかと思う」

貴明は整えたばかりの顎ひげをさすり、「服部さんと僕は似ていますか」と尋ねた。

「似ている……という表現は違う気はする。ただ、俺はある種の危うさを感じている。悲劇《ひげき》が再現されるという意味じゃない。他の選択肢を君が見落とすんじゃないか、という懸念だ」

——なんだ、結局のところ、自分も一緒じゃないか。

貴明は心の中で呟いた。小説家になるという目的のために、身の回りのことが見えなくなっていた安美。妹と同じ状態に陥っていたのだ。

安美の姿は傍《はた》から見ていると、自分の姿もおそらく、周囲には同じように見えていたことだろう。

「……今、やっと先生のおっしゃっていることが腑《ふ》に落ちました」と貴明は言った。

「今日は大学を休ませてもらえませんか。病院に行って、スプレーのことを話します。それから、家で今後のことをじっくり考えたいと思います」

「ああ、それがいい。二、三日休んでもらって構わない。心身の健康は、あらゆるものに優先されるべきだ」

沖野が椅子から立ち上がる。

「そろそろ帰るよ。急に押しかけてしまってすまなかった。また、大学で会おう」

「はい。……あの、先生の方からも、七瀬さんによろしくお伝えいただけませんか。僕たちのために力を貸してくださったので」

「ああ。これからも、困ったことがあれば彼女に相談するといい。たぶん、彼女ほど親身になってくれる職員は他にはいないと思う」

どこか誇《ほこ》らしげにそう言って、沖野は微笑みを浮かべた。

第五話

化学探偵と
夢見る彼女

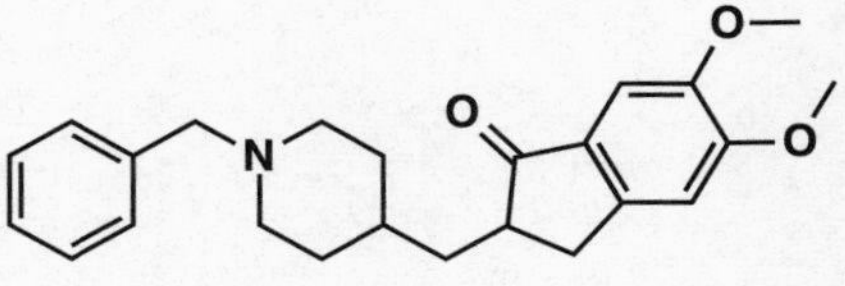

1

待ち合わせ場所のカフェに到着し、立石琴子《たていしことこ》は腕時計《うでどけい》に目を落とした。時刻《じこく》は午後二時五十分。約束の時間までまだ十分ある。ばっちり予定通りだ。

すぐに店に入ってもよかったが、相手が来ていないのに席取りのような真似《まね》をするのは苦手《にがて》だった。五十五分まで店の前で待ち、それから入店することにした。

青く澄《す》み渡った空から、夏の到来《とうらい》を実感させる強い日差しが降り注いでいる。日傘《ひがさ》を差《さ》していても、地面からの照《て》り返《かえ》しで顔が暑くなるほどだった。

琴子はバッグから文庫本を出し、栞《しおり》を挟《はさ》んであったページを開いた。

「――あれ、どうして外にいるの？」

文章を目で追い始めてすぐ、声を掛《か》けられた。

本から目を上げると、待ち合わせ相手の本名《ほんな》美夏《みなつ》が不思議そうな表情でこちらを見ていた。

「あ、お疲れ様です、美夏先輩《せんぱい》」

会釈《えしゃく》をして、本を素早くバッグに戻す。彼女は高校時代の一学年上の先輩で、お互いにバスケットボール部に所属《しょぞく》していた。進学先は異なるが、引き続き四宮《しのみや》市内に住んでいるということで、美夏の方から「お茶しようよ」と連絡《れんらく》があった。高校卒業後に初めて会ったのが今年の四月で、今日が二回目だ。

「早く着いたんなら、店の中で待ってればいいのに」

「お店の迷惑《めいわく》になるかな、と思いまして」

「そんなことないよ。気にしすぎだって。変なところで真面目《まじめ》なんだから」

笑いながら、美夏がカフェに入っていく。中は冷房が効いていて涼しかった。こういう日は、心の底からエアコンのありがたさを実感する。

席に着き、ケーキとドリンクのセットを頼む。注文を終え、メニューを閉じたところで、「三カ月ぶりだね」と美夏が言った。

「そうですね。前回は、私の入学式のすぐあとでした」

「相変わらず、おとなしい格好《かっこう》だね。高校の頃《ころ》と全然変わんない。もっと可愛《かわい》い服を着たらいいのに」

言われて、琴子は自分の服を見下ろした。白の長袖《ながそで》ブラウスも水色のロングスカートも、確かに高校時代に買ったものだ。

「私の身長で、そういう服装を選ぶのは変じゃないですか？」と琴子は言った。自分の背丈《せたけ》が、成人女性の平均から高い方に外《はず》れているという自覚はある。

「うーん。身長が関係ないとは言わないけど、気にしすぎるのも変でしょ。せっかくの美人が台無しだよ。あとで一緒に買いに行こう」

「いえ、今日は持ち合わせがあまりないので」と琴子はやんわりと誘《さそ》いを断った。

「えー？　じゃあ、プレゼントしてあげるよ。それで、今度会う時は琴子が私にプレゼントして。それならいいでしょ」

いい断り方が思いつかない。「……すみません。今は節約《せつやく》して生活しているので」と琴子は謝った。

実家暮らしとはいえ、学費はすべて親に出してもらっている。自分で一銭《いっせん》も稼《かせ》いでいない以上、緊急性の低い衣服で浪費《ろうひ》すべきではないと琴子は考えていた。

「節約、ねえ。そんな生き方、つまんなくない？」

「今のところは、それなりに充実《じゅうじつ》しています」

「それは、琴子が思うレベルで、でしょ」と美夏が指摘《してき》したところで、頼んだものが運ばれてきた。シフォンケーキに、タピオカ入りのアイスピーチティーだ。

ピーチティーを一口飲んでから、「それはどういう意味ですか？」と琴子は質問した。

「いま琴子が感じている充実感を1とするでしょ。毎日の変動があって、最高で2くらいまでは行くかもしれない。それしか知らないから、2で満足しちゃってるわけ。でも、世の中には5や10の充実感があるの」

「先輩のおっしゃっている『充実感』とは、恋愛《れんあい》にまつわることですか」

三カ月前に会った時、美夏はバイト先で出会った歳上《としうえ》の彼氏と別れた直後で、「次の恋《こい》を早く見つけたい」としきりに繰《く》り返していた。

「恋愛？　それはそれで潤《うるお》いになるけど、それだけじゃないって気づいたの」と美夏がテーブルに身を乗り出す。「私、今年の五月にボランティアサークルに入ったんだ」

「ボランティアといってもいろいろありますよね。具体的にはどういう活動をしているんですか」

興味《きょうみ》を惹《ひ》かれ、琴子はそう尋ねた。

「お年寄りのお世話が多いかな。家の掃除《そうじ》をしたり、庭の草むしりをしたり、日用品の買い出しをしたり……。そんな感じ！」

微笑《ほほえ》みながら語り、美夏は勢いよくタピオカをすすった。

「それを無償《むしょう》でやっているんですね」

「そうだけど、褒《ほ》められたくてサークルに入ったわけじゃないよ。四月の私は、彼氏と別れて、なんか毎日つまんない、張りのない生活をしてた。で、ある日、大学の同級生に声を掛けられたの。『ボランティアに興味はない？』って。正直、別にやりたいとは思わなかったけど、どうせ暇《ひま》だしってことで、軽い気持ちで参加したの。そうしたら、一発でハマっちゃって」

「何に魅力を感じたんですか？」

「最初は感謝……かな。私っておばあちゃん子だったから、お年寄りの『ありがとうね』に弱いんだよね」と美夏が笑う。「でも、続けていくうちに、確かな充実を感じるようになってきたよ。なんて言えばいいかな。陳腐《ちんぷ》だけど、『ちゃんと生きてる』感覚、っていうのかな。一人でいた時にはなかった、世界との一体感みたいなものがあるんだ」

「それが、さっき言っていた5や10の充実感ということですか」

「そうだね。自分の周りの世界が広がれば、それだけキャパシティも大きくなるんだと思う」と美夏は力強く頷《うなず》いた。「興味が湧《わ》いてきた？」

「はい、とても」と琴子は答えた。

弁護士を目指す琴子の大学生活は、勉強を中心に回っている。講義には必ず出席し、家に帰ってからは復習と翌日以降《よくじついこう》の予習を欠かさない。学ぶ内容は高校時代より複雑で、多様《たよう》になった。単位を取得するためには、しっかりと勉学に注力する必要があると琴子は考えていた。そのため、サークルに入ることも、同級生たちに誘われた飲み会に顔を出すこともなかった。

その生活スタイルが性《しょう》に合っているという自覚はある。ただ、そこに多少のスパイスを加えることは、決して寄り道ではないはずだ。熱く語る美夏を見ていて、琴子はそう感じ始めていた。

「じゃあ、琴子もウチのサークルに入ってみる？　インカレサークルだから、あちこちの大学から人が集まってるんだ」

「そうなんですね。分かりました。よろしくお願いします」

琴子が深々と頭を下げると、美夏は苦笑した。

「硬《かた》いなあ、なんか。もっと気楽な感じでいいんだよ」

「……難《むずか》しいですね。でも、善処《ぜんしょ》します」

「その言い方がそもそも硬いんだって。『善処』なんて言う大学生、一万人に一人くらいしかいないいんじゃない」

「でも、これが私にとっての自然な言葉遣いですから」と琴子は言った。「ボランティアサークルの件、両親に話しておこうと思います。サークルに名前はありますか？」

「もちろんあるよ。『自由のつばさ』っていうんだ。『自由』は漢字で、『つばさ』はひらがなね」

「いい名前ですね、とても」と琴子は微笑み、もちもちしたタピオカを柄《え》の長いスプーンですくって食べた。

2

七月十三日、月曜日。舞衣《まい》は庶務課《しょむか》の事務室で、机に置いた図面を眺《なが》めていた。サークル棟《とう》の各階の利用状況を印刷したもので、部屋ごとにサークル名が印字されている。四階建てのサークル棟には全部で六十八の部屋がある。広さはいずれも六〜八帖《じょう》程度で、主に文化系のサークルが利用している。

サークル棟の部屋のドアにはガラス窓が嵌《は》め込まれており、廊下《ろうか》から中の様子を見られる。先日、作家の恵野士郎《めぐみのしろう》を案内するためにサークル棟を歩いた時、ちらほらと空《あ》き部屋があることに気づいた。もともとの備品であるロッカーやテーブルが置いてあるだけで、他に何も見当たらないのだ。

調べてみると、記録の上では空き部屋は一つもないことになっている。利用許可を得ているのに、実際にはほとんど使っていないサークルがあるということだ。

四宮大学にはおよそ百三十のサークルがあるが、その半数は部員数が二桁《けた》に満たない。そのため、メインメンバーが就職《しゅうしょく》活動や卒業研究で忙《いそが》しくなった結果、活動が停止してしまうサークルが出てくる。おそらく、空き部屋になっているのはそういったサークルの部屋なのだろう。

サークルの活動実態については、四月と十月に書類を出してもらって確認することになっている。本来ならそれを待たずに、実質的に解散状態になった時点で活動停止届けを提出してほしいところだが、なかなか難しい。メンバーが熱意を失っているケースが大半だからだ。書類を出す気力もないのだろう。

その一方で、「サークル棟に部屋がほしい」という希望を出しているサークルはいくつもある。

十月まで待たずに、利用実績のない部屋を彼らに引き渡すことはできないだろうか。そんなことを考えながら図面を見ていると、「すみません」と声が聞こえた。

事務室の出入口に背の高い、すらりとした女子学生が立っている。一七五センチはありそうだ。足も手も長い、いわゆるモデル体型《たいけい》をしていた。

来客対応は、手の空いている人間が率先《そっせん》して行うことになっている。舞衣は立ち上がり、「はい、なんでしょうか」と彼女に駆《か》け寄った。

「法学部一年の、立石琴子と申します。お忙しいところ恐縮《きょうしゅく》ですが、少しだけお時間をいただけませんでしょうか」

彼女は直立不動でそう言った。ずいぶんと硬い口調だ。最近の学生は丁寧《ていねい》な言葉遣いをする者が意外なほど多いが、立石のそれは上辺《うわべ》だけではない、しっかり身についた礼儀という感じがした。

「ええ、もちろんです。こちらへどうぞ」

　彼女を連れ、いつもの小会議室に移動する。

「失礼いたします」とお辞儀《じぎ》して入室し、琴子は落ち着いた所作《しょさ》で椅子《いす》に腰《こし》を下ろした。

「申し遅《おく》れました。庶務課の七瀬《ななせ》です。今日はどういったご用件で？」

「はい」と琴子が背筋《せすじ》をまっすぐに伸《の》ばす。「私は現在、自由のつばさというボランティアサークルに所属しています。ちなみに、『つばさ』はひらがな表記です。複数の大学の学生が参加する、インターカレッジサークルです」

　そのサークル名を耳にするのは初めてだったが、そういったインカレサークルが複数存在していることは知っていた。「ええ、それで」と先を促した。

「自由のつばさでは、身寄りのない老人のお宅《たく》を訪問《ほうもん》し、身の回りのことをお手伝いしています。その活動について取材をしたいと、版元から連絡がありました。『知りたい、四宮』という、四宮市内全域に配布されているタウン情報誌の特集です。詳細は未定ですが、サークルのメンバー複数人にインタビューを行い、その内の一名ないし二名について、写真付きで誌面に掲載《けいさい》すると聞いています。場合によっては、私の顔と名前、それから四宮大学の名前が出ることになるのですが、問題はありませんでしょうか。そのことを確認に参りました」

　琴子は一切《いっさい》つかえることなく、すらすらと、しかし充分に聞き取りやすい速度でそう説明した。

「なるほど。ご相談の内容は分かりました。ただ、それは広報課で判断すべき案件かと思います」

「そうでしたか。余計なお手間を取らせて大変申し訳ありません。直接広報課の方に相談に伺うべきでした」と、琴子が頭を下げる。

確かに彼女の認識不足ではあるが、そんなに謝るほどのことでもない。舞衣は慌《あわ》てて、

「どうぞお気になさらず」と彼女をなだめた。

「今日中に私の方で確認しますので、連絡先を教えていただけますか」

「分かりました。こちらが携帯《けいたい》電話の番号です。では、ご対応のほどよろしくお願いいたします」

丁寧に言い、琴子が部屋を出ていく。

彼女と別れ、舞衣は事務室に戻った。忘れないうちに済ませておこうと思い、すぐさま広報課に電話をかける。

「はい。広報課です」

電話に出たのは、末広《すえひろ》という今年広報課に入ったばかりの新人だった。自分より年下の職員は珍しいので覚えていた。

舞衣は琴子から聞いた内容を、そのまま彼に伝えた。

すると末広は、「奇遇《きぐう》ですね！」と言った。テンションが上がっているのか、少し声が上ずっている。「実は、『四宮大学広報』の九月号で、学内のボランティアサークルの紹介をするつもりだったんです」

「へえ、そうなんですか」

四宮大学広報は十ページほどの薄い冊子で、教員や職員に毎月配布されるものだ。発行を担当しているのは広報課で、学内のイベント情報や研究室の紹介記事、教職員の結婚などの情報が載っている。

「学内にばかり注目していましたが、そうか、インカレもあるんですよね。……それも記事にしたいです。立派な活動をしている学生さんは、なるべく取り上げてあげたいと思うんです」と末広が言う。

「いいかもしれませんね。本人も喜ぶと思います」と舞衣は同意してみせた。

あとは末広の方で対応するという。舞衣は「記事を読むのを楽しみにしています」と言って、受話器を置いた。

3

ドンドン、と小さな振動《しんどう》が鼓膜《こまく》に伝わってくる。

幼少《ようしょう》時の花火大会の光景を夢に見ていた沖野《おきの》は、違和感《いわかん》を覚えて目を覚ました。音は夢ではなく、現実の世界で鳴っているものだった。誰《だれ》かが玄関《げんかん》のドアをノックしているらしい。

枕元の携帯電話で時刻を確かめる。午前八時半になろうとしていた。日曜日とはいえ、普段より起きるのが遅くなってしまった。深夜に放送されていた、海外の研究者の生活に密着したテレビ番組を最後まで見たせいだ。

沖野は頭を掻《か》きながら布団を抜け出し、寝間着《ねまき》に使っているルームウェアのまま玄関へと向かった。

沖野の暮らすアパートの間取りは2Kだ。ふすまで仕切られた六畳《じょう》の和室が二つあり、一方を寝室、一方を居間として使っている。その居間を通り過ぎ、沖野は玄関の木製のドアを開けた。

朝の日差しの中に、一人の老婆《ろうば》が立っていた。

真っ白な髪《かみ》をつむじの辺りで丸くまとめる、雪だるまのような独特《どくとく》の髪型。くの字を描《えが》く腰の曲がった小柄《こがら》な体と、しわだらけの顔の中で異彩《いさい》を放つ、妙に鋭《するど》い眼光。訪ねてきたのは、アパートの大家《おおや》の三谷《みたに》だった。

「おはようございます、沖野しゃん」

八十二歳とは思えない溌剌《はつらつ》とした声に、半分眠っていた脳《のう》が一瞬で覚醒《かくせい》する。ちなみに、訛《なま》りなのか発音の癖《くせ》なのか分からないが、彼女の「～さん」はほぼ必ず「～しゃん」に聞こえる。

「どうも、おはようございます」と沖野は頭を警戒《けいかい》モードに切り替えた。彼女が何の用事もなく訪ねてくることはない。これまでの三谷との付き合いから、沖野はそのことをよく理解していた。

「今日はお休みなのかしら」

「は。大学に行く予定はありませんが」と正直に答える。彼女は嘘《うそ》を見抜く力に長《た》けている。三谷は複数の賃貸《ちんたい》住宅を所有しており、そのすべてを自分で管理しているという。数多くの店子《たなこ》と接する中で、嘘を察知する能力が磨《みが》かれてきたのだろう。

「外出のご予定は？」

「特にはありません」

「あら、それは寂《さび》しいわねえ」と三谷が頬《ほお》に手を当てる。

「一人の時間を満喫《まんきつ》しています」と沖野は返した。

「体調はどうなの？　風邪《かぜ》や夏バテで困《こま》っていない？　どうせ、カレーパンばっかりの食生活なんでしょう」

「大丈夫です。まずまずの健康体です」

「じゃあ、悪いんだけど、お願いしたいことがあるの」

ほら来た、と沖野は心の中で呟《つぶや》いた。やれやれ、という気持ちが顔に出ないように注意しつつ、「何でしょうか」と訊《き》く。

「このすぐ近所に、西山《にしやま》しゃんという、七十五歳の男の人が住んでいるの。戸建てを貸していているのだけれど、一人暮らしで不自由しているみたいなのよ。だから、身の回りのことを少しお手伝いしようかと思ってね、それで沖野しゃんに声を掛けたのだけれど、いかがかしら」

「ご家族はいないんですか」

「そうなの。ずいぶん昔に離婚されて、身寄りもないのよ」と三谷が気の毒そうに言う。

そういう彼女も一人暮らしなのだが、いつ会っても実に元気だ。こんな風に、遠慮《えんりょ》なく用件を言いつけてくる。そうプログラミングされているアンドロイドなのでは、と疑《うたが》いたくなるくらいだ。

「それにね」と三谷が声を潜《ひそ》める。「西山しゃんは、ちょっとした病気なのよ。それで、なるべく足を運んで顔を見るようにしているの」

「病気というと？」と沖野は尋ねた。彼女がその質問を望んでいるように見えたからだ。

三谷は少しの間迷う素振《そぶ》りを見せてから、顔を寄せて「認知症《にんちしょう》よ」と囁《ささや》いた。

「……それは大変ですね」と沖野は腕を組んだ。

認知症の特徴《とくちょう》といえば、物忘れや注意力の低下が挙《あ》げられる。一人暮らしでは、身の回りのことをすべて自分でこなさねばならない。火の取り扱いは大丈夫なのか。金銭の管理はできるのか。健康的な食生活を保てるのか。ゴミ出しのルールを守れるのか。認知症を患《わずら》うことによって発生しうるトラブルを列挙《れっきょ》していくとキリがない。

「といっても症状は軽いみたいでね。お薬も飲んでいるそうだし、受け答えはしっかりしているのよ」と三谷は言う。

しかし、将来的《しょうらい》には一人暮らしは厳《きび》しくなるかもしれない。認知症を適応疾患《てきおうしっかん》とした薬剤はいくつかあるが、治療《ちりょう》というより、病気の悪化を遅らせる目的で使われている。根治《こんち》を可能にする薬剤は未《いま》だに実用化されておらず、新薬の臨床《りんしょう》試験も今のところはすべて失敗に終わっている。認知症を発症するメカニズムが正確に理解されていないため、創薬《そうやく》が思い通りに進んでいないらしい。脳という器官は、人類にとってまだまだ未知の分野なのだ。

「分かりました。お手伝いします」と沖野は言った。最初から、三谷の依頼《いらい》を断るつもりはなかった。沖野の住むアパートは古く、しかも住人は沖野以外にいない。取《と》り壊《こわ》してマンションを建てる計画があるところを、彼女の厚意で住まわせてもらっているのだ。雑用くらいはやらなければ、と常々思っている。

「あらそう、いつも悪いわねえ。じゃあ、すぐに出ますから、支度《したく》をお願いしますね」と三谷が満足そうに言う。

沖野は手早く着替えを済ませると、彼女と共に外に出た。朝の日差しは強烈《きょうれつ》で、肌《はだ》が焼けるジリジリという音が聞こえてきそうだ。

まもなく大学は夏季休暇《きゅうか》に入る。二カ月にも及《およ》ぶ長期休暇を心待ちにしている学生は多いだろう。ただ、沖野や研究室の学生にはあまり影響《えいきょう》はない。休み中でも大学に来て実験をする者がほとんどだからだ。変わることといえば、食堂の混雑が減って使いやすくなることぐらいか。

眩《まぶ》しい陽光に照らされながら、三谷の歩調に合わせてゆっくりと路地を進む。

沖野のアパートから、およそ十分。西山の家は、車通りの少ない静かな住宅街の中にあった。銀色の瓦屋根《かわらやね》の二階建てで、白い外壁《がいへき》には褐色《かっしょく》の染みがいくつも浮かんでいる。築《ちく》年数はかなりのものだろう。裏手には庭もあるようだ。

家の中から掃除機の音が聞こえてくる。あちこちの窓を換気《かんき》のために開けているのも見えた。

「もう起きてらっしゃるみたいね」

鉄製の格子戸《こうしど》を開け、三谷が玄関へと向かう。

チャイムを鳴らすとすぐにドアが開き、若い女性が顔を覗《のぞ》かせた。年齢は二十歳《はたち》そこそこだろう。オレンジ系のブラウンに染めた髪をポニーテールにまとめている。

「あら、どちら様?」と三谷が目を見開く。「あなた、お名前は?」

「本名美夏といいます」

「苗字《みょうじ》が違うけど、西山しゃんのお孫《まご》しゃん？」

「あ、いえ、違います。大学のボランティアサークルなんです、私たち。自由のつばさ、という名前なんですけど」

彼女が振り返る。廊下では、Tシャツとジーンズという軽装の男女数人が壁や床の拭《ふ》き掃除をしていた。

「ボランティアって、何をされているの？」と三谷が質問する。

「一人暮らしの高齢者のお手伝いをするのが、主な活動目的です。買い出しや掃除、洗濯などの家事全般を引き受けています」

「おいくらで？」

「ボランティアですから、無償です」と本名は力強く答えた。

「タダなの？」と三谷が甲高《かんだか》い声で言う。「そんなことをして、あなたたちにどういう得があるのかしら」

「人それぞれだと思います。就職活動の際のアピールのためとか、人脈作りとか、単に体を動かしたいだけとか、いろいろです。私の場合は、充実感を得るためですね。感謝されることが、とても心地いいんですよ」

「へえ、偉《えら》いのねえ」と三谷は感心している。

沖野は「俺も似たようなものですが」と指摘したい気持ちを抑えて二人のやり取りを見守っていた。

「それで、西山さんに何か御用でしょうか」

「ええ。私はここの大家でね。ちょっと様子を見にきたのよ」と三谷。「こちらの沖野しゃんは、別のアパートを借りている方で、頼んで来てもらったの」

「そうだったんですね」

「人手は足りているのかな？」と、沖野は本名に尋ねた。

「今日は私を含めて六人で来ていますので、大丈夫だと思います」

「そうか」頷き、沖野は三谷の方に顔を向けた。「三谷さん。今日は彼らに任せてはどうでしょうか。部外者が中途半端《ちゅうとはんぱ》に手を出すと逆に邪魔《じゃま》になると思うのですが」

「それもそうかしらねえ。じゃあ、沖野しゃんは帰っていただいて結構ですよ。私は西山しゃんと話をしていきますから」

「分かりました。では、俺はこれで」と言い残し、沖野は外に出た。

「――あれ、沖野先生じゃありませんか」

格子戸を閉めたところで、声を掛けられた。半袖のワイシャツにスラックスという服装の男性が近づいてくる。小顔で目が大きく、幼《おさな》い印象がある。いかにも人懐《ひとなつ》っこそうな、きらきらした瞳《ひとみ》の持ち主だった。

どこかで顔を見た記憶《きおく》はあったが、名前は思い出せない。

「ええと、君は……」と戸惑《とまど》っていると、「四宮大学広報課の、末広と申します」と男性が会釈した。

名前を言われて思い出した。四宮大学では定期的に小学生向けの見学会を開いている。沖野も講師としてそれに参加しているのだが、たまに学内向けの広報誌の取材で広報課の人間が来ることがある。その際に末広に自己紹介された記憶があった。

「先生は、こちらのお宅の方とお知り合いなんですか？」

「いや、面識はない。知り合いに頼まれて家事を手伝いに来たんだ。着いてみたらボランティアサークルの学生が作業をしていたから、いても邪魔だろうと思って退散するところだよ」

「そうでしたか。僕はそのサークルの取材に来たんです。四宮大学広報に記事を掲載しようと思いまして」

「四宮大学のサークルだったのか」

「インカレサークルと聞いています。その中に、ウチの学生がいるんですよ。一年生の、立石さんという女子学生なんです。中で会いませんでしたか？」

「いや、応対に出たのは別の学生だった」

「そうですか」

その時、西山の家から女性二人と男性一人が出てきた。三人の中で一番後ろにいた女性に、「あっ、立石さん」と末広が呼び掛けた。

立石と呼ばれた長身の女性が足を止め、「おはようございます」と丁寧にお辞儀をした。彼女が、さっき言っていた四宮大の一年生であるらしい。

「もう作業が終わったんですか？　これから取材をしたいんですが……」

「いえ、買い出しに向かうだけです。もうすぐ近所のスーパーが開店しますので。取材は戻ってきてからでも構いませんか」

「分かりました。では、サークルのメンバーの方にインタビューをしながら待たせてもらいます」

「はい。では失礼します」

一礼し、立石が歩き出す。

するとすかさず、一緒に出てきた男子学生がその横に並んだ。笑みを浮かべながら、親しげに彼女に話し掛け始める。

その様子を見たもう一人の女子学生が、小走りに男子学生の隣《となり》に並ぶ。立石と彼女で男子学生を挟む形だ。そして女子学生は二人の会話に強引に割って入った。

三人が狭《せま》い道を塞《ふさ》ぐように横並びで離れていく様子を、沖野はしばらく眺めた。どうやら男子学生は立石に気があり、女子学生の方は男子学生を気に掛けているようだ。

「なんか、青春って感じですね。微笑ましいです」

隣で末広がそんなコメントを口にする。

「当人はいろいろと大変だろうがな。世の中には青春を無条件で賛美する声もあるが、楽しいことよりむしろ辛《つら》いことが多い時期だと俺は思う。些細《ささい》なことに一喜一憂《いっきいちゆう》する機会が多いという印象はないか？　特に恋愛関係の出来事は」

「それはありました」と末広が小刻みに頷く。「好きな子が近くにいるだけで心臓が爆《ばく》発《はっ》しそうになってましたし、他の男と親しそうにしていると嫉妬《しっと》で頭が爆発しそうになりましたね」

「それは、脳内物質の働きだ。しかも、思春期特有のな。何事に対しても感受性が強くなるようなチューニングがされているんだろう。正直、なぜそんな仕組みになっているのか俺には理解できない。生きる上でマイナスでしかないと思うんだがな……」

「大人になるために大事なプロセスなんじゃないですか？　揺《ゆ》れ動く心をコントロールすることの重要さを学べ、みたいな」

末広の反論に、沖野は「そうかもしれないし、違うかもしれない。俺は別に、答えを求めているわけじゃない」と言った。「ただ、大学で働くのなら、学生の多くが青春の中にいることを覚えておいた方がいいと思う。それくらい、突拍子《とっぴょうし》もないことが起こるものだ」

「そうなんですか。勉強になりました。ありがとうございます。参考にします」

「……いや、口幅《くちはば》ったいことを言って悪かった。じゃ、これで」

余計なことを喋《しゃべ》りすぎた気がしていた。三谷に強引に連れ出されたせいで、おせっかいが移ったのだろうか。

「二度寝するかな……」

ぽつりと呟き、沖野は自宅《じたく》への道を歩き出した。

4

七月二十一日。舞衣は夏季休暇前の電気設備の確認を終えて事務棟に戻ってきた。節《せつ》電《でん》のために、毎年この時期に行っているものだ。

昨年は冷蔵室に閉じ込められるという大きなトラブルに見舞われたが、今年は何の問題もなく終わった。

暑い中を歩き回ったので喉《のど》が渇《かわ》いていた。舞衣は階段で自動販売機のある二階に上がった。

「あ、七瀬さん。おはようございます」

自販機の前には、広報課の末広がいた。手にはコーヒーの缶を持っている。

「おはようございます。午前中なのに暑いですね」

「確かに。夏はどうも苦手なんですよ。寒さは厚着で防《ふせ》げても、暑さはどうしようもないでしょう」と末広が渋《しぶ》い表情を浮かべる。「庶務課は、夏季休暇中はシフトを組んで勤務《きんむ》するそうですね」

「ええ。学生さんへの対応が減りますから。一勤三休が基本になりますね」

「羨《うらや》ましいなあ。広報課は平常通り……というか、むしろ忙しいくらいです。受験生向けのオープンキャンパスが週末ごとに開催《かいさい》されますから」

「お疲れ様です。お手伝いできることがあったら言ってくださいね」

「ありがとうございます」と微笑んだところで、「あ、そうだ」と末広が指を鳴らす。

「例の取材、この前の日曜日に行ってきました。メンバーの方からいろいろ話を聞きましたが、明るくて気のいい学生ばかりでしたね」

「そうですか。立石さんの様子はいかがでしたか？」

「うーん。いい意味で淡々《たんたん》と自分の作業をやっていましたね。手際がよくて、まるでプロの家政婦のようでした。ただ……ちょっと、表情が硬かったですかね。他のメンバーは作業中でもよく笑っていましたが、立石さんはずっと険《けわ》しい顔つきをしていました。それだけ真剣《しんけん》だったんでしょうけど、住人の方が見たら緊張《きんちょう》するかな、と心配になりました」

舞衣は立石と会った印象を思い出していた。何事に対しても真剣であることは美徳だとは思うが、それぞれの場面で求められる態度は変わってくる。周囲の人間に合わせて柔軟《じゅうなん》に対応していくことも、今後の人生では大切になるだろう。

「真面目さが少し裏目に出ている感じですかね。もしまた会う機会があれば、それとなく伝えてみます」と舞衣は言った。

「えっ、そんなことまで対応するんですか？」

「自分が『いい』と思えることは、なるべく行動に移すことにしています。一人くらいはそういう職員がいてもいいかなと」

「なるほど。素晴《すば》らしいポリシーだと思います。七瀬さんは三年目ですよね。ずっとそのやり方で仕事をしてきたんですか」

「いえ、少しずつ考え方が変わってきた感じですね」と舞衣は答えた。「試行錯誤《しこうさくご》の連続でした……というか、まだまだ学ぶことはいくらでもありますけど」

「そうなんですね。僕も頑張らないとな」

末広は缶コーヒーを強く握り締め、舞衣に向かって頭を下げた。

「どうもありがとうございました。七瀬先輩を見習って、僕も自分のやり方を考えていきます」

「え、あ、はい。どうも」

いきなりの「先輩」呼びに戸惑いつつ、舞衣は去っていく末広を見送った。

……偉そうなことを言っちゃったかな。

一年目と三年目の間には大きな隔たりがあるとはいえ、自分もまだまだ駆け出しだ。そのことを忘れないようにしないと、と言い聞かせ、舞衣は炭酸飲料を買うために財布を取り出した。


午後六時。舞衣は一日の仕事を終え、事務棟をあとにした。

夏のこの時期の、夕暮れのキャンパスを歩くのが舞衣は好きだった。日中の暑さが和《やわ》らぎ、夕日がまんべんなく建物を黄色く染め上げる。それを見ていると、じんと胸が温かくなる。その光景には、郷愁《きょうしゅう》を誘う効果があるようだ。

子供の頃は、夕方を迎えることは一日の終わりとほぼ同義だった。今日という日が終わることを、幼い頃は強く惜しんでいたのだろう。だから、大人になった今でもこんな気持ちになるのではないか。そんな風に思う。

夕焼けの光を正面から受けながら講堂まで歩き、そこで左に曲がる。正門へと続く通りには、ちらほらと学生の姿がある。

その中に、ひときわ目につく、すらっとした人影《ひとかげ》があった。立石琴子だ。

彼女と話をしたいと思っていたので好都合だ。舞衣は小走りに駆け寄り、「こんにちは」と声を掛けた。

　琴子が振り返り、「こんにちは」と小さく頭を下げる。

「私のこと、覚えていますか」

「庶務課の七瀬さんですよね。私、人の名前と顔を覚えるのは得意なんです。先日は取材の件でお世話になりました」と琴子はにこりともせずに言った。

「学内広報誌の取材はもう終わったんですよね」

「はい。つい二日前に。タウン誌の方も、その前日に取材がありました」

「二日連続だったんですね。お疲れ様です。大変でしたか？」

「いえ、さほどでも。サークルに入った経緯《けいい》や、実際に活動した感想を聞かれた程度です。写真撮影《さつえい》もありましたが、作業中の私たちを撮《と》る形でしたので、特に意識する必要はありませんでした」

「そうですか。どうです、ボランティア活動は。やりがいがありますか」

「ええ。私は、高校時代の先輩に『未知の充実感を味わえる』と誘われてサークルに入ったのですが、それは事実でした。今までの人生では、奉仕《ほうし》の精神を意識する場面はほとんどありませんでした。それを理解することで、心が広がったように感じます。今後も、人のために何かをする、という行為を自然に選べると思います。私は弁護士を目指していますが、その目標達成に向けたモチベーションアップに繋《つな》がると思います」

った。


琴子の語り口は非常に冷静で、まるで就職面接を受けているかのような堅苦《かたくる》しさがあった。

「前向きな気持ちで取り組めていることは非常に素晴らしいと思います。ただ、やや几帳面すぎるかなという印象もありますね。末広さんに聞いたんですが、ボランティア活動中、立石さんは真剣な表情を崩《くず》さなかったそうですね。もう少しリラックスしてもいいんじゃないかと思うんですが」

なるべく柔《やわ》らかい口調でそう指摘する。

琴子は口を強く結び、前を向いたまままそこで足を止めた。

「……そうできたらいいんですが」

「できない理由があるんですか？」

「サークル内の人間関係に、少し問題が生じています」

「というと、ひょっとして恋愛問題ですか」

直感で尋ねると、琴子はこくりと頷いた。

「もしよかったら、話を聞きますよ」と舞衣はすかさず言った。「大学には、『なんでも相談窓口』というものがあって、私はその担当をしています。看板《かんばん》通り、どんな相談でも受け付けています」

「しかし、これは私のプライベートな問題ですから」

「だからこそ、ですよ」と舞衣は言葉に力を込めた。「他で相談しづらいことを相談してもらうのが、なんでも相談窓口の一番重要な役目なんです。これは私の仕事ですから、遠慮は不要です」

舞衣が力強く説得すると、琴子はしばしの逡巡《しゅんじゅん》のあと、「お願いしてもいいですか」と小さな声で言った。

舞衣は彼女を促し、道沿いのベンチに二人で座《すわ》った。サークル棟が夕日を遮《さえぎ》っているので、西を向いていても眩しくない。

「恋愛問題というか、その前段階なのですが……私がサークルに入った直後から、しきりに声を掛けてくる男性がいるんです。他の大学の三年生で、作業中も頻繁《ひんぱん》に私のそばに来ますし、買い出しなどで外に出る時にも必ず同行を申し出ます」

どうやら、彼女はサークルのメンバーからアプローチされているらしい。

「サークル活動外でその方と会ったことは？」と舞衣は尋ねた。

「ありません。これまでに二回、食事に誘われましたが、どちらも断りました」

「そうですか。その男性は立石さんに好意を抱いているように思えます。もしそうだとしたら、迷惑に感じますか？」

そう尋ねると、琴子は「……はい」と答えた。「私は恋愛をするためにサークルに入ったわけではありませんから」

「そのまっすぐさは、立石さんの美点だと思います。でも、そこまで重く考える必要はないんじゃないでしょうか。最初から完全に拒絶《きょぜつ》するのではなく、出会いの一つとして自然に捉《とら》えてはいかがですか」と舞衣は言った。「私の推測《すいそく》ですが、サークル内には何組もカップルがいると思いますよ」

すると琴子はため息をこぼし、自分の足元に視線《しせん》を落とした。

「……嫌《いや》がらせを受けているんです」

「嫌がらせ？　それは、具体的にはどのようなことですか」

「……今朝、自宅のポストに生ゴミが入っていました。……私は実家で暮らしています。自分のせいで、家族にまで迷惑を掛けてしまいました」

辛《つら》そうな彼女の声に、「立石さんのせいじゃないですよ」と舞衣は言った。「悪いのは、生ゴミを突っ込んだ犯人です。相手に心当たりはありませんか？」

「……実は、あるんです」と琴子は顔をしかめた。「サークル内に、その男性のことを好きな女性がいます。彼が私のそばに寄ってきている時は、その女性も必ず近くにいて、会話に割り込んでくるんです。嫉妬しているのだと思います。嫌がらせの犯人が、彼女だという証拠《しょうこ》はありません。ただ、静観《せいかん》しているとどんどん悪化するだろうという予感はあります」

「それは、充分に考えられますね。その二人と距離を置くことは難しいですか」

「……そうですね。離れようとしても、ボランティア活動のたびに顔を合わせることになりますから。私がよそよそしい態度を続けると、サークル全体に悪影響が及ぶ恐れもあります。それだけは避《さ》けたいと思っています」

その口ぶりから、彼女がサークルを大切に思っていることが窺《うかが》えた。悪影響を防ぐためなら、自分が犠牲《ぎせい》になっても仕方ない——そんな思いが、彼女の言葉の端々《はしばし》から感じられた。

「プライベートなことまでお話しいただき、ありがとうございます。おそらく立石さんが思っているより、選択肢《せんたくし》は多いような気がします」と舞衣は言った。

「例えば、どういうものがありますか？」

「サークルという枠組《わくぐ》みは、活動をスムーズにするためのものであって、必須《ひっす》ではないですよね。極論を言えば、一人でもボランティア活動はできます」

「それは……確かに」

「立石さんの目標が、『心の広がり』であるならば、サークルではなく、地域のグループに参加するとか、インターネットなどのボランティア募集を探してみるという手もあります。ボランティア以外の活動に目を向けてもいいでしょう。スポーツでも音楽でも絵でもなんでもいいです。興味のあることをどんどんやってみて、面白《おもしろ》いなと思った時だけ続ければいいんです」

「なるほど。視野を広げることも大事ですね」と立石は呟いた。

「時間を使って、じっくり考えてみてください。それと、嫌がらせの方はどうしますか。こちらで対策を打つこともできますが」

「ありがとうございます。まだ一回だけなので、様子を見たいと思います」

「そうですか。もし続くようなら、いつでも相談に来てくださいね。全力でサポートしますので」

「はい。今日は本当にありがとうございました」

丁寧にお辞儀をして、琴子が顔を上げる。その表情はまだ硬かったが、前に進もうという意思が確かに感じられた。

と、その時、琴子の方から「パキッ」という音が聞こえた。学生の多くが使っているSNSである『ツリーズ』の、新着メッセージの受信音だ。一度鳴ったかと思ったら、まるで枝が次々に折れるようにパキパキと音が鳴り出した。連続でメッセージが届いているのだ。

琴子がそわそわし始めている。「気になるでしょう。見てもらっていいですよ」と舞衣は言った。

「すみません。自由のつばさのグループアカウントで、何かやり取りが行われているみたいです。新しいボランティア活動の予定を決めようとしているのかもしれません」

説明しつつ、琴子がスマートフォンをバッグから出す。画面《がめん》を指でなぞり、届いたメッセージを確認し始めてすぐ、彼女の眉間《みけん》に深いしわが浮かんだ。

「もしかして、さっき話に出ていた男性からの連絡ですか」

そう尋ねると、琴子は険しい顔つきのまま首を横に振った。

「いえ、つい先日ボランティア活動で訪問した方が、体調を崩して入院したそうです」

「そうでしたか。……それは心配ですね」

「身寄りのない方なので、私たちにできることがないか考えることになりました。これから緊急で集まりますので、これで失礼します」

琴子はそう言って正門の方へと走り去った。

——少しは彼女の役に立てただろうか。押し付けがましさはなかっただろうか。

舞衣は自問自答しつつ、ゆっくりとベンチから立ち上がった。

5

空で小さな星がまたたいている。涼しい風の吹く夜道を歩きながら、立石琴子はため息をついた。

隣にいた本名美夏が、「どうしたの？」と心配そうに声を掛けてくる。「晩ご飯、美味《おい》しくなかった？」

「いえ、自分の好きなものを選びましたから」と琴子は言った。ついさっきまで、自由のつばさのメンバーと、ファミリーレストランで夕食をとっていた。食事会を終えて解散し、美夏と二人で帰っているところだ。

「じゃあ、憂鬱《ゆううつ》の理由は？」

「西山さんのことが気になって」と琴子は答えた。彼は今日の午前中に、重い喘息《ぜんそく》を起こして入院していた。たまたま様子を見に来た大家（確か、三谷という名前だったはずだ）が気づき、救急車を呼んだそうだ。

症状は前日から出ていたらしく、最初は鼻詰《はなづ》まりや咳だけだったが、時間が経つにつれ息苦しさや喘息の発作が出たという。

「体調を崩したのは気の毒だけど、仕方ないんじゃない？」と美夏が街灯の光の中を歩きながら言う。「私たちにできるのはお見舞いくらいだよ」

「気になっているのは、西山さんに呼吸器系の持病はなかった点です。発熱も軽微《けいび》で、風邪やインフルエンザの可能性は低いという診断結果が出ています」

「……平たく言えば、原因不明ってことだよね」

「懸念しているのは、私たちの活動が原因だったのではないか、ということです」

「病原菌を持ち込んだメンバーがいたってこと？　でも、みんな元気そうだったよ。咳をしてる人もいなかったし」

「発症していなくても、菌やウイルスを撒《ま》き散らしていた可能性はあります。それ以外にも、掃除によって巻き上がった埃が原因ということも考えられます」

「でも、西山さんの家だけ掃除を念入りにやったわけじゃないよ。いつも通りの手順だった。今までそのやり方で喘息を起こした人はいなかったんだよ。家が特に汚《きたな》かったわけでもないしさ。掃除は関係ないって」と美夏は早口に言う。「病気の感染は……そりゃ、絶対にないとは言えないけど、そこはもうどうしようもないじゃん。悪気も自覚もないんだから」

「それはそうですが……」

「最近の琴子、ちょっと変だよ。いろんなことを気にしすぎてる」そこで足を止め、美夏は琴子の顔をまっすぐに見つめた。「例のアレ、まだ解決してないんだね」

琴子は小さく頷いた。サークル内の恋愛関係に巻き込まれ、苦悩《くのう》していることはすでに彼女に相談してある。

「時間が解決すると思ったけど、うーん、このままはよくないのかな」と美夏が顔をしかめる。「いっそのこと『迷惑です』ってはっきり言っちゃう?」

「それは避けたいと思っています。ショックを与えることになりますから……」

「恋愛ってそういうもんだけどね」と美夏がぽつりと呟く。「恋愛では、みんなジコチューだよ。『人間の心があるの？』ってくらいに。残酷《ざんこく》な現実が突き付けられる覚悟《かくご》が必要だと思う。それを持っていない人間が心に傷を負《お》ったとしても、それは自業自得だよ。誰だってそうやって傷つきながら恋愛の仕組みを学ぶんだし」

「先輩の言うことは、きっと正しいのでしょうね。でも、それが常識だとしても、私は私のやり方を選びたいと思います」と琴子は言った。

「頑固だね」美夏が苦笑する。「琴子らしいと思うけど、そのやり方を続けてたら疲れるよ」

「それでも構いません。サークル内の問題に関しては、自分でなんとかします」

「そっか。じゃあ、もう何も言わない」

美夏はバッグからプラスチックの平たいケースを取り出した。名刺《めいし》入れほどの大きさのケースは半透明《はんとうめい》で、中には白い錠剤《じょうざい》が入っていた。

「それは……？」

「夜、よく眠れるようになるサプリだよ。少し分けてあげるから、使ってみて」

美夏はそう言って、手のひらに錠剤を載せて差し出した。

「ここで飲むんですか？」

「寝る三時間前に飲むのがいいんだって。今、ちょうどいい時間でしょ」

正直、得体の知れないサプリメントを口にするのは抵抗があったが、美夏の行動は純粋《じゅんすい》な厚意から来るものだ。琴子は「ありがとうございます」と錠剤を手に取り、思い切って飲み込んだ。小さいサイズだったので、水がなくても飲み下せた。

「飲んだね。じゃ、早く帰ろう。お風呂に入ったらすぐにベッドに行くんだよ。しっかり冷房を効かせて、涼しい部屋でぐっすり寝る。そうすれば、最高の夢が見られると思うよ」

美夏は楽しそうに言うと、「行こっ」と駆け出した。


その日の夜。琴子は日付が変わる頃に就寝した。

いつもは、ベッドに入ってから寝付くまで二十分以上掛かることがほとんどだが、今夜は違った。考え事をする間もなく、するりと入眠することができた。

そして、琴子は美夏の予言通り、夢を見た。

琴子はスーツを着て、テーブルについていた。向かいには、五十代と思《おぼ》しき男性が座っている。丸刈《まるが》りにした髪の半分は真っ白で、頰に一筋、大きな傷痕《きずあと》がある。

知らない相手だ。ああ、これは夢なんだな、と琴子はすぐに気づいた。

「立石先生、ありがとうございます」と男性が深々と頭を下げる。「先生に弁護していただいたおかげで、無罪を勝ち取ることができました」

男性の感謝の言葉で、自分が弁護士だと分かった。

「私はただ、正しい結論と、それによって導《みちび》かれる判決を求めただけです」と琴子は微笑みながら言った。「無罪になったのは、あなたが間違《まちが》ったことをしていなかったからです。私はそれを証明するお手伝いをしただけです」

男性が涙《なみだ》を浮かべ、両手を差し出す。琴子はにっこりと笑って、その手をしっかりと握り締めた。かさかさで、節《ふし》くれだった指は硬く、そして温かかった。

夢とは思えないリアルな触感に、琴子は驚いた。同時に、不思議だなとも思った。夢であると分かっているのに、その架空《かくう》の世界に留まっていられたからだ。

いつもなら、夢を見ていても「夢だ」と気づくことはない。次々に訪れる、脈絡《みゃくらく》がありそうでない光景を受動的に見るだけだ。だが、今夜はまるで違う。現実と変わらないリアルな空気感の中で、自由に振る舞うことができている。まるで、十数年後の未来にタイムスリップしてきたような気分だった。

男性が何度も頭を下げながら部屋を出ていく。

琴子はふと興味を覚え、ドアを開けて廊下に出た。

今までいた部屋のドアには、〈立石法律事務所〉という金属製のプレートが取り付けられていた。自分は弁護士として独立し、事務所を構えているのだ。それは、そうなりたいと琴子が願っている未来にほかならなかった。

自分は夢を叶《かな》えたのだ。それに気づいた瞬間、心の底から強い歓《よろこ》びが湧き上がってきた。痺《しび》れるほどの幸福感が、全身を包んでいく。陶然《とうぜん》となるその感覚は、それまで一度も体験したことのないものだった。

その時、琴子はバチンという物音を聞いた。

目を開けると、今まで見ていた景色はあっけなく消えた。そこは薄暗い自分の部屋だった。子供の頃からずっと寝起きしている六帖の洋室だ。

ベッドサイドの時計は、午前三時半を指している。夢から覚めても、起きる直前に感じていた感動はまだ残っていた。

しばらくその余韻《よいん》に浸っていた琴子は、ふと物音のことを思い出した。

嫌な予感を覚え、琴子はベッドを降りて窓に近づいた。

電気をつけてからカーテンを開け、ガラスに顔を寄せて庭を覗き込む。家を囲うブロック塀《べい》と琴子の部屋の窓は二メートルほど離れている。砂利《じゃり》が敷かれたそのスペースに、白いレジ袋が落ちていた。破れたところから、野菜くずや食べ残しが見える。誰かが、生ごみを窓に投げつけたのだ。

何者かの強烈な悪意に、さっきまでの幸せな気分は引き波のようにすうっと遠ざかっていった。

夢でどれだけ幸せになっても、現実は何も変わらない。当たり前すぎる事実を突き付けられ、琴子は深い憂鬱に包まれた。

6

七月二十四日、午前九時半。学生への指導《しどう》を終え、沖野は教員室に戻ってきた。自分の席に着いたところで、携帯電話に着信があったことに気づく。相手は大家の三谷だった。

彼女から連絡が来るのは、用事を言いつけられる時と決まっている。「またか」と思ったが、世話になっているのでやはり無視することはできない。沖野は大きく息を吐《は》き出してから、三谷に電話を掛けた。

「ああ、沖野しゃん。おはようございます」

電話で聞いても、やはり彼女の声には張りがある。とても八十代とは思えない。

「おはようございます。先ほどお電話をいただいたようですが」

「そうなの。西山しゃんのことで、ちょっと相談があってね」

頭の中を素早く検索し、西山というのが、先日尋ねた家の住人だったことを思い出す。

「またお手伝いですか？」

「そうじゃなくて、病気のこと。西山しゃん、いま喘息で入院されているのよ。でも、そういう持病はないし、なぜだろうって不思議がっていたんだけど、お医者さんと話しているうちに、彼が思い出したの。昔、アスピリン喘息になったことがあって、それに症状が似ているって」

　アスピリン喘息は、アスピリンに代表される解熱鎮痛剤《げねつちんつうざい》を服用することによって引き起こされる喘息症状のことを指す。その原因となるのは、鎮痛剤に含まれる非ステロイド性抗炎症薬《NSAIDs》と呼ばれる物質だ。この物質が生体成分の合成に影響を及ぼすことで、喘息発作に関わる細胞の活性化《かっせいか》が起こるとされている。

「それが急性の喘息の原因だったということですか。問題となる薬剤をいつ服用したかは分かっているんですか」

「分からないのよ、それが。発作の前に飲んだのは間違いなさそうだけど、薬局でそういう薬を買ったこともないみたいでね。いつどこで飲んだのか不思議なんだって。それでね、この間ボランティアの学生しゃんが来てたでしょう。あの人たちが何か知っているかもしれないと思って。沖野しゃんの方で、尋ねてみてもらえないかしら。科学に詳しい人に頼みたいのよ」

「分かりました。やってみますよ」

　その程度ならすぐに終わるだろう。沖野は少し安堵《あんど》しながら電話を切った。

　広報課の末広はサークルの取材をしていた。彼なら、サークルの代表者の連絡先を知っているはずだ。沖野はすぐさま、再び受話器を持ち上げた。

その日の昼休み。沖野の教員室を、女子学生が訪ねてきた。彼女のことは薄《う》っすらと覚えていた。西山の自宅前で見掛けた記憶がある。

「法学部一年の、立石琴子と申します」

「ああ、うん。急に呼び出してすまない。理学部の沖野だ」

沖野はそこで言葉を切り、立石の隣に目を向けた。そこにはなぜか舞衣の姿があった。

沖野は眉根《まゆね》を寄せ、「なぜ君がここにいる?」と当たり前の疑問《ぎもん》を口にした。

「彼女と面談をしていた時に、末広さんから電話がありまして。沖野先生が立石さんに会いたがっていると聞いたので、理学部一号館まで案内しただけです」

「そうか。それならいいんだが」

「新たなトラブルを持ち込みに来たわけではありませんからご安心を」

舞衣はそう言って微笑むと、一礼して廊下を去っていった。

「じゃあ、入ってくれ」

「はい。失礼いたします」

沖野は立石を教員室に招き入れ、来客用のソファーを勧《すす》めた。

「七瀬くんと、何の話をしていたのかな」

打ち解けるための話題として、沖野はそう尋ねた。

「実は――」と立石は深刻な様子で語り始めた。

彼女の説明によれば、ここ最近自宅のポストにゴミを入れられたり、窓にゴミ袋をぶつけられたりといった嫌がらせが相次いでいるという。

「原因はたぶん、ボランティアサークル内での恋愛問題だと思います。私がメンバーの男性から言い寄られていることが気に入らなくて、鬱憤《うっぷん》を晴らすために嫌がらせをしているようです」

「犯人に心当たりがあるようだね」

「ええ……一応は。ただ、大ごとにはしたくないので、警察には行かずに自分で解決することにしました。市販の指紋採取《さいしゅ》キットがあるので、それを使ってみるつもりです。証拠があれば、相手も言い逃《のが》れはできないと思いますから」

「そうか。なら、俺が口出しする筋合いじゃないな。本題に入ろう」と沖野は居住まいを正した。「西山さんが体調を崩して入院していることは知っているか？」

「はい。サークルのメンバーから聞きました」

「その件で、君たちに確認したいことがあるんだ」

沖野は西山の喘息の原因が解熱鎮痛剤だと疑われることを説明し、「誰かが置き忘れた薬を、そうとは知らずに西山さんが飲んだ可能性が考えられる。何か心当たりはないか？」と尋ねた。

「解熱鎮痛剤……ですか。それは普通《ふつう》のドラッグストアで買えるものでしょうか」

「銘柄《めいがら》までは特定されていないが、そういう成分が配合された医薬品は売っている。処《しょ》方箋《ほうせん》がなくても手に入れられるはずだ」

立石は熱を測るように額《ひたい》に手を当て、しばらく自分の膝《ひざ》を見つめた。

「……西山さんは、何種類の薬を飲んでいたんでしょうか」

「認知症の薬だけだそうだ。他にはなかった」

沖野の返答に、立石の表情が険しさを増していく。眉間のしわが深くなり、やがて目《め》尻《じり》に涙が浮かんできた。

「大丈夫か？」

たまらず声を掛けると、立石は流れ落ちそうになった涙を指先で拭《ぬぐ》った。

胸に手を当て、何度か深呼吸を繰り返してから、立石は顔を上げた。その目にはもう涙の気配はなく、強い覚悟がみなぎっているように沖野には見えた。

「確証はないのですが、気になることが一つあります」

沖野は頷き、彼女の目をまっすぐに見た。

「聞かせてもらおうか」

7

七月二十六日、日曜日。立石琴子は自宅のリビングのソファーに座り、手の中の紙をじっと見つめていた。これから自分が話すことを書きとめたメモだ。

証拠は揃《そろ》っている。もしこれが裁判で自分が検事なら、間違いなく有罪判決を勝ち取れるだろうという確信がある。

こんなのは嫌だな、と琴子は小さく息をついた。自分がなりたいのは弁護士だ。検事の真似事なんてやりたくはない。

だが、これは他の人間には任せられないことだ。琴子はそう感じていた。

両親は外出している。琴子が頼んでそうしてもらった。

午後一時ちょうどに、インターホンのチャイムが聞こえた。琴子はメモを折《お》り畳《たた》んでスカートのポケットに入れ、玄関へと向かった。

解錠し、ドアを開ける。

「や、元気？」

本名美夏が手を上げる。表情は明るい。いつもの彼女と何も変わらない。

「すみません、急に呼び出したりして」

「いいよ、いいよ。大事な相談って言われたら、来ないわけにはいかないもん」と笑って、美夏はスニーカーを脱いだ。

昔からの付き合いなので、彼女が家に遊びに来たことは何度かある。その時は自分の部屋に通すことが多かったが、今日はリビングに案内した。ダイニングテーブルで向き合って話したかった。

「今日は琴子一人だけ？」

「はい。両親は買い物に行っています」

「仲がいいね」と笑って、美夏が椅子に座る。普段、母親が使っている席だ。琴子は麦茶の入ったグラスをテーブルに置いてから、美夏の向かいに腰を下ろした。

「例の恋愛問題の件だよね。状況はどうなの？」

美夏がテーブルに身を乗り出す。その目は好奇心で輝《かがや》いていた。

琴子は彼女の顔をしっかりと見据《みす》え、「西山さんの喘息発作の原因が分かったそうです」と切り出した。

「ん？　えっと、そっちの話をするの？」と美夏が戸惑いの色を見せる。

琴子はそれに構わず、「解熱鎮痛剤の副作用だったそうです」と言った。「しかし、西山さんにはそういった薬を飲む理由も機会もありませんでした」

「……急に何？　顔が怖《こわ》いよ」

「西山さんは認知症と診断されていましたが、記憶力《きおくりょく》も認知力もさほど低下しておらず、問題なく日常生活を送られています。薬を飲んだことを忘れるとは思えません。考えられるのは、食事に混ぜられていたか、そうとは知らずに飲んだかのいずれかです。前者の可能性は低いと考えました。西山さんは宅配の食事をとられています。それに薬剤を混入させるのは露見《ろけん》のリスクが高すぎるでしょう」

「何なの？　すごいベラベラ喋るじゃない」

「後者だとしたら、『いつ薬を服用したのか』が焦点《しょうてん》になります。西山さんは一種類しか薬を服用していませんでした。だとすれば、必然的に薬剤がすり替えられていたという仮説が導き出されます。西山さんは自分の飲む薬を、四週間分のポケットがあるピルケースに入れていました。その薬と解熱鎮痛剤が入れ替わっていたのです。似たような見た目のものを選べば、気づかれることはないでしょう」

「ちょっと待って。全然話についていけてない。薬がすり替えられていたとして、どうして今そのことを話題にするわけ？」

「この間、美夏先輩は私にサプリメントの錠剤をくれました。それを飲んで寝た夜、私は不思議な夢を見ました。夢だと分かっているのに目が覚めず、それどころか自分の思う通りに動けるというものです。そしてそれは、とてもリアリティのある夢でした。一般的に、明晰夢《めいせきむ》と呼ばれているものだと思います」

琴子は、沖野から聞いた説明を丸暗記していた。それをなぞるように続ける。

「明晰夢を見る方法の一つとして、認知症の薬を飲む、というものがあるそうです。その薬剤にはアセチルコリンエステラーゼという酵素《こうそ》の機能を阻害《そがい》する作用があり、それによって脳内のアセチルコリン濃度が上昇します。その結果、レム睡眠《すいみん》のパターンが変化し、明晰夢を見やすくなるようです。そのことを知り、私は自分の血液を調べました。その結果、ドネペジルという認知症の薬剤成分が検出されました。普通に生活する中では、絶対に体内に入るはずのない物質です。どう考えても、先輩にもらった錠剤しか摂《せっ》取《しゅ》の機会はなかったはずなのです」

その可能性を指摘すると、美夏は一瞬口を開きかけたが、すぐに閉じて目を伏《ふ》せた。まともな反論が思いつかなかったのだろう。

「もう一つ、お伝えすることがあります」心の痛みを感じながら、琴子は言った。「私の部屋に向かって投げつけられたゴミ袋から、指紋が検出されました。比較《ひかく》したいので、美夏さんの指紋を採取させてもらえませんか」

「……なんで私なの」

「理由は、ゴミ袋が私の部屋の窓に当たったからです。犯人は、そこが私の部屋だと分かっていたのです。サークルの中でそのことを知っているのは美夏さんだけです」

「そんなの言いがかりだよ。適当に投げ込んだゴミが、琴子の部屋に当たっただけかもしれないでしょ？　っていうか、どうして私が琴子に嫌がらせをしたりするわけ？　理由がないじゃない」

美夏が手を広げ、悲しそうに眉根を寄せながら言い返す。

琴子は目を閉じ、嘆息《たんそく》した。

犯行の動機については、自分で推理をした。できれば言わずに済ませたかったが、それは叶わなかったようだ。

「美夏さんは、四月に付き合っていた方と別れています。ひょっとすると、その時に負った心の傷は、今も癒《い》えていないのではありませんか？　だから、明晰夢を見るために、西山さんの飲んでいた認知症の薬と、似た外見の解熱鎮痛剤をすり替えたんです。おそらく、今回が初めてではないでしょう。これまでにサークルでお手伝いをした方の中にも、認知症の薬を飲んでいる方はいました。そちらのお宅でもすり替えは行われたのではないかと思います」

美夏が唇《くちびる》を噛《か》み、顔をそむけた。歪《ゆが》んだ横顔を見るのは辛かったが、琴子は心を鬼《おに》にして推理の続きに戻る。

「サークル内で私は三角関係に巻き込まれました。『自分には恋人ができないのに、なぜお前に言い寄ってくる男がいるのだ』——そんな思いが、私への嫌がらせに繋がったのではないかと思います」

そこで琴子は言葉を切り、麦茶で喉を湿らせてから再び口を開いた。

「薬のすり替えは、擁護《ようご》のしようがありません。認知症は根治することができない、進行性の病気です。症状が進むのを抑えるのに、薬を飲み続けることが重要なのです。それを妨害することは、人として絶対にやってはいけない行為です。……ただ、ゴミの嫌がらせについては、私は怒っていません。私は先輩が優しい人であることを分かっているつもりです。悪いのは、先輩を苦しめている心の傷です」

リビングに、重い沈黙《ちんもく》が降りる。

息苦しささえ感じる中、琴子は美夏が口を開くのを待った。

「……初めて明晰夢を見たのは、彼氏にフラれた二日後の夜だったの」と美夏は囁くような声で話し始めた。

「どうやっても眠れなくて、ドラッグストアで買った睡眠改善薬《かいぜんやく》っていうのを大量に飲んで寝たの。そうしたら、何もかもを思い通りにできる夢を見れたんだ。夢を見ている間だけは、私は幸せな気分になれた。だから、それをまた見る方法を探し始めたの。そしてネットで情報を漁《あさ》りまくってたどり着いたのが、認知症の薬だった」

「……先輩」

「でも、これだけは信じてほしい。私がボランティアを始めたのは、薬を盗《ぬす》むためじゃない。友達に誘われて自由のつばさに入ったのが先で、明晰夢を見る方法が分かったのはそれよりあとだから。嘘にしか聞こえないかもしれないけど……」

「一つ、分からないことがあるんです」と琴子は言った。「先輩はどうして、私にあの錠剤を渡したんですか？　危険《きけん》を冒《おか》して手に入れた貴重なものですし、人に渡すと露見の危険性が高まります。先輩にメリットはないように思うのですが」

「罪滅ぼし、かな」と美夏は小さな声で答えた。

「琴子の家のポストにゴミ袋を入れたあと、家に帰ってすごく落ち込んだの。どうしてあんなひどいことをしちゃったんだろうって。その埋め合わせのつもりで、いい夢を見てもらおうと思って……。でも、あの晩、夜中に明晰夢から覚めたらすごくイライラしてきて、また琴子の家にゴミ袋を投げ込んじゃったんだ。夢はあんなに楽しかったのに、現実は何も変わってないって思って、それで……我慢《がまん》できなかった。私、どうしちゃったんだろ。自分の感情がコントロールできなくなってる。なんでこんな……」

その瞬間、美夏の顔がくしゃりと歪み、両目から大きな涙の粒《つぶ》がこぼれ落ちた。

「ごめんね……本当にごめんね……」

手で顔を覆《おお》い、美夏が泣き出した。子供のようにしゃくりあげながら、何度も何度も「ごめんね」を繰り返している。

その姿を見ていると、胸が熱くなってくる。

琴子は席を立ち、美夏の背中に手を当てた。

——うわー、大きい手だね！

高校時代の記憶がふと蘇《よみがえ》った。そうだ。部員を勧誘していた美夏にそう声を掛けられたのがきっかけで、琴子はバスケットボール部に入ったのだった。

手が大きくてよかった、と琴子は初めて思った。

そのおかげで、他の人より多く、美夏に温《ぬく》もりを届けられる。

8

月曜日の午後三時過ぎ。戸棚《とだな》から取り出したティーカップを洗っていると、教員室のドアがノックされた。

沖野はティーカップをペーパータオルで手早く拭いてから、ドアを開けた。

「どうも、こんにちは」と舞衣が微笑む。「お土産《みやげ》に、生協でシュークリームを買ってきました」

「気が利くじゃないか」

「そりゃ、お土産ぐらい持ってきます。こうしてお招きいただいたわけですから。すごく珍しいことですよね」

「そうかもしれないな。座ってくれ。いまコーヒーを淹《い》れる」

洗ったティーカップにドリッパーとペーパーフィルターをセットし、そこに粉にしたコーヒーを入れる。学内で栽培《さいばい》された珍しい豆を挽《ひ》いたものだ。そこに湯を注ぎ入れると、室内に濃厚な香《かお》りが漂《ただよ》い始めた。思わず目を閉じ、嗅覚《きゅうかく》に意識を集中したくなるような香りだ。

しばらく蒸《む》らしてから、沖野は舞衣の前にカップを置いた。

「ありがとうございます。こんなに歓迎してもらえるなんて」

「勘違《かんちが》いしないでくれ。来客をもてなす時は、このくらいのことはやる。いつもは突然君が来るから、きちんとした対応ができないだけなんだ」

沖野はそう言って、舞衣の向かいのソファーに腰を下ろした。

舞衣はコーヒーを一口すすり、沖野を上目遣いに見た。

「それで、ご相談というのは」

「立石くんのことだ。午前中に彼女から事件の顚末《てんまつ》を聞いたんだ。それに関して、客観的な意見を聞きたい」

「ゴミが自宅に投げ込まれた件でしょうか？　そちらはすでに解決したと、昼休みに彼女から報告を受けましたけど……」

「いや、そちらとも無関係ではないが、別件だ」

沖野は小さく息をつき、本名美夏が起こした薬剤のすり替えについて説明した。

「そんなことがあったんですか……」と舞衣が表情を曇らせる。「それは犯罪に当たる行為ですよね」

「そうだな。窃盗罪《せっとうざい》に該当《がいとう》すると思われる。治療を妨害したと解釈すれば、傷害罪も成立するかもしれない。しかも、今回が初犯ではないらしい。これまでにも何度か、認知症の薬を盗んでいたようだ」

「明晰夢、ですか。その魅力に囚われていたんでしょうね……」と舞衣がため息をつく。「そういう意味では、麻薬と何も変わらないですね」

「……そうだな。ただ、立石くんは大ごとにはしたくないと言っている。被害《ひがい》に遭った人たちには、本人からきちんと謝罪《しゃざい》をさせるそうだ。それが終わってからサークルを辞めるらしい」

「じゃあ、それで構わないんじゃないでしょうか」と舞衣は迷わずに言った。「私が立石さんから相談されたとしても、そうアドバイスすると思います。先生はどうお考えなんでしょうか」

「俺も、余計な手出しは無用だと思っている。もちろん、助けが必要になった場合は手を貸すことを考えるが」

「少し、驚きました。先生から意見を求められるとは思ってもみませんでした」

「この手のトラブルの後始末に関しては、君の方がずっと経験豊富だと思ったんだ。この二年と四カ月の間に、様々な案件を解決してきただろう」

「高く評価していただき、ありがとうございます。でも、私なんてまだまだひよっこですよ。知らないこと、初めてのことに戸惑ってばかりです」

「そんなものなのか」

「滅多《めった》に起きないトラブルもありますから」

「しかし、初めて君と会った頃に比べると、落ち着きが出てきたように感じるな」

「あまり褒めないでくださいよ」と舞衣が苦笑する。「沖野先生や周りの方のサポートがあるっていう安心感が、私に冷静さを与えてくれているんです。また何かあったらぜひ相談に乗ってください」

「……できれば研究に集中させてほしいんだが。まあ、専門分野に関することなら、アドバイスくらいは送れるかな」

「それで充分です。いつも本当に助かっています」

舞衣は嬉《うれ》しそうに言うと、ゆっくりとコーヒーを飲み始めた。

その様子を眺めながら、三年目か、と沖野は心の中で呟いた。

モラル向上委員という、自らが望んだわけではない役職についていたことが、舞衣と出会ったきっかけだった。まさか、これほど長い間彼女と関わり続けるとは思ってもみなかった。言ってみれば、「七瀬舞衣係」という役職を受け持っているようなものだ。

舞衣は確かに成長しているが、それゆえに悩む場面も増えているようだ。トラブルの当事者だけではなく、その周囲の人間の気持ちまで考えてしまって、逆に答えが出せなくなることもあるだろう。

そんな時に、「力になってもらえませんか」と言われたら……。

断るのは難しいかもしれない、と沖野は思った。

「……これも一種のボランティアかな」

「え？　何かおっしゃいましたか？」

舞衣が顔を上げ、こちらをじっと見つめる。

「なんでもない。ただの独《ひと》り言《ごと》だ」

沖野は首を振り、まだ湯気《ゆげ》の出ているコーヒーに口をつけた。

この作品は書き下ろしです。
またこの物語はフィクションです。実在する
人物、団体等とは一切関係ありません。